KB209874

하얀 정원

이영산 장편소설

도서출판
청어

하얀 정원

이영산 장편소설

작가의 말

나는 늘 그를 응시한다. 상상의 그이지만, 그도 나를 보며 슬며시 웃는다. 그의 눈빛은 은근하면서도 따뜻하고, 언뜻 냉소가 비칠 때면 섬찟하기까지 하다. 그의 안엔 기쁨보다는 슬픔이 가득하다. 차디찬 슬픔이 어느 땐 내 심장에까지 밀려온다. 나는 착잡하다 못해 슬퍼진다. 나와 그, 이런 상상의 관계, 내게 인간은 언제나 수수께끼다. 이 세계도 마찬가지다. 나는 이 순간에도 가만히 그를 바라본다.

우린 어떤 거리에 서 있다. 해가 저물고, 세상은 어둠에 젖어든다. 나는 그에게 어서 안식처로 돌아가라고 눈으로 재촉한다. 그도 내게 어서 들어가라고 채근한다. 헌데 나는 집 대신, 광야로 나 있는 길을 향해 하늘의 별을 보며 터벅터벅 걷는다. 나와 함께 그도 곁에서 걷는다. 그새 우린 발맞춰 걷는다. 밤새 걸어 어느덧 고원의 메마른 산등성이와 돌들과 황막하고도 어두운 하늘이 여명으로 붉게 물드는 걸 바라본다.

오, 바위에 올라앉아 나는 그가 내 일부인 걸 절감한다! 눈에 맺힌 눈물방울, 나는 보았다. 그가 내 영혼의 그림자 같은 투영인걸. 우린 부르르 떨며, 서로를 보며 여명 속에서 깨어나는 사막을 넋 놓고 바라본다. 내 안엔 이미 저 사막이 깨어나는 열기며 '향기'로 가득하다. 나는 내가 어디에서 왔는지 비로소 알 것 같다.

우린 다시 번잡한 도회의 어떤 거리에 서 있다. 지금은 밤이다. 낮처럼 환한 밤. 하긴 이곳엔 밤이 없다. 해가 지고, 다시 떠오를 뿐, 사람들은 낮과 밤을 잊은 지 오래다. 나는 그의 눈 안의 호롱불을 본다. 어둠을 밝혔던 호롱불이다. 예전, 예전이라 해 봐야 불과 수십 년 전, 가난한 방 안의 유일한 불빛이다. 나는 할머니가 들려주던 호랑이가 담배 피우던 시절의 그 옛이야기를, 그의 눈에 비친 흔들리는 호롱불에서 듣는다.

망각 속의 호롱불은, 어느 순간 나나 그나 우리가 꿈을 꾸고 있는 것인가, 환상 속에 있는 것인가. 사람들은 호롱불을 잊은 지 오래였다. 모두 새 세상을 만난 듯 가슴이 벅차올랐던 그 전기가 불을 밝혔던 날을 우린 까맣게 잊은 것이었다. 망각과 환상, 저 당연한 불빛은 프로메테우스가 신들에게서 불을 훔쳐 인간들에게 전한 이후로 인류가 보인 늘 그대로의 모습인 것이었다. 벅찼던 기억은, 망각 속에 잠들고, 우린 이렇게 환상 속을 산다.

내 안엔 이런 상흔들이, 우상들이 깊이 새겨져 있다. 부흥, 성장, 발전, 풍요로움! 그는 나를 보며 씨익 웃는다. 신이 인간을 흙으로 빚어 만들 때부터 부실한 작품이었어. 안 그래? 성서에 기록된 신화는 그런 슬픈 우화인 거야. 신은 왜 아담과 이브를 위해 손수 만든 에덴동산에 선악과란 나무를 심었을까? 애초 이들은 광야로 추방될 종자들이었던 거야. 그곳을 살만한 그런 능력이나 지혜를 갖지 못한 부실한 종자들. 풍요를 풍요답게 누릴 수 없는 존재, 슬픈 존재들 말야.

나는 그 슬픈 존재, 아니 그를 보며 이 소설을 썼다. 환상 속의 나를 보며. 때론 눈물을 흘리기도 했다. 이건 그와 나의 이야기이면서도, 오늘을 사는 어떤 사람의 이야기다. 어쩌면 하찮기까지 한, 주변에서 흔히 볼 수 있는 삶이자 '사건'일 것이다. 하긴, 나는 우리의 주인공을 좀 별난 인간으로 그렸다. 한사코 자신의 길, 그 환상 속 유령과 대결하는 길을 택한 그의 서글픈 결말은 어찌 보면 그다울 만치 자명한 것이다.

나는 이 순간 그를 보며 이런 상상을 한다. 만약 우리가 환상에서 깨어난다면 어떻게 될까? 하긴, 그런 일은 절대 일어나지 않을 거야…

타고난 문학에 대한 열정으로 옆에서 원고를 읽고 조력을 아끼지 않은 아내 장소영에게 이 소설을 바친다.

차례

하얀 정원

살인 용의자

그는 살인 용의자로 잡혀간 후로, 여러 날 그 희뿌연 한 몽롱한 의식 속에 있었고, 안간힘을 쓰지만 좀체 그 상태에서 헤어나지 못한 것이다. 꿈을 꾸는 것 같았고, 하얀 꿈이었다. 취조하는 형사는 "정신 차려요! 당신은 사람을 죽였어!" 그의 입에 담배를 물려주고, 찬물을 끼얹어서라도 어서 꿈에서 깰 것을 종용하는 식이었다. 하지만 그는 취조받는 내내 그 희뿌연 의식과 씨름했고, 허우적댄 꼴이었다.

손쉬운 먹잇감을 손에 넣은 그들이 현장 검증을 위해 오월의 지글대는 햇볕 아래 세웠을 때도, 구경나온 사람들, 그는 비 오듯 흐르는 땀에 눈을 뜨기조차 힘들었다. 그 하얀 진공 속을 둥둥 떠다니듯 어떻게 흘러갔는지조차 알 수 없을 정도로, 어쨌든 그들은 일사천리로 '요리'를 해치운 것이었다.

돌아오는 승합차 안에서 형사가 "수고했어요. 다 끝났어!" 하며 등을 두드렸을 땐, 어느 순간 그는 이제 더는 그 하루하루의 일상과 자신의 원룸으로 돌아가는 일은 없을 거라는 것, 어찌 됐든 한결 홀가분한 기분이 든 것이었다.

그는 잠을 좀 잘 수 있었다. 입맛이 없어 식사는 거의 못 했지만, 아주 곤한 잠에 떨어지곤 했던 것이다. 하지만 어찌된 노릇인지 검찰청에 불려 나가 다시 요리되는 게 미치고 환장할 지경이지만, 그들은 쉽사리

놓아줄 것 같지 않았다. 검찰청에 서너 차례나 불려 나갔을 땐, 그 유난히 살결이 뽀얀 검사는 그에게 이렇게 묻는 거였다.

"이삼일 씨, 왜, 피의자 방어권이 있다는 걸 알 텐데. 자포자기, 이런 건가?" 또는 "그 여잔 애인이었어요? 두 번 즐겼고, 그냥 창녀니까, 즐기는 관계였어요? 원래 그런 거지만… 소설들을 쓰더라구."

그 삼십 대의 검사는 초콜릿을 먹기도 했는데, 아무튼 그는 그 사내의 우쭐대는 눈길을 대할 때면 특히나 그 곱상한 얼굴 턱 아래쪽의 커다란 점에 눈길이 갔다. 왜인지 어느 여편네의 시커먼 자궁을 막 벌리는 나오는 머리통이 떠올랐고, 그는 짐짓 장난스레 보이는 사내의 하는 양을 지켜보는 것이었다.

그는 자신의 사건이 그들뿐만 아니라, 보이지 않는 곳에서도 요리된다는 걸 느꼈을 땐 하품이 나올 만치 좀 어이없었다. 어쨌든 이런 구질구질한 사건이 누군가의 관심을 받는 건 그로선 썩 유쾌하진 않지만 그렇다고 불쾌할 것도 없었다.

그는 자리에 누우면 자신을 요리하는 유령들을 상상했고, 텔레비전 화면 가득 넘실대는 저 낙원의 희희낙락이 귀를 간질이는 것 같았다. 그는, 자신이 누군가에게 그런 즐거움을 선사할 거라곤 여태껏 상상도 못 한 일이었다.

뒤이어 재판정에 앉았을 때도, 그는 짐짓 저들의 시선을 무심한 척했다. 자신을 구경하러 온, 눈들과 표정들, 기꺼이 발걸음 한 여유들이며, 그 조심스레 웃음을 터뜨리기도 하는 말소리, 숨소리, 어느 순간 그는 확고해진 것이었다. 자신이 저 입들에 바쳐진 '알사탕' 쯤은 된다는 걸. 실시간 인터넷에선 이 재판이 알려지고, 그의 모습이나 행동거지 하나하나가 누군가의 눈과 입안에서 굴려지며 녹여진다는 걸.

그는 자신이 큼지막한 막대사탕은 못 돼도, 알사탕 정도는 될 거라 상상해 보는 거였다. 요놈들, 그래, 녹여 먹든 쌈 싸 먹든 제발 귀찮게

만 말아다오.

어서 이 지긋지긋한 형사 절차며 법정에 출두하는 번거로움이 끝나기만을 그는 바란 것이다. 어떤 형벌이 내려진들 무슨 상관이란 말인가. 사형이 언도되면, 형장의 이슬로 사라져간 예전의 죄수들처럼, 그도 그 한 방울 이슬로 증발하듯 사라질 수만 있다면, 그보다 더 산뜻한 마무리는 없을 것 같았다.

변호는 애초 무의미했기에 그는 일체를 혼자 감당하며 어쨌든 재판이 순식간에 진행되거나 판결이 떨어지길 바란 것이다. 헌데 재판부가 직권으로 국선 변호인을 붙이는 바람에, 공연히 번거롭게 되었고, 면회를 신청한 그의 얼굴을 한 번 본 게 다였다.

무엇보다 몇 차례나 재판이 열린 건 그로선 도무지 납득이 가지 않는 일이었다. 변호인의 요청을 재판관의 재량으로 받아들이면서지만, 그땐 그로선 한숨을 내쉬지 않을 수 없었다. 저들의 요리를 감수하는 수밖에 없는 노릇이었다.

검사의 공소 사실, 죄명, 적용 법조문이 낭독되었을 때도 그는 눈을 감은 채 덤덤히 감상했고, 졸곤 했다. 정작 변론이 있었던 날 그는 좀 긴장했던 것이다. 겉늙어 보이는, 이마가 훌렁 벗겨진 변호인은 이번에도 기대치를 훌쩍 뛰어넘는 활약을 선보인 것이었다.

그는 무의식적으로 눈을 비비며 자세를 고쳐 앉았을 정도였다. 아아, 그의 입에선 신음이 터져 나온 것이다.

"저는 우선 피고가 처한 절망감을 생각해 보았습니다. 선량한 소시민이 어쩌다 그런 사건에 휘말리게 되었는가. 여기 있는 피고는 고등교육을 받은, 한때는 대기업에서 근무한 적도 있는, 우리 사회의 엘리트라는 사실입니다. 인간이란 게 적응력이 뛰어난 존재이긴 해도, 그 한계를 벗어나면 자기 통제력의 붕괴와 끔찍한 재앙을 부르는 걸 우린 왕왕 보게 됩니다만, 저는 그 절망감이 피고를 거기까지 내몰지 않았나. 굳이 피고만이 아니더라도 우리 사회의 급격히 늘어가는 독거인들, 어느 자료에 보니까, 일 년 열두 달 누구와 거의 통화한 적도, 만난 적도 없는, 원룸과 하루하루 생계유지를 위한 불안한 노동이 전부인, 이런 극단적인 단절, 누구도 관심을 주지도, 기억하지도 않는, 이미 벗어나기엔 뾰족한 수도 없는, 그런 존재들.

여기 앉아 있는 피고인을 보십시오. 피고가 한 여성을 사랑해서 살인을 저질렀다고요? 어느 인터넷 매체가 보도한 이후로 갑자기 알려지게 된 이 사건이 마치 치정에 얽힌 또는 앳된 창녀를 사랑한 중년 남성의 정의로운 심판인 양 삼류 소설들이 창작되어 나돌고 있더군요. 저는 이 신성한 법정에선 그런 삼류 소설의 상상은 피고의 인격을 존중하는 차원에서도 삼가는 게 마땅하다고 봅니다. 두 사람은 연인 관계도 아니었고, 그저 창녀와 손님으로 두어 번 만난 게 전부라는 것입니다. 이 사건의 본질은 피고의 절망감과 망상이 부른 극히 우발적인 상황에서 빚어졌다는 사실입니다. 그 여성이 처한 상황을 감안하더라도 이 사건이 계획된 범행이 아니란 것은 너무도 명백합니다.

재판장님, 피고인의 모습을 보십시오. 삶에 지친, 망상 속에 있는 오십 대의 소시민, 살인을 결행한 정의로운 심판자는 여기에 없습니다! 피고가 그녀를 만나고, 본인으로서도 예기치 못한 사건에 휘말려 들어간 정황이 있는 건 인정하더라도, 이런 경우를 우린 기막힌 운명의 장난이라고들 하지요. 물론 그 사건이 어찌 됐든 그녀를 구제한 측면이 있다는 건 부인할 수 없지만, 이 독거인과 스무 살 창녀 사이엔 그 두어 번의 만남 외엔 어떤 교류나 사귐은 없었던 걸로 드러났어요.

이들이 하루하루 벅차고 고달픈 생활에 내몰려 있었다는 건, 신문조서에도 나타나 있습니다만, 피고인은 일관되게 이렇게 진술합니다. 당시 무슨 일이 벌어졌는지 잘 모르겠다는 겁니다. 설마 피고가 거짓말을 하고 있다고요? 여기 피고는 그 운명의 장난을 일관되게 진술하고 있는 것입니다. 그리고, 변호인으로서 이 사건에서 매우 중요한 부분입니다만, 피고의 의식 상태를 객관적으로 평가하자면, 극히 망상적이고 비현실적인, 정신과 치료를 요하는 상태로 보인다는 것입니다. 이 사건은 그 연장선상에서 벌어진 것으로…"

방청석은 언제나 만원이었고, 그가 그만 어안이 벙벙해진 건, 그와는 상의한 바도 없는 증인들이 불려 나왔을 때였다. 집주인 여자의 상판대기를 여기에서 다시 보게 될 줄이야! 그는 수치심으로 얼굴이 붉게 상기됐고, 그녀의 진술하는 내용은 하나도 귀에 들리지 않았다. 더욱이 그 고물상의 깡마른 노인이 등장했을 땐, 그는 대머리의 손오공 같은 활약에 그만 벌린 입을 다물 수가 없을 정도였다.

어떻게 저 노인이 여기에 있지? 그는 이번에야말로 자신이 꿈을 꾸는 거라고 느꼈다. 이게 현실일 리는 없어. 노려보는 그를 대머리는 씩 웃을 뿐이었다. 그날 밤 잠자리에 누워서야 그는 증인들의 말이 생각났다. "항상 방에 박혀 있어서 일을 나가는 것도 몰랐어요. 두어 번 통화한 게 전부라구요. 얼굴도 잘 기억하지 못했을 정도니까요." "고물상이 사건 일어난 곳의 바로 옆이라 그때 다들 구경 나갔어요. 난 놀라서 얼마 동안 잠을 못 잤어요. 그 밤에 거기서 살인이 일어났다는 게… 내가 그들을 봤으니까요. 저 사람은 말하는 건 듣지 못해서, 원체 말수가 없나, 그런 생각을 했습죠…"

문득 그의 어지러운 머릿속 혼란스러움을 일거에 말끔히 걷어간 건, 신도 탄복할 오직 저런 요리를 선보일 수 있는 저 유령들!

특히나 그는 검사의 시종 단호하고도 들뜬 목소리를 졸린 눈으로 감상하곤 했고, 방청석은 언제나 성황이었고, 이 단막극을 사내는 즐기는 게 분명했다. 그는 졸린 가운데서도 검사의 법정을 울리는 날 선 목소리에 눈을 끔벅이곤 했던 것이다.

"망상이 부른 살인, 말장난에 불과합니다! 공소장에 적시했듯 피고가 초범이라지만, 어느 흉악한 범죄자 못지않다는 건 이 사건의 잔혹함에서도 이미 잘 드러나 있는 것입니다! 여전히 피고는 어떤 죄의식도 못 느끼고, 범행 동기에 대해서도 모호한 진술로 일관할뿐더러 아주 뻔뻔스런 모습이에요! 그 여성에 대한 동정이든, 호의였든, 피고는 그녀가 벗어날 길 없는 착취 상태에 있는 걸 알았고, 사전에 치밀하게 계획된 범행이라는 건, 드러난 정황과 증거들에서 보듯 명백합니다. 과도로 머리통이 부서질 정도로 내리찍었고, 피해자 목의 동맥이 끊긴 게 결정적이었지만, 극도의 증오심이 아니고선 설명할 수 없는 잔인한 범죄라는 것입니다.

사건이 일어난 날 피고는 일면식도 없는 피해자를 그 밤에 집으로 차를 몰고 찾아가 범행을 저질렀어요. 또, 그 며칠 전쯤 피고는 그 여성과 한 차례 긴 전화 통화를 한 사실이 있고, 그녀 또한 통화한 사실을 시인했어요. 본 검사가 추정키론 그때 피고가 살인을 계획했고, 그날 밤에 드디어 결행했다고 보는 것입니다. 두 사람은 30분간이나 통화를 한 걸로 조사됐어요. 어떤 내용이었을까 궁금하지 않습니까? 이 사건의 아주 중요한 단서를 제공할 수도 있지만, 두 사람 다 기억이 잘 나지 않는다며 사실상 진술을 거부했어요. 그리고 두 사람의 관계가 단순히 창녀와 손님의 관계인가, 연인이었는가, 저로선 그 중간쯤의 묘한 관계였던 건 분명해 보인다는 것입니다. 원룸에서 두 번의 성매매, 그 밤의 긴 통화, 이어진 잔혹한 살인… 언뜻 잘 이해가 안 가는 두 사람의 관계나 이 살인 사건은, 제가 내린 결론은 이런 겁니다. 피고의 성향 즉 그 내면의 위선적이기도 한 소영웅주의에서 비롯된 것은 아닌가. 분명 그런 요소가 있어요. 삼류 소설의 상상이 아니란 것입니다! 그녀에 대한 집착, 그리고 그 증오의 폭발이 일반인의 상식과는 심히 동떨어져 있고, 그날 피고는 그 살인에 자신의 일체를 내던졌다고 본 검사는 보는 것입니다! 자신이 처한, 용납하기 힘든 밑바닥 삶을 그 살인과 맞바꾼 거지요.

피고인, 안 그런가요? 피고가 진술한 내용을 살펴보면, 황당한 게 많고, 그런 식으로 교묘히 자신의 내면을 감추려는 거지요. 무심한 듯, 때론 현실 인식이 결여된 인간을 연기하는 게 눈에 빤히 보일 정도예요. 연기란 말이 과하다고요? 인터넷상에서는 이 사건에 대한 동정 여론이 퍼져 있는 걸 볼 수 있습니다. 어쩌면 피고는 그걸 즐기는지도 모르죠. 피고는 이런 흥미로운 주장을 합니다. 피해자를 미워하거나 증오한 적이 없다, 또 매우 솔직한 인간이었다는 거예요. 허! 증오한 적도 없을뿐더러 그런 솔직한 인간을 왜 잔인하게 살해했는가, 거기에 대해선 모호한 진술뿐이에요. 어이없게도, 피고는 자신의 그 진실을 알아달라는 겁니다만, 도대체 어떤 진실 말인가요? 체념이나 절망감?, 변호인이 주장하는 망상이나 얼빠진 듯 보이기도 하는, 저 피고의 내면엔 차라리 교활한 냉혈한이 가만히 앉아 이 재판을 즐기고 있는지도 모르죠!

저는 이 법정이 피고의 저런 연기에 속거나 일말의 동정을 보여서도 안 되며, 피해자가 악당이었다 해도, 이 잔혹한 범죄에 대한 법의 엄정한 심판이 내려져야 한다고 강조하는 이유인 것입니다! 잔혹한 범행을 저질러 놓고도, 그날 밤 달빛이나 개구리 울음소리, 벌레들 소리를 아주 구체적으로 진술한 적도 있고, 살인의 이유로 그런 것들을 암시한 게 아닐까 의구심이 들 정도였으니까요!"

어쨌든 결심공판이 열린 날, 검사는 두어 차례나, 오늘날이라는 사뭇 거창한 수식어를 써가며, 묘하게 사람들을 자극하고 범죄를 왜곡하는 이 사건이, 자칫 비슷한 모방범죄가 유행하지 말란 법도 없다며 한 인간의 잘못된 신념이 부른 이 끔찍한 범죄를 단죄함으로써 사회 전반에 경종을 울려야 한다고 역설했다.

그는 깜빡 졸기도 했는데, 그 짧은 순간에 이런 꿈을 꾸기도 했다. 눈이 감길 만치 작열하는 태양과 부글부글 끓는 바닷가, 하얀 백사장에 그는 서 있었다. 과묵한 얼굴의 한 사내가 다가왔고, 그는 그를 금방 알아본 것이다. 그가 예전에, 아주 예전에 읽었던 어떤 소설의 주인공이 분명했고, 손에 든 번쩍이는 권총도 그 단서의 하나였고, 사내는 무심한 얼굴로 씩 웃었다. 문득 그의 팔과 다리엔 쇠고랑이 채워졌고, 머리에는 날카로운 관이, 그 달궈진 쇠들에 살이 타는 것 같았고, '심판이야, 심판!' 그는 절망적으로 부르짖었다.

그는 눈을 떴다 다시 졸았고, 이번엔 한 늙은이가 찾아왔는데, 피둥피둥 살이 찐 주름살투성이의 그 잔뜩 독이 오른 눈빛이 식식거리며 그를 노려봤다. 그는 그 영감이 자신의 아버지라는 걸 처음엔 까맣게 몰라본 것이다. 영감은 붉거진 입을 꾹 다문 채 말이 없었고, 그 입이 열리기라도 하면 자신을 집어삼켜 버릴 것처럼 그는 겁을 먹은 것이다. 어느 순간 그는 아버지란 걸 알아차렸고, 영감은 한참이나 식식대더니 슬며시 일어나 어디론가 사라져버렸다. 또 꿈은 그를 어린 시절 어느 추운 겨울밤으로 데려갔고, 그 하늘의 꽁꽁 언 듯한 별들이 보였고, 그 시린 별들이 그의 머리 위로 후드득 떨어져 내렸다.

그는 어느 순간 검사의 쩌렁한 음성에 눈을 떴고 "…피고인 이삼일에게 징역 20년에 처해줄 것을 요청합니다!" 그는 부르르 떨었고, 뜻밖의 흥분 속에서, 자신을 향해 내심 외친 것이었다. '그래, 네가 태어난 순간부터 이날은 예고됐던 것이다! 심판이야, 심판!' 마지막 변론이 있고, 잠시 후 판사가 그를 향해 무슨 말인가 했다. 처음엔 그는 잘 알아듣질 못한 것이다. "최후 진술…" 안쓰럽게 상기된 얼굴로 변호인이 그에게 말했다. 그로선 어서 이 지겨운 절차가 끝나기만을 바랐던 터라, 도리 없이 자리에서 일어난 것이다. 그는 어떤 생각도 떠오르지 않았고, 아주 잠시, 방청석의 그 눈들과 입들을 바라보았고, 문득 자신이 마지막으로 베풀 수 있는 선물이랄까… 그의 입이 열린 건 그때였다.

"나로선… 판사님, 검사님, 여기 모인 모든 분께… 그렇습니다. 지금 생각난 겁니다만… 충만한 밤이었어요. 그 충만한 밤이, 우릴 반겼어요. 내가 그 사람을… 솔직한 인간이다, 그런 진술을 한 게 사실이라면, 그건 내 마음의 표현일 겁니다. 어떤 진실이냐, 내가 여러분께 묻고 싶어요. 저는 이 자리에서 그 사람에 대해 차라리 존경으로 정정하고 싶어지는군요. 검사님은 오늘날이라는 말을 즐겨 사용하셨습니다만… 오늘날이지요! 오늘날, 진실이란 게 존재한다면… 나는 그를 존경했던 것입니다. 그 사람 자체가 성실, 충만이니까요. 그 성실, 충만을 내가 보증할 수 있어요. 살인이라? 저야 벌을 달게 받으면 그만입니다만… 이 재판에서 좀 아쉬운 건 피해자에 대한 박한 평가예요.

검사님의 그 오늘날은 저보단 그 사람에게 바쳐져야 했어요. 그 백 프로, 이백 프로 충실한 인간, 이거야말로 순결이지요! 대체로 인간이란 게 그 중간이거나 비슷비슷한 부류들 아닙니까. 안 그렇습니까? 여러분 앞에서 죄송스럽습니다만, 비유를 하나 들어볼까요? 비유가 형편없더라도 넓은 아량으로 들어 주시길 바랍니다만… 군대에 가면 고문관이란 소릴 듣는 놈이 꼭 있습니다. 그 반대로 에프엠도 꼭 있어요. 그 사람이 바로 에프엠이었어요. 그건 순결의 차원이에요! 아마 나 같은 인간이야 그 발바닥에도 못 미치죠. 깨끗한 얼굴에, 흰 피부가 아주 귀공자 같아요. 눈 흰자위의 그 반점만 빼면… 자기 여잘 넘보는 놈으로 여겨 떠보려는 의도가 없잖았나 싶지만….

검사님이 제 영혼 얘길 꺼냈으니 하는 얘깁니다만… 물론 영혼이란 표현은 쓰진 않았지요. 이건 내 영혼을 걸고 하는 얘깁니다만, 난 그를 형제로 보았던 겁니다. 나나 그나 여러분들이나. 어쨌든 미루어 짐작건대, 아름다운 밤이었어요! 충만한 밤이었지요! 시골의 시원스런 밤공기, 울어재끼는 밤벌레들 소리… 가만히 듣자하면, 이놈들이 자기들끼리 화음을 맞춰 합창이라도 하는 듯이─ 일어났다 잦아들곤 하는 게… 귀청이 멍멍해질 지경이에요. 요놈들이… 목청껏 뽑아대는구나. 우린 그 밤에 그만 취해버린 것이죠. 여러분들, 아무쪼록 즐거운 날들 되시기를."

얼마 후, 그는 법정에서 판사가 자신을 향해 사뭇 엄숙한 얼굴로 짧은 판결문을 낭독하는 걸 들은 것이다. "피고 이삼일은 자신의 잔인한 범행으로 한 사람이 죽어간 것을 모르는 듯 재판이 진행되는 동안 한 번도 뉘우치는 모습을 보이지 않았다. 정상참작의 여지가 없는바, 본 법정은 피고인 이삼일에게 징역 20년을 선고한다!"

드디어 그는, 어쨌든 그들의 지긋지긋한 요리에서 해방된 기분이었다. 그는 감옥의 드높은 담장과 헐렁한 푸른 죄수복, 이제야말로 자신이 어느 낯선 행성에 떨어진 것 같았다. 문득 그는 혼잣말을 내뱉곤 했던 것이다.

"대체 여긴 어느 행성이란 말인가?"

이 나른하고 모든 게 정지된 듯한, 그의 의식이나 영혼조차 멎은 것 같은, 행성이라니. 그는 이곳의 빛깔과 감촉을 조심스레 더듬곤 했다. 먹여주고, 재워주고, 낮의 잠깐의 햇살과 잡다한 사역, 내리는 밤과 곤한 잠… 그는 꿈을 꾸었다. 깨어나면 기억도 나지 않는 꿈들이었다. 도대체 어디에서든, 그로선 인간들을 상대해야 한다는 게 언제나 고역인 건 피할 수 없었다. 인간들만 없다면, 그는 이 행성이 금방 친근해질 뿐만 아니라 사랑하게 됐을 거라는 생각이 들었다.

그는 자신이 도망쳐 봤자, 저들에게서 벗어나기란 난망인 걸 절감하는 거였다. 잠자리에 누우면 그는 그 머물렀던 작은 도시를 떠올리곤 했는데, 갑자기 가슴 안에 홀가분한 감정이 휘몰아칠 때면, 아뜩한 현기증에 휩싸이는 거였다. 문득 누군가를, 아니 입 하나를 지워버린 자의 심장 소리였다.

그는 이런 의혹에 휩싸일 때면 경찰에 잡혀 들어갔을 때보다, 더 격렬한 반응을 일으키는 자신을 느낄 수 있었다. '내가 사람을 죽였단 말인가?' 입 하나가 지워진 건 맞지만, 자신이 사람을 죽였다는 건 좀체 실감이 나지 않았다. 더욱이 그는, 그 밤, 자신의 살의나 잔혹한 광기는 하나도 기억나지 않았다.

하지만 이 형벌의 공간은 이런 그를 내버려 두지도, 용납하지도 않는 건 분명했다. 어느 날 그는 새벽녘에 눈을 뜨면서 악몽에서 깬 사람처럼 후들후들 떨었고, 중얼거렸다. 내가 살인을 저질렀던 말인가? 그는 자신의 손을 들어 살피는 거였다. '이 손이 피를 봤단 말인가?' 두려운 눈빛을 껌벅이며 머리를 절레절레 흔드는 그의 모습은 '살인자'라기엔 희극의 주인공으로서도 손색이 없을 정도였다.

순전히 그날 이후부터지만, 갑자기 그는 이명 증세에 시달렸는데, 그이후로 들려오는 환청에 거의 잠을 못 이룬 것이다. 증세가 극심할 땐, 그 환청이 자신의 안과 밖에서 거센 파도처럼 밀려와 영혼을 할퀴고 마구 물어뜯는 것 같았다.

시도 때도 없이 환청에 시달리는 사람마냥 그는 몸부림치곤 했다. 어느 땐 체념한 나머지 그는 그 환청에 귀를 기울이는 거였다. 그의 입에서 예기치 못한 고통스런 신음이 터져 나온 건 그때였다. "어머니… 오, 나를 낳은 여인이여!"

그는 토하듯 이렇게 부르짖었던 것이다.

"당신의 아들을 보소서!"

그런데 그 환청은 어느 순간 밤벌레들의 울음소리로 들려왔고, 그는 바짝 귀 기울여 듣는 거였다. 아아, 그는 온갖 밤벌레들의 울음소리, 푸른 빛의 자궁, 이름이 병림이었어. 밤벌레들의 울음소리는 그를 그곳으로 데려가는 거였다. 그는 꿈속에서도 그 작은 도시에 가 있곤 했다.

그 회색빛 하늘, 헌데 언제나 쏟아지는 봄볕… 그 밤의 선녀들, 터지는 폭죽과 '토끼 눈'의 까만 눈망울을 그는 구슬픈 눈으로 바라보는 거였다. 그들이 웃으며 그를 반기고, 그는 깊은 자궁 속으로 몸을 던지는 거였다.

까르르 웃으며 그들이 반기고, 당신이로군요! 어서 와요, 당신이라면 언제나 환영이에요! 우리의 낙원이라오!

병림

그는 어느 날 꿈에서 깬 것이었다. 그땐 긴 잠에서 눈을 뜬 기분이었다. 환청도 사라지고 없었고, 그는 몽롱한 눈길로 눈이 내리는 겨울을 바라보았다. 흰 눈이 펑펑 내리고 있었다. 마치 심장에 칼을 댔던 중환자가 형벌의 공간에 요양처를 구한 것마냥, 여전히 터지는 상처며 수치스러움 속에서도, 그의 한결 안정을 찾은 눈빛이며, 의식은 늘 그 소도시에 가 있곤 했다. 왜 그러는지 자신도 알 수 없었다. 무언가를 놔두고 떠나온 사람처럼. 운명적인 만남이란 게 그런 걸까. 도대체 자신에게 일어났던 일들이 여전히 꿈만 같았다. 어쩌다 발을 들여놓았던 그 도시와의 만남, 그해 이른 봄이었다. 찬찬히 기억을 되살리며, 그는 회상에 잠기는 거였다.

첫인상은 그랬었다. 왠지 초라해 보였던 역사며, 곧 복작이듯 번잡한 도로나 허술해 보이는 건물들 위로 나부끼던 햇살. 그때도 그는 자신이 그곳에 서 있는 게 낯설었고, 고깃배를 탔던 지친 몸으로 하필 그곳까지 흘러들었던지. 외지인이 보기엔 역사 주변을 비롯한 농경지에 둘러싸인, 조그만 도농복합도시랄까. 온갖 막노동꾼들, 뜨내기들이 거쳐가거나 아예 싼 원룸을 얻어 주저앉듯 머물던 곳. 외국인 노동자들도 많았고, 중국 교포들이야 흔하디흔해 반은 내국인화됐지만, 간간이 눈에 띄는 흑인들이야말로 이젠 뚜렷이 구별되는 타국 노동자였다. 그도 그들처럼 흘러든 것이었고, 결과적으로 유랑의 종착역이 된 셈이었다.

화랑시에 속한 읍 규모의 소도시, 이름도 그에겐 좀체 익숙해지지 않았고, 병림… 떡 병(餠)에 수풀 림(林). 무슨 뜻일까. 떡의 숲이란 뜻인가. 그 회색빛 하늘은 무채색에 가까웠고, 무표정의 회색이랄까. 당시 그가 지친 상태였고, 우선 여관에라도 들어가 누워야 한다는, 그 간절함 외엔 무얼 감상할 여력조차 없었던 걸 감안하더라도, 역시 그 무채색의 회색 외에 다른 걸 떠올린다는 건 그 소도시에 대한 도리가 아닐 성싶은 것이다. 그렇더라도, 따가운 햇볕을 피해 역 광장의 나무 그늘 벤치에 앉았던 것이나, 그 햇볕도 오히려 회색을 도드라지게 할 뿐, 주변의 자욱한 소음이며, 사람들, 표정이나 간간이 들리는 목소리들이 온통 한 빛깔이었던 걸 그는 기억하는 것이다. 그리고 그곳에서, 특히나 여름 장맛비가 내리는 걸 보노라면, 도농의 괴이한 조합이란 게 그런 걸까, 그 번잡하고 칙칙한 거리의 모습이라니! 더욱이 그곳 '중심상가'는 아주 유명했는데, 그 인근 도시에도 소문난 유명세는 주민이 되면 누구나 점차 알게 되지만, 아스팔트 대로 양편으로 들어선, 육중한 회색빛 건물들은 빗줄기가 퍼붓고 번개라도 칠라치면, 그의 눈엔 마치 하늘의 진노며 눈물이 그 거대한 형상들 위로 쏟아져 내리는 것 같았다. 또, 비가 그친 아스팔트 위에는, 종종 어느 외계에서 떨어진 듯한 커다란 미꾸라지를 볼 수도 있는데, 그 놀라운 물고기는, 곧 자동차 바퀴며 쨍쨍한 햇볕에 산화해버리지만, 이 도시 주변 어딘가에 물고기들이 서식하는 하천이 흐르고, 주변이 농경지인 걸 새삼 일깨워 주는 것이었다.

개발 바람을 타고 들어서는 아파트 단지들, 다닥다닥한 원룸들, 그 원룸들 정도론 턱없이 수요에 못 미쳐 '원룸단지'가 생긴 건 그런 파급효과였고, 요샌 공장들이 우후죽순마냥 들어서면서, 농경지들을 야금야금 먹어치우는 중이었다. 그곳 사람들은 아파트 단지나 원룸단지 뒤편, 자신들 가까이에 그런 하천이 흐르는 걸 까맣게 모르는 듯했다. 아마 그들은 거주하며 떠날 때까지, 어쩌면 불의의 사고로 죽는 순간까지도 그런 것 따위 관심을 두지 않을 것 같았다. 그가 머문 원룸단지는 지대가 높았고, 쌓은 축대 아래로 한가로운 농경지가 펼쳐졌었다. 하릴없이 심심풀이로 나와서 움직이는 것 같은, 농부 같지 않은 농사꾼들. 탈탈거리는 농기계나 사람들조차도, 어딘지 커다란 장난감을 가지고 노니는 거랄까.

어쨌든 그로선 그곳에서 자신이 이태 넘게 머물게 될 거라곤 애초 예정에 없었던 일이었다. 유랑이 몸에 밴 그로선 방 계약 기간이 끝나면, 어디론가 떠나는 습벽은, 그땐 거의 만성인 상태였다. 돌이켜 보면, 그런 기벽은 자신이란 존재를 어떻게든 소진시키려는 자학의 일종이라 해도 무방했었다. 마땅히 떠났어야 했는데도, 그는 머문 것이었고, 무엇엔가 일말의 집착이나 미련이라도 남았다면 그답지 않았다.

문득 그는 순전히 그 역을 지나치지 못한, 그때 지나쳐버렸으면⋯ 만약 내리지 않았다면⋯ 자신이 다른 도시 어딘가에서 방랑생활을 지속하고 있을 거라고 상상해 보는 거였다. 만약 그랬더라면⋯ 지친 몸과 그 나른할만치 무뎌진 정신의 혼미가 부른 돌발적인 행동이었던 게 분명하지만, 화랑시의 '용탄 신도시 옆 도시'⋯ 그 역이 다가왔을 때, 갑자기 그는 일어났었고, 계획에도 없던 행선지가 된 셈이었다. 하긴, 그 운명의 손짓에 호응한 건, 그게 돌발적이었는지는 누구도 알 수 없는 것이다. 어쨌거나 그는 그 순간 적어도 화랑시의 '용탄 신도시 옆 도시'에 내린 것만은 분명했고, 그 무의식적 충동을 무어라 규정한들 그로선 무의미한 일이었다. 그렇지만 한 가지는 짚고 넘어가야 할 필요가 있고 가령 의식적으로 떠올린 적도 없지만, 그렇다고 아주 생각하지 않았다고 말할 수도 없는⋯ 의식이 일절 개입하지 않았다. 그는 이게 이미 무의미한 걸 안다. 의식과 무의식이 동전의 양면처럼 몸과 정신을 형성

하고, 어떤 충동이나 행동인들 그 발현일 수밖에 없는 걸. 다만 그즈음 그를 단적으로 보여주는 일례지만, 의지나 행위가 명징할만치 뚜렷했던 건 다 예전의 일이었다. 어떤 의욕, 그런 욕망조차도 그 심장의 동계가 차갑게 식은 듯, 그는 그저 부유하듯 방랑했다. 그 진실 외엔 그의 기억이나 무얼 한사코 변명하듯 설명해 본들 소용없는 일이었다.

물론 그 전에 머문 오천에서도, 병림은 그리 멀지 않았고, 두 도시 모두 화랑시, 거기에서도 신도시 용탄과는 지근거리였고, 자신이 공교롭게도 근처 도시들을 뱅뱅 돌듯 떠돈 건 부인할 수 없었다. 그로선 무슨 계획이나 앞날을 생각한다는 것도 너무나 막연한 노릇이어서, 발길 닿는 대로의 방랑과 막연한 상념들, 하루하루의 생계를 위한 노동, 대관절 그 외의 것들은 오래도록 그의 삶 저 건너편에 방치되거나 머물렀었다. 그러고 보면 드디어 그 막연한 일상의 '종착역'을 뚜렷이 알렸던 순간은 눈에 익은 그 각진 얼굴의 사내와 마주쳤을 때였던가. 형사들이 그의 원룸 문을 박차고 들어왔고, 그는 그때 엉거주춤 선 채로 욕실 거울 앞에 있었다. 그 형사와는 전년 봄에도 본 적이 있었고, 그들은 그렇게 극적으로 재회한 셈이었다. 형사는 그를 보며 외쳤었다.

"이삼일 씨, 나 기억해요?! 살인자를 잡으러 오다니!"

그때 그는 순순히 두 팔을 내밀었고, 형사에게 무슨 말인가 하려 했었고, 하진 못했지만 지금 생각해 보면 아마 그 형사가 사 주었던 순댓국 얘기가 아니었을까. 땀을 뻘뻘 흘리며 먹었던, 그 순댓국을 잊지 못하겠노라고.

그 형사가 처음 그를 찾아온 날도, 공교롭게도 그 일 년 전 봄이었다. 그땐 사월이었고, 이번엔 오월이란 게 다르다면 달랐을까. 그의 원룸 창밖 저만치 분리수거함 옆에서 외롭게, 그 꿋꿋한 생명력으로 조팝나무가 소박한 꽃망울을 터뜨릴 때였다.

원룸단지에서 그런 꽃이 피는 것도, 그의 눈엔 늘 희귀한 풍경이었다. 그 작은 단지 안은 꽃나무와는 인연이 먼 동네였다. 누가 저런 꽃나무를 하필 저기에 심어 놓은 걸까? 이곳이 조성될 당시 인부들 중 누군가 근처 공원 부지에 심다 남은 걸 버릴 수도 없어 땅에 대충 묻은 게 저렇게 뿌리내려 자란 게 아닐까. 그는 상상하곤 했던 것이다.

어쨌든 그날 형사는 그의 원룸을 방문했을 때, 그 조팝나무가 하얀 꽃망울을 터뜨린 걸 아마도 보았을 것이다. 건물 입구에서 보면, 그때가 정오 직전이었고, 햇볕이 들치는 좌측 길가, 그쪽으로 눈길을 던지고는 들어오게 되어있는 것이다.

그는 그때도 밤일을 마치고 새벽 세 시쯤 귀가했고, 늘 반복되는, 샤워를 하고 소주 한 병을 비우고, 벌렁 드러누웠지만 눈은 멀뚱멀뚱, 이제부터 잠을 청하며 뒤척이는 거였다. 불면증은 거머리처럼 지겹도록 눌어붙었고, 그날따라 그는 몸이 몹시 피곤해서 다시 일어나 소주 반병을 더 마시고 누운 것이다.

두 병은 금기여서, 그는 되도록 그 선은 넘지 않으려 했다. 다행히 알코올 효과를 봤고, 알딸딸한 취기와 급격한 피로에 눈을 좀 붙일 수 있었다. 위장이 쓰려 눈을 떴을 땐 어둠이 걷히기 직전이었다. 모로 누운 채로 왼팔로 턱을 괸 채 담배를 피웠고, 어둠 속 그의 응고된 얼굴과 시선은 늘 희끄무레한 창에 가 있다.

항상 판박이 같은 자신의 잔뜩 웅크린 정물화, 그는 중심상가 방향에서 도시가 어둠을 가르고 부르릉대며 조용하게 깨어나는 소리를 들었다. 뒤이어 원룸단지 옆으로 나 있는, 이 도시 근방의 공장들과 고속도로로 연결되는 깊은 지하차도에도 트럭과 승용차들이 하나둘 나타나면서, 그 자맥질 하는듯한 깊고도 둔중한 울림과 소음이 반복적으로 새벽하늘의 어둠이 걷히는 신호마냥 들려오는 것이다.

그는 잠을 더 자야 한다는 한숨과 속쓰림, 언뜻 관 속에 드러누워 담뱃불과 헛되이 눈을 붙이려는 뒤척이는 시체를 떠올리곤 했다. 재떨이에 담뱃불을 끄고, 시체를 정자세로 반듯하게 뉘었고, 눈을 감았다.

그러고는 눈을 뜨니, 한낮의 햇살이 방 안에 쏟아지듯 비쳐들고 있었다. 초인종이 울린 건, 그가 몸을 일으켜 앉아 습관적으로 담배를 꺼내 입으로 가져가던 찰나였다. 그는 처음엔 초인종 소리를 옆집으로 착각했다. 원룸들 문이 다닥다닥 붙어 있어 얼마든지 착각할 수 있는 건물 구조였다.

물론 설사 제대로 들었대도, 그로선 찾아오는 방문객이래야 기껏해야 호수를 헷갈린 탓에 옆집 소포나 등기 우편물을 들고 초인종을 울려대는 우편배달부거나, 아니면 정기적으로 찾아오는 가스 안전 점검인 정도란 걸 알기에, 일절 반응할 일도 없거니와 그런 경우 몇 번 울리다 곧 사라지기 마련이었다.

어쨌든 이 불청객은 반복해서 초인종을 울려댔고, 그는 당황한 나머지 안절부절못한 것이다. 어떤 인간이 할 일 없이 저러는가 싶었고, 곧 평소처럼 저러다 잠잠해지겠거니, 멀어지는 발소리며 깃드는 그 적막과 고요를 바라 마지않는 거였다. 그는 문을 사이에 두고 남의 사생활을 침해하는 저 불한당과 대치한 기분이었다.

그런데 초인종으론 안 되겠는지 이젠 아예 문을 쿵쿵 두드려대는 거였다. 이렇게 되자 그는 너저분한 방 안을 둘러보며 부아가 치밀었고, 도대체 어떤 인간이지? 그렇지만 그 순간에도, 저러다 말겠거니, 옴짝달싹도 하지 않을 자세였다.

헌데 이 불청객은 애초 그런 아량을 베풀 마음은 없는 것 같았다. 마치 원룸에 두더지처럼 박혀있는 걸 훤히 알고 왔다는 듯, '어이, 두더지 양반, 그러고 앉아 있는 거 내가 모를 줄 알아? 어디 문을 열지 않고 배기나 보자구!' 꼭 그런 심보 같았다.

쿵, 쿵, 부서질 듯 두드리는 통에 그는 그땐 더 버티지 못하고 일어난 것이다. 화딱지가 머리끝까지 치밀어 올랐고, 그는 욕실로 가 거울 앞에서 의혹과 불안감이 어린 깡마른 얼굴이며 숱이 얼마 남지 않은 이마의 헝클어진 두발을 두어 번 쓸어 넘기고는, 나와서 주섬주섬 옷부터 입은 것이었다.

그러면서도, 그는 여전히 저 무대포가 조용히 사라져 주기를… 머뭇거리는데, 그 순간이었다. 머리 위로 낙뢰라도 떨어지는 것 같은 음성이 들린 건.

"이삼일 씨! 이삼일 씨!… 안에 계세요?"

다급하고도 굵직한 남자 목소리였고, 순간적으로 그는 머리가 띵했고, 꼭 쇠뭉치에라도 가격당한 것 같았다. 도대체 누구인지 상상도 되지 않는 데다, 그의 이름이 이 도시에서 누군가로부터 그렇듯 호명된 게 낯설었던 탓이었을 것이다.

깜빡 잊었던 누군가 있는 건 아닌가. 그는 자신의 기억력을 의심했을 정도였다. 헌데 이 도시에서의 그의 생활이란 게 극히 빤한 데다, 도무지 아무도 떠오르질 않았고, '도대체, 어떤 인간이지?' 의혹과 불쾌한 감정뿐만 아니라, 사뭇 궁금해진 것이었다.

그는 문을 빠끔히 열었다.

다부진 체격의 사내가 서 있었고, 오히려 그가 놀라는 것 같았다. 그는 의혹에 찬 상기된 눈초리로 사내를 쏘아본 것이다. 스포츠머리에 각진 얼굴, 언뜻 촌스런 인상의 사십 대로 보이는 사내는 그땐 자기도 멋쩍은 듯 웃는 거였다.

"아니, 안에 사람이 있으면…"

그는 그 웃음이 영 꺼림칙했다. 도대체 뭐 하는 놈이지? 그는 어딘지 행동거지가 촌스러운 이 정체불명의 사내를 위아래로 훑어보았다. 사기꾼 같지는 않았고, 손가락에 낀 커다란 금반지며 풍기는 옅은 향수 냄새, 걸친 검은색 가죽 잠바와 흰색 와이셔츠, 사내는 이젠 유들유들 웃음을 지어 보이며, 자신이 형사란 걸 밝혔다.

그는 웬 놈의 형사인가 싶었고, 소심증이 발동해, 불현듯 밤에 대리 운전 일을 하다 깜깜한 도로에서 경미한 사고를 내고도 몰라서, 누군가 뺑소니로 신고한 건 아닌가, 별의별 상상이 머리를 스친 것이다.

헌데 그건 교통경찰 소관이었고, 그는 분명 형사라고 들었던 것이다. 범죄 혐의자를 쫓아야 할 형사가 자신 같은 별 볼 일 없는 사람의 신상 정보를 알아내고, 이런 수고를 아끼지 않는 것 자체가, 어딘지 미심쩍기는 마찬가지였다.

그는 빤히 쳐다보며 형사의 다음 말을 기다렸다. 무슨 용건인가 싶었고, 솔직히 그는 불안하면서도 짜증이 치미는 걸 어쩔 수 없었다.

그때 형사가 말을 이었고, 참고인 조사차 찾아왔다고 했다.

"참고인… 조사라고요?"

"박용안 씨 사건과 관련해서요."

"박 선생이요?"

"잘 아는 사이였죠?"

"그, 그렇습니다만."

"그러니까, 선생님은 아직?"

"대체 무슨 얘긴지…"

"박용안 씨 죽은 거 몰랐어요?"

"죽어요?"

"사흘 전에… 몰랐어요?"

"아니, 누가 죽었다는 건지…"

"자살했어요. 가족들은 부검을 요청한 상태지만…"

"그러니까, 바, 박 선생이…"

순간 그의 눈앞이 갑자기 암전된 듯 깜깜했었다.

"위층에 사는데 몰랐다는 게?"

형사는 당황하는 그를 유심히 쳐다봤다.

"그, 그럴 리가요! 박 선생이…"

그는 믿을 수 없었고, 어젯밤인 듯 박 선생과의 술자리를 떠올렸었다.

"언제라구요?"

"발견된 게 지난 9일 오전이니까…"

"그날 새벽까지 우린…"

그는 그 밤의 '고별주'를 떠올리며 절레절레 머리를 저었던 것이다.

"휴대폰을 안 받더군요. 몇 차례 연락을 드렸는데."

"나한테요?"

"평소에도 휴대폰을 꺼 놓나요?"

"밤일하고, 낮엔 잠을 잡니다. 전화 올 사람도 없고, 쓸데없이 방해받기도 싫고. 그래도 밤엔 켜져 있습니다."

"밤일이라면?"

"대리기사 일을 합니다."

"그러시군요. 몸을 떠는 게…"

"…."

형사는 줄곧 그를 관찰하듯 바라 봤다.

"박 선생이… 그럴 사람이 아닌데."

"이거… 몇 가지 확인할 게 있어서요."

형사는 그에게 명함을 건넸다.

"…."

"내일 오전 중에 경찰서로 나와주세요."

"경찰서로요?"

"참고인 조사니까, 뭐 간단히 끝날 겁니다."

"그, 그러죠."

그러면서 형사는 그로선 좀 뜻밖의 얘길 늘어놓더니, 곧 민첩한 걸음 걸이로 사라졌다.

"오늘도 요 옆 동네에서, 공장 다니는 애가 자살했어요. 창창한 나이에. 왜 죽냐고요, 살아야지. 안 그래요? 내일 서에서 보시죠."

문을 닫고도, 그는 한참이나 그 자리에 넋을 잃은 사람마냥 서 있었다. 박 선생의 그 천연덕스럽던 모습, 술잔을 털어 넣던 세상과의 마지막 밤… 그는 그 독한 인간을 이해할 수도 없었고, 왜 하필 나인가? 기가 막혔다. 박 선생, 정말 그렇게 떠난 거요? 이건 너무 심하지 않소? 나한테 어떻게 그럴 수가 있어요?

그는 그 거구의 매일 이혼한 전처에게 낯 뜨거운 '구애'의 편지를 쓰던 박 선생의 모습이 눈에 어른거려, 좀체 현실을 받아들일 수 없었다. 불현듯 그게 사실인지는 당장 올라가 눈으로 보면 될 일이지 싶은 것이었다.

헌데 사람이 죽어 나갔다면, 그가 일을 나간 밤 시간에 실려 갔을 수도 있지만, 형사는 발견된 게 오전이라고 했다. 어떻게 그리도 조용할수 있었는지, 그로선 의아한 것이었다. 계단을 오르내리는 사람의 발소리나 작은 말소리도 고스란히 들려오고, 낮이었다면, 잠결에라도 무슨소리라도 들렸을 법한데, 평소와 다르지 않았다.

십여 가구가 사는데도, 방 안에 서 있는 그 순간에도 그는 그 쥐 죽은 듯 적막강산을 절감하는 거였다. 문득 떠오르는 게 아주 없진 않았다. 그다음 날(10일)이긴 해도, 오후 느지막한 시간에 일을 나가려고 나왔을 때, 그는 여자 둘이 계단 청소했던 걸 기억해냈고, 가만 보니 주인여자도 거들고 있었다.

그들은 계단을 비롯해서 원룸 문들과 벽, 난간, 구석구석을 물걸레와 마른걸레로 번갈아 가며 닦았었다. 평소에도 청소를 하긴 했지만, 봄이라 대청소라도 하는가 싶었다. 여우같은 주인 여편네가 그를 보며 "일 나가시나 부네?" 하며 건성으로 인사를 했었고, 그땐 눈여겨보지도 않았던 것이다.

또, 그 말 많은 여편네가 그날은 어딘지 달라 보였던 것이다. 이 원룸 건물에서 주인네는 맨 위층에 살았는데, 거의 유일한 소리랄까, 잊을만 하면 간간이 들려오는 그녀의 목소리는 '속사포'의 포탄이 위에서 떨어지는 것 같았다. 그로선 어디 호소할 데 없는 고역이자 신경을 건드는 소음이었다.

그렇게 닦아낸 계단은 윤기가 날만치 반질반질해서, 그는 그녀와 마주친 게 내심 불편하기도 했지만, 미끄러질까 조심하면서 서둘러 밖으로 나왔고, 입구 옆엔 두어 개의 화분도 눈에 띄었었다. 평소엔 보이지 않던 화분들이었고, 그는 주인 여자가 그런데 돈을 쓸 사람으로는 보이지 않았던 터라 좀 의아하긴 했었다.

그런 기억들이 하나둘 되살아나면서, 그는 그 여편네가 왠지 정나미가 더 떨어진 것이었다. 위장약을 몇 알 삼키고는 방 안에 드러누웠지만, 그는 곧 일어나 앉았고, 한낮엔 거의 밖으로 나오지 않던 그가 문을 열고 나온 것이다.

그땐 눈으로 확인하고 싶었고, 그는 밝은 낮엔 처음으로 위층으로 걸어 올라갔었다. 한낮인데도 계단은 그늘이 진 데다 서늘했고, 순전히 박 선생을 만나러 밤에 서너 번 오르내린 적이 있지만 그는 자꾸 발을 헛딛곤 했다.

중간층 벽면 유리창으로 볕이 들쳐서 날파리들이 날았고, 3층을 지나 4층으로 올라가던 그는 그 중간층 창가에 사람이 서 있어서 좀 놀란 것이다.

삼십 대로 보이는 사내는 반쯤 열린 유리창 문턱에 두 팔을 얹고 담배를 피웠고, 사뭇 골똘한 생각에 잠긴 듯한 모습이었고, 공기가 차가

운데도 반 팔 티셔츠에 반바지, 슬리퍼를 신은 한쪽 다리를 뒤로 내밀 듯 구부린 채였다.

사내는 인기척을 느꼈을 법한데도 눈길도 주지 않고, 침을 칙칙 소리 나게 창밖으로 내뱉었다. 그도 애써 무심한 척 사내를 지나쳐 걸어 올 라갔고, 드디어 402호 앞에 이른 것이었다. 그는 그 굳게 닫힌 문 앞에 섰을 때, 왠지 써늘한 기운만으로도 얼어붙고 말았다.

문을 두드리면 박 선생이 열어 줄 것처럼, 아무런 일이 없는 듯 조용 했다. 다만 그 써늘한 기운만이 저 안에 사람이 없는 걸 느끼게 했다.

그는 곧 돌아섰다. 내려오면서, 사내가 사라지고 없는 그 중간층에 그도 창가에 서서 담배를 꺼내 물고 불을 붙였고, 박 선생이 없는 병림 의 밤거리를 상상했다. 아니 그 거구의 인간이 지구상에서도 감쪽같이 사라져버렸다는 걸 절감했던 것이다.

"형씨, 낚시해 봤어요? 이 일이 서둔다고 되는 것도 아니고, 저 대리기 사들, 시간을 낚는 강태공들이지."

그는 재작년 가을 박 선생과 처음 만났던 날을 떠올렸다. 마치 그 까 마귀 떼들 가운데서도 군계일학이랄까, 그는 단연 돋보이는 존재였다. 그런 풍채 좋고, 살결도 희멀끔한데다 매부리코의 잘생긴 중년 사내, 패션 감각도 남달랐고, 그는 어딘지 병림의 밤거리와는 어울리지 않 았다.

문득 그 거구가 그답게 홀연히 떠나버린 것 같았다.

그는 머리를 창문 밖으로 내밀어 거리를 내려다보기도 했고, 사람의 모습이라곤 보이지 않는 길엔 어미와 새끼 같아 보이는 점박이 고양이 두 마리가 어슬렁대며 걸어가고 있었다. 그리고 조팝나무의 하얀 꽃들 을 그는 내려다보는 거였다.

담배 연기를 후후 날리며 그는 한참이나 그 거리에 나부끼듯 내리쬐 는 햇살을 바라보았고, 좀체 울적한 기분을 달랠 수 없었다.

그가 창가에서 막 돌아서려는데, 좀 전에 본 그 사내가 원룸 건물을 나와 슬리퍼를 끌며 편의점 방향으로 걸어가는 게 보였다. 사내를 내려다보고 있으려니, 불현듯 어딘지 낯설지만은 않은 모습이었다.

그 붉은악마 티셔츠며 반바지, 슬리퍼, 엉성하게 걷는 걸음걸이. 며칠 전, 일등 당첨자를 여러 명 배출한 중심상가의 '복권방' 앞 길게 늘어진 줄에서 그는 그 사내를 보았던 게 생각났다. 아마 토요일 저녁이라, 순식간에 불어난 긴 줄에서였다.

경찰서

 그는 그날 낮부터 소주를 마신 것이었고, 밤에 일 나가는 건 일찌감치 접은 것이다. 다음 날 새벽녘까지도 그는 멘숭멘숭 거의 잠을 못 이루었고, 아침밥도 거른 채, 경찰서를 찾아가기 위해 원룸을 나섰다.

 '자살로 결론 난 사건이라면, 굳이 참고인 조사란 게 필요한가? 자살이 아닐 수도 있다는 건가?'

 그는 형사의 어딘지 석연찮은 모습을 떠올리면서도, 낮 시간에 집 밖으로 나오는 고역을 기꺼이 감수한 것이었다. 원룸단지에서 버스를 타려면, 혹여 좀 전에 버스가 지나갔다면 30분은 좋게 기다려야 한다는 걸 들어서 알기에 그는 일찌감치 중심상가까지 걸어가 오천으로 가는 버스에 올랐다.

 솔직히 원룸을 나설 때는, 그는 박 선생의 장례식에라도 찾아가는 심정이었다. 그로선 그런 기분은 퍽 오랜만이어서, 줄곧 진실로 한 사람의 죽음을 애도했던 것이다. 어쨌든 참고인 조사든, 뭐든 그는 그런 절차라도 아직 남아있다는 게 위안을 주는 듯 느껴졌다.

 오천이란 도시가 원래는 화랑시에 속했었지만, 시로 승격해 독립적인 행정 체제를 갖춘 게 십 수 년 전이라 들었고, 그와는 우연치고는 묘하게도 엮인 도시랄까. 그런 기분이 드는 건 어쩔 수 없었다.

 그는 6, 7년 전에도 오천에 살았던 적이 있고 그리고 약 3년 전에도 근 일 년 가까이 체류했었다. 오천이 워낙 손바닥만 한 도시이기도 했지만, 아직은 그럴 필요성까진 못 느껴서인지 경찰서 이름도 여전히 예전 그대로였다. 화랑 동부경찰서.

최근에 새로 지어져 이전한 경찰서는, 아파트 단지 건너편, 넓은 도로 옆에 들어서 있었고, '새 청사'의 위용을 뽐내는 듯했다.

그는 문득, 처음 오천에 들어와 인력사무소 신세를 졌을 당시 바로 근처에 있던 구 경찰서를 떠올렸다. 새 청사가 지어진다는 말들이 들렸었고, 온갖 구설과 흉물스런 공권력의 상징 같았던 낡아빠진 경찰서는 이제 말쑥한 새 옷으로 갈아입은 듯 보였다.

그러고 보면 오천도 마찬가지였고, 희멀끔하게 살이라도 오르듯 하루가 다르게 변모하는 풍경을 그는 실감하는 거였다. 그리고 주식으로 재산을 홀라당 말아먹고 그 '오천인력'을 차리게 됐다는, 전직이 경찰이었다는 사장이나, 그때 그곳에서 만났던 여러 얼굴들이 떠올랐고, 그는 문득 자신의 '착시'와도 같은 기억의 오류를 깨달았던 것이다.

오천에서의 그 두 번의 체류, 두 곳의 인력사무소에서 알았던 이들이 그땐 시공간을 초월해서 한 묶음으로 떠오르는- 인력사무소 사장은 조폭 우두머리 같았던 그 경찰 출신인 양, 그리고 밑의 졸개들인 양.

하긴 첫 번의 체류가 더 기억에 남는 건 여러 이유가 있을 것이다. 어쨌든 그로선 낯선 도시였던데다, 막노동도 처음이었다. 더욱이 양아치로 불렸던 그 사장이란 작자의 행태가 목불인견이기도 했었고, 그는 그 인간 때문에도 오천을 혐오했던 것이다.

두 번째로 오천에 들어왔을 땐, 그에게 이젠 낯선 도시는 아니었다. 당시 이 도시에 떠돌던 소문도 기억났고, 5공화국의 설립자, 그자의 숨겨놓은 땅이 이곳에만 수십만 평에 이른다는. 그 처남의 이름도 공공연히 나돌았고, 처가 쪽 소유로 돼 있지만, 실은 다 전X환이 해먹은 것이라는 식이었다.

몸뚱이뿐인 막노동자들은, "허벌나게 해쳐 먹은 거여" "씨부럴, 전×환 사돈의 팔촌으로 태어났어도 잘 먹고 잘사는 건데." 나이 지긋한 그들은 담배 연기를 뿜으며 객적은 비판을 하면서도, 한때 나라를 통째로 요리해 먹은 그자를 우러러봤다.

그가 진지하게 관찰한 바로는, 그건 '사랑의 세레나데'였다. 하긴, 오늘의 햇살 아래서 저 막노동자들의 영혼은 누구보다 진실했다.

아무튼 그는 그 얼굴들의 기억을 더듬으며 착시를 교정했던 것이다. 처음의 오천인력에서 알았던 두셋을 제외하면, 거의가 3년 전 체류 때 만났던 얼굴들이었다.

문득 까무잡잡한 얼굴 때문에 동남아에서 온 노동자가 아닌가, 사람들의 그런 시선에 대한 불만을 농담처럼 토로하기도 했던 사내는 그 오천인력에서 알았던 이였고, 왜인지 그는 걸으면서 그이의 이름을 기억해내려 했었다.

정 씨란 건 생각났고, 이름은 좀체 떠오르지 않았다. 경찰서 앞에 당도해서도, 그는 막걸릿잔을 나누기도 했던 그 사내를 생각했고, 안으로 들어가기 전에 담배 한 개비를 피웠고, 곧 그는 그 이름을 기억해내는 걸 단념했던 것이다.

봄날씨치곤 쌀쌀했고, 경찰서 뒤편으론 개발 예정지인 논과 밭들, 그리고 근처의 벌써 수년째 아파트 건설 공사가 지연되거나 방치되고 있는 공사장들이 보였다. 공동묘지를 걷어낸, 움푹움푹한 구덩이들을 표시해 놓은 하얀 동그라미들과 야트막한 산자락을 따라 햇살이 내리쬐었고, 주변을 발그스레 물들인 것은 아마 진달래꽃들인 것 같았다.

안개가 끼지 않았는데도 시야는 자꾸 희뿌예져서 그는 눈을 조금 찡그리곤 했다. 그는 정문을 지키는 전경의 눈도 있어, 담배꽁초를 버리기가 마땅치 않아 담뱃갑에 욱여넣고는 경찰서 안으로 들어간 것이다.

경찰서 안은 의외로 한산했고, 일 층 복도 중간쯤에 있는 화장실에 들러, 아까부터 참았던 용변을 보았고, 목구멍에서 악취가 올라와 수돗물로 입안을 두어 번 헹궈 뱉는 걸 잊지 않았다.

그는 어서 형사를 만나 참고인 조사든 뭐든, 마치고 돌아가 잠을 자야 한다는 간절함 외엔 다른 생각 따윈 할 겨를도 없었다.

원룸을 나서기 전 연락을 했던 터라, 명함에 적힌 형사과를 찾아 들어갔을 때 형사가 기다렸다는 듯 자리에서 일어나며 손짓했다. 곧 그는 형사와 마주 앉게 되었는데, 어쩐지 찾아온 방문객이라도 반기는 듯했다.

더욱이 형사는 자판기에서 커피를 뽑아 와 그에게 건네는 친절을 베풀었다. 형사는, 어제와는 달리 한결 여유 있게 웃으며,

"식사는 했어요?"

하고 물었고, 그는 차마 못 먹었다는 말은 못 했고, 그땐 왠지 뻣뻣한 불만스런 얼굴로 쳐다봤다.

그로선 줄곧 참고인 조사란 게 사뭇 궁금했고, 어서 조사가 진행되기를 바란 것이다.

"커피 드세요."

그는 깍듯할만치 친절했고, 그는 커피를 조금 마셨다.

"참고인 조사라고요?"

그의 물음에, 형사는 딴소릴 했다.

"차를 가지고 왔어요?"

"차요?"

"오실 때 자가용으로 오신 건지."

"버스로 왔습니다만, 그건 왜요?"

"버스로는 얼마나 걸려요?"

"…"

"병림에서 오천까지, 한 반 시간 걸려요?"

"그건 잘 모르겠고…"

그는 점차 짜증이 치밀었고, 형사도 느꼈는지,

"우선… 박용안 씨와는 언제부터 알았죠?"

"재작년… 그러니까."

"재작년 가을인가요?"

"그쯤 됩니다. 같은 일을 하다 보니."

"그 후론 가깝게 지냈죠?"

"가깝다면 가까웠을 수도 있고… 술도 몇 차례 마셨고요."

"문자도 여러 차례 주고받았더군요."

"예. 자주는 아니고, 종종."

"한 사람은 자살했고… 죽기 몇 시간 전에도 박 씨와 술을 마셨죠? 주고받은 문자로 시간을 확인했습니다. 뭐 어떤 낌새도 눈치채지 못했다는 것이고… 그렇죠? 여전히 같은 입장이신 거 맞죠? 참, 유가족들이 철회했어요. 부검하자고 했던 걸. 그건 그렇게 됐고요. 자, 이 선생님은 그래도 여기에 이렇게 있는 거고, 박 씨는 자살했고…"

그는 머리가 띵했고, 형사의 말이 도대체 요령부득이어서, 이놈이 사람을 불러서 무얼 하자는 건지, 더욱이 자살로 결론 난 사건이라면 이런 참고인 조사란 게 무의미했고, 문득 자신이 이놈에겐 한심한 존재로 보일 거란 사실이었다.

명백한 건 그것이었다. 잠을 자든 쉬든 해야 할 시간에, 한심한 인간을 불러내서, 무슨 수작인지는 알 수 없으나, 자신이 어이없게도 '직권남용'의 대상이 된 셈이었다.

이건 인권침해의 소지가 다분했고, 원룸으로 찾아왔을 때부터 무언가 석연찮았던… 그는 화가 치밀어 올랐지만, 어느 순간부터 그 수작을 지켜보기로 한 것이었다.

형사는 천연스레 이런 말을 늘어놓기도 했다.

"얼마 전에… 오천에 하나뿐인 저수지가 있어요. 아실는지 모르지만, 거기가 좀 으슥해요. 사내 셋하고, 여자애가 하나 끼어 있었고, 넷이서… 승용차 안에 번개탄을 피우고, 자살한 거예요. 인터넷으로 만나서, 여관에서 하룻밤 자고… 컵라면에 소주를 마셨더라구요. 조사해 보니까, 둘은 집안도 괜찮고, 멀쩡한 애도 있었고… 부모나 주변 사람들도, 눈치도 못 챈 거예요. 어떻게 생각하세요? 박용안 씨도, 번개탄을 여러 개 피워 놓고, 안에서 문을 잠그고는, 테이프로 아주 발랐더라구요. 휴대폰에 보니까, 최근에 문자를 주고받은 건 이 선생님뿐이던데요."

그는 그 퍽 진지한 모습에 장단이라도 맞춰 준 거랄까. 형사가 굳이 자살 사건에 관심이 많은 것도 좀 별나 보인 건 사실이었다.

"그날 같이 술을 마신 건 맞지만… 난 지금도 박 선생이 자살했다는 게 믿기지가 않아요."

"두 분이 주고받은 문자를 봤어요. 이 직업이란 게, 어느 땐 감이 딱 오거든요. 혹시 모르는 거니까… 용한 무당처럼 맞힌 적도 있고."

형사는 평소 지니고 다니는듯한 검은색 수첩을 꺼내서 책상 위에 펼치더니, 굵직굵직한 악필로 또박또박 빼곡하게 메모해 놓은 걸 확인해 가면서, 그 참고인 조사도 아닌 조사를 이어갈 심산이었다.

그는 한숨과 짜증 속에서도 그걸 빤히 지켜보는 거였고.

"그 원룸을 얻은 게 재작년 3월이죠? 이건 집주인한테 확인한 내용이고… 그건 그렇고… 주고받은 문자 내용이… 두 사람만의 암호 같기도 해서 말이죠."

"암호요?"

그는 그땐 형사를 사납게 노려봤다.

"꼭 그렇다기 보단… 비밀스럽게 나누는 은어랄까."

"아니 뭐가요?"

그는 자존심도 상한 데다 더 앉아 있고 싶지 않아 일어나려 했다. 헌데도 형사는 아랑곳없이 수첩을 들여다보며, 그 또박또박 쓴 악필로 옮겨 적은 박 선생과 그가 주고받은 문자 내용을 읽어 주기까지 했던 것이다.

"두 분이 최근에 주고받은 것만 몇 개를 추린 거예요. 얼마 전 새벽에 박 씨가 보낸 문자예요. '이태공, 난 지금 용탄 북광장에 있다오. 저 모텔들에선 뉘 집 딸들이 몸을 팔고, 떼거리로 앉은 강태공들은 그저 담뱃불에 한숨을 섞고, 한 시간째 부끄러움을 잊은 하늘만 바라본다오. 달을 바라보며 줄담배만 태운다오.'

그러자 이 선생님은, 이런 답글을 보냈어요. 기억나실런지 모르겠지만… '박태공, 여긴 수원 인계동 시청이랍니다. 오늘은 다들 조황이 별로인 모양이구려. 코로나 이후로 아마도 저 간절한 눈빛들, 몸뚱이들이 많이들 죽거나 담배 연기 속에서 사라져갔을 거예요. 난 무엇보다 이놈의 쌍권총을 들고 있자니 팔이 아파요. 부디 은빛 잉어 한 마리라도 걸려들길 바라며.' 기억나세요?"

"…"

"이건 지난달 초에 선생님이 보낸 문자예요. '박태공, 오늘은 일찍 낚싯줄을 접었습니다. 오늘은 초장에 망둥어가 걸려서 기분을 망쳤답니다. 그놈이 스트레스가 쌓인 게 있어서인지는 모르지만, 자꾸 시비를 걸어요. 꾹 참는데도, 그놈이 반말로 욕지거릴 하기에, 나도 결국 폭발하고 말았어요. 씨부럴 새끼, 잘 먹고 잘살아라!… 중간에 내렸어요. 신논현역 사거리, 포장마차에 들어가 국밥에, 소주 한잔하고 귀선을 기다린다오. 여긴 언제나 강태공들로 인산인해로군요.'

그러자 박 씨가 이런 답글을 보냈어요. '망둥어를 피해갈 방법은 없다오. 어항이 망가졌어. 이태공, 그 망가진 걸 감상하는 것 외엔 자신을 지킬 수 있는 게 있을까. 늘, 언제나 그걸 잊지 않고 염두에 두는 것 외엔. 나도 오늘은 일찍 접었고, 귀선에 오를 생각이라오.' 이날도 술을 마신 거예요?"

형사는 사뭇 진지한 표정으로 뜻 모를 웃음을 지어 보였다. 그는 화가 치밀면서도, 박 선생이 그리워진 것이었다.

"그날은 아니고… 얼마 후인가 날이 밝아 올 때까지 마셨지요."

"많이 마셨어요?"

"형사 양반, 그런 게 궁금해요? 그날도 소맥으로 마셨죠. 술이 부족해서 더 사 와서 마셨고… 박 선생에 비해 내가 술이 약한 편이라서…"

"이번 달, 그러니까 지난 8일 저녁 열한 시가 조금 지난 시간에 박 씨가 이런 문자를 보냈더군요. 시간상으론 자살하기 십여 시간 전이에요."

"…"

"이형, 오늘은 모처럼 쉬는 날이라오. 답장을 받았다오. 내가 경황이 없다 보니… 찾아와 준다면야, 나야 고맙지.' 이러자, 선생님은 곧 이런 문자를 보냈더군요. 기억나시죠?"

"예. 기억나다마다요."

"저도 요즘 거의 일을 못 했어요. 몸도 좋지 않았고. 문자라도 드리는 건데, 곧 찾아뵙겠습니다.' 이게 두 분의 마지막 문자예요."

"대관절 뭐가 궁금한 거요?"

그는 드디어 머리 뚜껑이 열리고야 말았다. 아니, 사나운 눈빛으로 씨근대며 형사의 멱살을 잡지 않은 것만도 그로선 인내심을 발휘한 셈이었다.

형사는 그의 험악한 표정을 보면서도, 별의별 범죄자들을 상대해 온 직업인답게 그날 그들의 마지막 술자리가 사뭇 궁금한 모양이었다.

"어떤 얘기들을 나눴어요?"

"사람을 불러서는… 참고인 조사란 게 이런 거요?!"

그는 발칵 화를 내며 손바닥으로 책상을 탁! 쳤고, 그제야 형사는 자세를 고쳐 잡는 시늉을 해 보였다. 그러고는 넉살 좋게도 변명을 늘어놓았는데, 그로선 하도 어이가 없어 한숨을 내쉬면서도, 그 오지랖에 할 말을 잃은 것이다. 그렇더라도 원룸을 찾아왔을 때부터 형사의 인상에서 일관되게 연결되는 게 있는 것도 사실이었다.

"이게 직업병인지는 모르지만, 좀 심각한 상태인 거는 맞아요. 저는 염려가 됐어요. 자살한 사람은 자살한 거고⋯ 인생 상담자를 자처한 건 아니지만, 실은 그래서 찾아갔던 거구요. 여기까지 나오시게 한 건, 제 생각이 짧았어요. 사과드립니다."

"소환장이라도 보내지 그랬어요?"

"저희 형님도 선생님과 비슷한 연배셨어요. 몇 년 전에⋯ 사업하면서 몸도 망가지고, 가정적으로 여러 어려움을 겪더니만⋯"

그러면서도 형사는 내친김에 묻는 거였다.

"대리기사 일을 하신다 했죠? 문자에⋯ 그 박태공이니 이태공이니, 쌍권총도 그렇고, 저로선 뭔 뜻인지 궁금하기도 하고."

그는 더는 화도 나지 않았고,

"그게 왜요? 콜을 낚는 강태공들⋯ 우린 문자를 주고받을 땐 습관적으로⋯"

그는 발딱 일어났고, 형사도 따라서 일어났다.

"남 잠자야 할 시간에, 이건 엄연한 직권남용이에요! 아무리 한심한 대리기사라지만⋯ 경찰이 이런 월권을 행사해도 되는 거냔 말이요!"

그는 줄곧 근질거리던 머리통을 박박 긁어댔던 것이다.

"진정하시고요."

"내가 지금 화 안 나게 생겼어요? 형사가 그렇게 할 일이 없어요? 이건 사생활 침해예요, 알겠어요?"

"아침 식사 안 하신 것 같은데, 저하고 같이 식사나 하시죠."

"식사요?"

"근처에 순댓국을 잘하는 곳이 있는데, 실은 저도 아침을 못 먹었어요."

정동명

　그는, 그 돌아오는 버스 안에서의 쏟아지던 졸음과 거북살스런 포만감, 따가운 햇볕, 좀체 걷히지 않는 희뿌연 시야… 문득 이 순간 그는 새삼 깨닫는 것이었다. 이 감옥 안에서 그의 어떤 상태가 호전된 건 확실했다. 침식의 규칙성, 인간이란 생물에겐 적절한 강제의 규칙성은, 이렇듯 정신과 몸을 호전시키는 건 분명했다.

　그는 오랫동안, 그 규칙성의 함몰 상태랄까. 또 밤과 낮의 뒤바뀐 생활, 그 증상은 깊어질 대로 깊어진 중증일 만치 악화일로였었다.

　우선, 뇌의 회로가 예전의 건강했던 어떤 날만큼이나 정상적으로 작동하는 것마냥 그는 선명하게 떠오르는 기억들 앞에서, 사뭇 신기할 정도인 것이다.

　어쨌든 그는 형사가 건넨 그의 또 다른 명함을 꺼내서 보기도 했던 것이며, 〈오천자살방지협회 이사 韓日根〉… 먼저 받았던 명함과 그 명함을 들여다보며, 공무원이 그런 사적인 명함을 소지해도 되는지 의문이 일었었다.

　하긴, 그는 그 별종 인간으로 인해 얼굴을 찡그리듯 자꾸 헛웃음을 짓곤 했던 것이다. 쏟아지는 졸음에 더는 못 버티고 그는 몸을 내맡기듯 눈을 감은 것이었고, 그 와중에도, 병림으로 가는 버스인지라, '중심상가'에서 내리면 되지. 병림을 오가는 대부분의 버스는 그 중심상가를 지나가게 되어있는 것이었다.

그는 잠을 좀 잤지만, 금세 눈이 열려있는 걸 깨달았던가. 눈을 붙인 건 고작 수 분 정도였고, 오히려 신경이 곤두선 채, 형사에게서 들은 몇 마디 말만 가지고도 그때 그는 여러 상상을 한 것이었다. 시신이 안치된 병원 영안실로 박 선생의 가족이 뒤늦게 찾아온 것이나, 아마 지금쯤 원룸에서 유품을 챙겼을 거라는… 그는 특히나 집주인 여자의 눈살을 찌푸리게 했다는, 그 행동들을 상상하곤 했던 것이다.

맨 처음 주검을 발견하고 신고한 게 주인 여자였다는 것이며, 출동한 경찰이 놀란 건 그녀가 '개 코'처럼 약간의 매캐한 냄새를 맡았고, 기가 막히게 문을 따고 들어가 시신을 발견했다는 거였다. 시체가 구더기 속에서 발견되지 않은 건 그녀 덕분이었다.

그리고 그녀는 경찰을 붙들고, 제발 조용히, 소리 나지 않게 처리해 줄 수 없느냐, 그런 하소연부터 늘어놓는 통에 무척 애를 먹었다는 것이었다.

"사람 죽은 게 알려지면 누가 들어오겠어요. 이런 피해를 누가 보상해 주냐구요? 노후 대비하는 셈 치고, 남편의 퇴직금, 은행에서 융자까지 받아가며 원룸 건물을 사들였는데, 공실이 된 원룸을 국가가 책임져 줄 거냐구요?"

하도 죽는소릴 하는 통에, 원룸에서의 '고독사'—이제 그 사후 처리를 집행하는 청소부들처럼 법규와 행정 절차를 따르는 공무원들의 세심한 배려심이 발휘된 경우랄까. 하긴, 공무원이라면 죽은 사람보다 살아있는 사람의 재산 보호며 '민원'에 우선적으로 귀를 기울여야 하는 건 마땅했고, 그처럼 감쪽같이 원룸에서 빼내져 가장 가까운 병원 영안실에 안치된 거였다.

오천과 병림을 오가는 버스들은 갈 때와 거의 비슷한 노선을 따라 되돌아오는 것이었고, 얼마쯤 왔을까, 그는 불현듯 '정동명'이란 이름석 자가 떠오른 것이었다. 처음에는 영문을 몰라 눈을 껌벅이던 그는, 그 까무잡잡한 얼굴, 입에선 갑자기 아, 탄식인지 탄성인지 분간이 안 가는 신음이 터졌었다.

좀체 그 이름이 떠오르지 않았던 이였다. 왜 하필 그 순간 정동명이 자신의 존재를 알렸는지, 더욱이 그 순간 눈앞에 펼쳐지는 듯했던 망망한 바다라니!

그땐 그의 내면의 고질적인 '병통(炳痛)'이라도 건드린 것처럼, 아릿한 통증을 느낀 거였다. 정과 함께 떠올랐던 바다와 고깃배라니!

그는 그 바다는 재껴 놓은 채 창밖으로 오천의 거리를 바라보며, 그 오천인력에서의 '추억'들을 애써 반추했던가. 어쩌면 그때 그는, 그 울적한 기분에서 벗어나기 위해서도, 정동명이란 사내나 그런 기억들에 매달리는 것인지도 몰랐다.

정은 외모부터 누가 봐도 영락없는 동남아에서 온 노동자 같았고, 가만있으면, 인력사무소에서도 그런 '차별'을 감수해야 하는 신세였었다.

물론 차별이래야 명예로운 내국인이라는 것 외엔, 오늘날 외국인 노동자는 일용직 잡부든, 기공이든, 그들을 보조하는 조공이든 없어선 안 될 요긴한 존재들이었다. 특히나 건설현장에서 목숨을 걸어야 하는 위험한 일은 그들이 도맡았고, 여전히 추락사가 다반사지만 그만큼 그들은 귀한 대접을 받았다.

또 그들 중 남다른 기질을 가진 이들은 처음부터 목숨을 걸고라도 기술을 익혀 어엿한 기공으로서 내국인 막노동자들을 비웃듯 월등히 많은 소득을 올렸다. 아무튼, 당시 정은 오십 대 초반의 일용직 잡부로 그와 비슷한 나이였고, 굳이 자신이 한국인이라며 주민등록증을 스스럼없이 까 보이는 촌극은, 그땐 그 바닥을 잘 몰랐던 노가다 초보인 그로서도 그 까무잡잡한 얼굴을 유심히 보게 했던 것이다.

그는 왠지 첫인상부터 정과는 말을 섞기도 싫었었다. 어느 날 정은 자신이 지난 90년대 인천에서 어느 대학을 다녔고, 학생운동을 했단 말을 늘어놓곤 했다.

대학도 나온 내국인이고, 거기에 운동권 경력까지. 어떤 사연이 있기에, 그런 전략의 호기심 유발까지. 헌데 늘, 수시로 얼굴들이 바뀌는 숙소에서, 정은 새사람이 들어올 때면, 늘 그런 식의 자기 PR을 장황하게 펼쳐놓는 거였다. 그는 방 한구석을 차지한 채 어릿광대라도 보는 듯 연민의 쓴웃음을 짓곤 했다.

시간도 아깝지만, 그의 까탈스런 성격이며 그놈의 '결벽증'은 평생 살아오면서 저런 인간들과 어울리는 걸 끔찍이도 싫어했고, 멀찌감치 거리를 뒀던 것이다.

정은 십 수년간 운영해 온 회사가 문을 닫았고, 아내로부터 이혼당하고, 빚쟁이들에게 쫓기는, 그야말로 나락의 끝자락에 내몰린 듯 보였었다. 물론 그가 떠벌이는 것들이 다 구라가 아니고 어느 정도는 사실임을 전제로 했을 때의 얘기였지만.

그 바닥을 떠도는 노가다들의 구라를 믿느니 차라리 길거리 똥개의 짖는 소리를 믿는 게 낫다는 우스갯소리도 있지만, 정이 푸념처럼, 때론 무용담처럼 늘어놓는 얘기들은, 무척 구체적이었고, 또 그 운동권 경력이나 활약상도 경험자가 아니라면 들려줄 수 없는 얘기들이 대부분이었다.

정은 그보다 먼저 그곳에 들어와 몇 개월째 머물고 있었고, 잠시 있다 떠나는 노가다들에 비하면 길게 있었던 셈이었다.

당시 그는 일을 나가는 시간 외엔 잠만 잤었고, 그 곰팡내 나는 '은신처'랄까, 그곳은 그가 틀어박히기엔 안성맞춤의 깊은 동굴이라 할만했었다. 고적한 동굴이었고, 그는 그때도 세상만사를 잊고자 했었다.

그는 그 직전까지도 배낭을 둘러메고 전국의 오지를 떠돌았지만 환멸과 상처는 아물기는커녕 더 깊어진 양상이었다. 그는 한계에 이르렀고, 그땐 막다른 길이었다. 더욱이 더 버틸 수 없는 곤궁한 처지에 몰려, 어쩌다 지치고 말라비틀어진 낭인의 행색으로 오천에까지 흘러든 것이었다. 막노동꾼이 되는 것도 처음엔 적응이 힘들었다. 치렁한 머리며 텁수룩한 수염부터 자르고 깎아야 했고, 오히려 새벽부터 일을 나가는 생활이 '적응'에 보탬이 되었다.

지금도 그런 변심, 도시가 싫었던 그가 돌연 무슨 생각이었는지 발길을 돌린 것이었다. 태어나 그날까지 한 번도 가보지도, 관심을 가진 적도 없었던 오천이었다.

그 막노동 외엔 잠을 잔 기억이 대부분이었다. 어쨌든 그런 그에게, 정은 귀찮게 말을 걸어오곤 했고, 그럴 때마다 잠을 자는 척 상대도 안 한 것이다. 그런데 어느 날, 정이 숙소의 새로 들어온 사내에게 하는 애기가 들려왔다.

"내가 말요, 여기 오기 전에 뭔 일을 했는지 알아요? 오징어 배를 탔어요. 이런 일용직 잡부 일을 감사하게 될 줄은 꿈에도 정말 몰랐다니까. 거기에 비하면 여긴 천국인 거요. 천국이지!"

누군가 빈정 상해 귀싸대기를 올려도 시원찮을 그런 말을 막노동자들 앞에서 정은 예의 그 어릿광대마냥 늘어놓는 것이었다. 그는 그때 정의 그 '천국'이란 말에 기분이 참 묘했었다. 그는 오래전 그런 단어를 잊었고, 그것도 막노동자들 숙소에서 오랜만에 다시 들은 기분이었다.

인력사무소에 딸린 그 먼지투성이인 남루한 방, 그곳이 천국이라니. 어쨌든 그날 이후로 그 자발스런 사내가 좀 달리 보였던 것이다.

한 번은 같은 현장으로 일을 나갔는데, 정은 그 천국의 일꾼을 자처하듯 땀을 뻘뻘 흘리며 몸을 사리지 않는 것이었다. 그나 정이나 그런 면에선 죽이 맞았고, 그날 이후로 그들은 같이 막걸리를 마시는 사이가 된 것이었다.

"내가 조그마한 회사를 운영했었어요. 자리 잡은 회사를 운 좋게 인수해서 십 수년간 재밌게 일했거든. 잘 나갔고… 거의 매일 골프장에서 살았으니까. 지금 정치하는 놈들, 나 그놈들 많이 알아요. 같이 어울려 골프 치고, 술집 드나들고, 가오 잡고… 권불십년이란 말 있잖아. 내 운발도 다한 거지 뭐. 세무조사 들이닥치고, 알거지 된 거지. 나도 잘한 것도 없고, 지금은 창피하니까, 어디 얼굴도 못 내밀게 되었지만. 회사 넘어가고, 이혼부터 해 주고… 마누라하고 자식새끼들까지, 말려들게 할 순 없으니까. 내가 말요, 몇 차례 자살 시도를 했어요. 사람 명이 길다는 걸 그때 알았다니까. 깨어나 보니까, 흐흣 쓰벌, 병원 응급실인 거요. 한 번은, 산속에 들어가 수면제를 먹었어요. 호랑이가 살만한 깊은 산 속에. 나무 그늘 아래 누워서. 그 노무 산새들 소리, 물소리, 내 인생이 이렇게 끝나는구나… 넌 죽어도 싸다, 미련도 없었고. 니미럴, 또 응급실인 거요. 등산객이 길을 잃었다 발견했다나. 죽지 말라는 운명인가 보다, 그런 생각이 드는 거예요. 죽을 땐 죽더라도 더는 추해지지 말자… 그런다고 저지른 죄가 사해지는 것도 아니고, 안 그래요? 최 밑바닥부터 다시 시작해 보자, 이런 생각이 드는 거요. 개과천선이 따로 없지. 난봉꾼, 사기꾼, 도망자가 어떻게 오징어 배를 타게 됐어요. 단돈 얼마라도 몸으로 벌어서 사죄의 뜻으로 주변 사람들에게 갚으리라, 기특한 생각으로 탄 거지만… 내 타락한 의식을 정화하겠다는 의지도 있었고. 그들이 어떻게 생각하든, 목숨 걸고 번거니까. 헌데 이형, 그놈의 오징어 배 일이, 죽는 것보다 더 힘들더라고. 단 일주일을 못 버티겠더라니까. 넌, 여기에서 지면 끝장이다, 물러서면 이 정동명이는 영원히 죽는 것이다, 그렇게 하루하루 이를 악물고 버틴 게, 열흘, 보름, 한 달, 두 달… 내가 말요, 이형, 장장 8개월을 버틴 거요! 남들이 들으면 별거 아닌 시간인지 모르지만, 나로선 목숨 걸고 6백만 원을 모았어요. 내가 물 먹인 친구들, 친척들, 그 빚쟁이들에게 똑같이 나눠서 봉투에 담아 보냈지. 용서해 달란 말은 못 하지. 바라지도 않았고. 그래도 죽을 고생을 해서 번 거니까."

아무튼 정은 사교성 하난 타고나 두루두루 잘 어울렸고, 그 인두겁을 쓴 것 같았던 사장에게도 잘 보인 것 같았었다.

일도 우선적으로 배정받았고, 그런 정이 부탁해서였는지는 알 수 없지만, 초보치곤 그도 정과 함께 남들이 부러워하는 현장에 일을 나가는 경우가 잦았다.

그런데 한번은 전처를 만나고 오더니, '웃으면 복이 와요'를 실천하던 정이 보기가 안쓰러울 정도로 침울한 모습이었고, 그날은 그가 위로할 겸 막걸리를 샀던 것이다.

"내가 버는 거, 한 달 이십만 원도 안 쓰고 다 보내 주거든. 오입도 안 하고 말야. 일 년여 만에 만났는데… 우린 이혼 도장 찍은 날도 마지막으로 사랑을 나누고 헤어졌거든. 이젠 꼴도 보기 싫은 놈이란 건 이해해. 백번 이해하지. 만나니까, 안고 싶더라고. 내가 그렇게 이기적인가? 완강히 거절하더라구. 짐승 보듯이. 짐승이 아니라 웬수인 거지. 실랑이하다가, 내가 더러워서. 밥도 못 먹고, 헤어진 거요. 고생하는데, 동정을 베풀 수도 있는 거잖우?"

그는 그때 실망 정도가 아니라 정이 푼수 중에서도 대푼수란 걸 알았고, 왠지 불길해진 것이었다.

그 불길함은 얼마 후 현실로 다가왔었고, 사장이 무슨 연유인지는 모르지만 정의 뺨을 때리는 걸 그는 우연히 목격했다. 이유를 알고 싶지도 않았고, 그날 이후로 그는 다시 정을 상대도 안 한 것이다. 말로 통보하는 것도 그래서, 숙소엔 종이 쪼가리나 흔한 볼펜도 없어, 문방구까지 찾아가 종이와 볼펜을 구해 왔었고, 〈같은 현장에 나가는 일은 없도록 주의하시오!〉 휘갈겨 건넨 게 다였다.

정은 억울해하는 표정이었지만, 그로선 그것으로 '징그러운 인간'을 정리한 셈이었다. 하기야, 그 징그러운 인간으로 치면, 사장이란 작자는, 거의 말종이라고 할만했었다.

　도대체 어딜 가든 그런 인간들에 지친 그였지만, 그땐 더는 숨을 곳조차 없는 낙담과 절망스러움을 느낀 것이었다.

인력사무소 사장

 한때 경찰이었던 사람이 주식으로 재산을 말아먹었다는 소문도 그 랬지만, 같이 사는 마누라가 있는데도 근처 찻집 마담과 내연관계라는 둥, 그리고 그즈음엔 경마에 빠져, 중고 외제차도 저당 잡혔고, 인력사무소도 조만간 넘어갈지도 모른다는 등등. 최악은 이것도 들은 소문일 뿐이지만 그 인력사무소도 형사 시절 봐준 업소 주인이 돈을 대줘서 차렸다는 것이었다.

 그자가, 인상도 고약하지만 덩치도 곰처럼 커서, 노가다들은 고양이 앞의 생쥐 꼴이었다. 누가 몸이 아파 일을 못 나가고 숙소에 있으면, 사장은 "야 인마, 넌 자존심도 없냐? 인간이 자존심 없으면 끝나는 거야, 인마!"

 물론 인력이 귀한 터라 살살 어르고 달래기도 했지만, 꾀병이 아니고 병이 있어 골골거리는 것들은 이제 쓸모없다 싶으면 인정사정없었다. 그런 으름장도 떠돌이들에겐, 굉장한 압박이자 위협이어서, 비실비실 일어나 일을 나가는 것이었다.

 그는 그자의 끔찍한 목소리를 잊을 수가 없었다. 수년 전이 아닌 까마득한 기억 저편의 환영인 양… 헌데 그 징그러움은 빛이 바래지도 않을뿐더러, 오히려 여전히 시간이 지날수록 더욱 선명해지는 환영인 것이었다. 천장을 두들기는 빗소리, 그 징그러운 꺽진 목소리.

 어느 해 장맛비가 내렸던 여름이었고, 그땐 숙소의 물씬했던 곰팡내는 그의 예민한 후각이며 알레르기 체질을 자극했었고, 일도 못 나가고, 진종일 숙소에서 뒹구는 거였다.

그는 세상사엔 아예 관심을 끊은 터라, 어디 쏘다닐 일도 없었고, 다행한 일은 숙소에 텔레비전도 없다는 것이었다. 드러누워 담배를 태우며 천정의 파리똥들이 수놓은 별난 모양의 '지도'를 감상하거나, 한 번은 바퀴벌레가 얼굴로 떨어져 혼비백산한 적도 있지만, 빗소리며 그 동굴의 고적함과 여전히 나른한 피로에 파묻히곤 했다.

그날 사장은 낮술을 했는지, 찻집 마담과 뒹굴다 들어온 것 같기도 했었고, 허술한 문틈으로 사무실에서 나는 소리가 고스란히 들려왔다. 사장은 괜스레 인척 벌 된다는 실장을 타박하는 것이었다.

삼십 대의 실장이란 사내는 그만둔다는 얘길 입에 달고 살면서도, 여태껏 붙어있는 듯 보였고, 그날도 그들은 티격태격하는가 싶더니, 치킨을 시켜 소주를 마시는 것 같았다. 또 새삼스레 의기투합이라도 하듯 소주잔을 부딪치는 거였다.

그는 사장의 그 톤 높은 꺽진 음성이 울려 퍼지듯 들려오는 걸, 귀를 막고 싶었지만 감내하는 수밖에 없는 것이었다.

"오 실장, 너 인마, 내가 시키는 대로 하면 되는 거야! 안되는 게 어딨어? 이 바닥에서 살아남으려면, 너도 장가가야 할 게 아냐, 인마! 자, 한 잔 받아! 다 너를 위해 이러는 거니까… 전 직장서 짤린 놈이, 깡이 있어야 할 게 아냐! 느그 부모 생각하면, 내가 가슴이 아파, 인마!… 시골서 농사짓는 부모 생각해서라도 이 악물고, 악바리가 돼야지! 어영부영 만만한 게… 사회가 만만한 거 아냐, 이 사회가!… 이 사회란 게 말야!… 사내자슥이 예, 앗쌀하게 받아들이고 대답을 못 하냔 말야?! 포부가 있어야 할 게 아냐, 자존심이! 사내자슥이, 자… 오늘은 비도 오고, 기분 풀고, 인마! 이런 날은 나가서 오입도 하고 말야! 너, 찻집 미쓰 오, 생긴 것도 그만하면, 벌씸이가 잘하게 생겼잖어? 너 아직도 개못 따먹었냐? 스트레스도 풀고, 몸이란 게 기름칠도 좀 하고 말야! 넌 아직도 사회를 몰라! 처음부터 다시 배워야 돼! 사회란 게 말야! 어영부영, 만만한 게 아냐!

너 화랑 연쇄살인 사건 알지? 영화도 나왔지만… 난 말야, 그 영화를 세 번 봤어. 그놈은 지금 생각해 봐도 천재야, 천재! 대한민국이 낳은 천재지! 수만 명이 투입되고도 못 잡았거든. 그놈 하날 잡으려고, 전국의 날고 긴다는 형사들이, 다 투입되고도 못 잡았어. 그 좆뺑이치고도 못 잡았단 말야! 북새통이지, 북새통! 그놈만 잡으면 영웅이 되는 건데… 나는 꼭 잡고 싶었거든! 내가 이 지역을 잘 아니까, 그놈이 어디 숨었을까, 확신이 있었어! 못 잡았지. 나도 살인범을 두엇 잡아 봤지만, 그놈은 우릴 가지고 놀았던 거야. 하루는 말야, 너 이거 진짜야! 며칠째 잠복근무를 하고, 새벽에 사무실로 돌아와서 책상에 엎어진 거야. 잠을 못 잤거든. 내가 귀신같은 거 안 믿는데, 그날 비가 부슬부슬 내렸어. 웬 찬 기운이 싸- 해서, 잠결에 눈을 뜬 거라. 이거 지어낸 게 아냐. 웬 여자가 책상 모서리에 떡하니 앉아 있어. 안색이 그렇게 창백해 보일 수가 없는 거야. 내 앞에, 떡하니 말야… 이거 인마, 지어낸 얘기 아니니까, 들어 봐. 그 보름 전에, 그놈에게 살해당해 논두렁에 버려진 애가 있었어. 생각해 보니까, 그 얼굴인 거라. 키가 작고, 쌍꺼풀진 눈에… 그 뽀글뽀글 파마한 머리에. 내가 생생하게 기억하거든. 잊히지가 않아. 그놈 수법이란 게 있거든. 맹수가 사냥하듯 덮쳐선, 성욕을 채우고, 목 졸라 죽이고는 손발을 뒤로 묶어 놓고… 우릴 가지고 놀았거든. 억울한 귀신이 원한을 풀어 달라고 찾아온 건데, 결국 내가 풀어주지 못했어. 풀어줬더라면, 어떻게 됐겠어? 인마, 여기서 이러고 있겠어? 못 해도, 무궁화 넷은 달았지!"

그는 그 징그러운 목소리를 떠올리다, 퍼뜩 이곳 하늘이 달라진 걸 깨달았다. 영원히 미제 사건으로 남을 것 같았던, 30여 년 동안 잡히지 않았던 그 징그러운 목소리 속의 살인마가 재작년에 거짓말처럼 모습을 드러낸 것이다. 감옥 안이라는, 깊고도 깊은 은신처에, 숨어 있는 걸 현대 과학이 용케도 찾아냈던 것이다.

그 뉴스가 전해진 이후 이 지역의 소리 없는 경천동지를, 어떤 이는 하늘색이 달라졌다는 말을 했다지만, 그는 사람들의 여전히 믿지 못하는, 그 실감이 되지 않는 눈들과 표정들을 상상했다. 오천의 화랑 동부경찰서는 살인마를 잡지 못한 불명예를 안았지만, 그는 그자가 활개 쳤던 병림에 거주했고, 요즘은 개발로 많이 변했지만, 연쇄살인과 시체가 발견됐던 마을과 길, 논두렁, 밭두렁, 산들은 그대로였고, 그도 그 현대과학이 베푼 별무리 진 하늘을 올려다보는 거였다.

사람들의 기억에서 그토록 끔찍하고도 공포스런, 아니 그 기억의 잔상이 영원할 것 같았던, 칙칙한 장막이 거짓말처럼 서서히 걷혔고, 더불어 온갖 억측과 상상들, 잔혹한 연쇄살인의 미스터리가, 감옥 안에서 천연덕스럽게 늙어가는 한 인간의 등장으로 허무하게 막을 내리는 걸 온 나라가 지켜본 셈이었다.

그러고 보면 인간은 그 기억이나 감정이란 안경을 쓰고 사물이나 하늘을 바라보았다. 버스 안에서 그가 바라보는 세상도 마찬가지였다.

헌데 그는 그때 그 살인마나 인력사무소 사장이나, 버스를 타고 오는 내내 한 빛깔의 환영들이 이죽거리는 것 같았던가.

"인마, 살인을 당해도 아무나 죽냔 말야? 다 죽을 만하니까 죽는 거야. 짐승이 사냥감을 고를 때 누굴 고르겠어? 만만한 것들을 덮치는 거지! 가정에 문제 많고, 겉도는 것들 있잖아? 가난하고, 절뚝거리는 병신들, 다 먹잇감이 되는 거야! 넌 인마, 아직도 세상 돌아가는 법칙을 몰라! 그때 범인으로 몰려 죽은 놈도 있고, 당할만하니까 당한 거지. 자살한 것으로 보도 됐지만, 내가 알기로 조사받다 죽었어. 몽둥이로 조지니까, 병원으로 실려 갔지만 죽은 거지. 다행히 연고가 없는 놈이었어. 몽둥이로 때려죽여서라도 범인을 잡고 싶었으니까. 인마, 세상이란 그런 곳이야!"

그는 몹시 피곤해서도 그런 기억들을 뒤로 한 채 눈을 감았고, 세차게 들치는 햇볕과 버스 안은 후덥지근해서, 뒤척이며 다시 뜨곤 했던가. 하지만 그는 그 짓누르는 묵중한 피로에 무너지듯 눈을 감았고, 다시 잠을 좀 잤던 것이다.

어느 순간 눈꺼풀이 반쯤 열려있고, 한결 개인 눈으로 버스가 여전히 오천의 공설운동장과 교회가 보이는 한적한 도로며 까마귀 떼가 하늘을 가릴 듯이 내려앉는 걸 바라보았던 것하며, 부지불식간, 어느 깡촌이 덮쳤을 땐 거의 속수무책이었던가. 마치 습격을 당한 사람처럼 그는 당혹스런 눈으로 어떤 '원시림'을 떠올렸던 것이다. 아니, 도망자마냥 결국엔 그놈에게 따라잡힌 형국이랄까.

그는 몸서리쳤고, 여전히 자신이 그 악몽으로부터 도망치고 있다는 걸 깨달은 거였다. 악몽을 지우려 안간힘을 쓰던 그에게 잠시 벗어날 틈을 준 건, '오 씨 영감'이었던가. "이봐, 이젠 돌아가!", 그 칼칼한 목소리가 어제일인 양 튀어나오면서였다. 오천인력에서 만났던, 그 수수깡처럼 빼빼 말랐던 영감탱이.

그 악몽을 잠시 떨쳐버린 채, 그는 그 영감을 회상했던 것이다. 하긴 그 시점이 아니라면, 그는 그 영감을 떠올릴 기회도 없고, 희한한 건 어쩌면 그가 자신의 존재를 그렇게 알린 것 같기도 했다. 그가 인력사무소를 떠날 때도 그렇게 타일렀던 영감이었다.

어디로 돌아가란 말인가? 그나 영감이나 돌아갈 곳이 없는 존재들이었다.

육십대 후반의 그는 과묵한 인상이었고, 그런 영감이 어느 날인가 자신만의 그 별난 '만찬'에 그를 초대한 것이었다. 그는 망설이다 따라나섰고.

영감은 성격적으로도 유별난 구석이 있었다. 그가 '모시고' 다니는 낡은 트렁크는, 이제 육십 평생 남아있는 재산의 전부였다. 그 안엔 양복 한 벌, 검정 구두 한 켤레, 몇 가지 잡다한 일용품, 온갖 약봉지들. 무슨 사연인지 그는 십 수 년째 여기저기 막노동판을 떠도는 신세였다.

일을 마치면, 영감은 어엿한 노신사로 변신했다. 매일 반복되는 '의식'이나 같았다. 우선 샤워부터 하고 갈비뼈가 앙상하게 드러난 구부정한 몸의 물기를 닦고는 트렁크의 양복이며 구두를 꺼내 손질해 신고는, 이제 자신만의 만찬을 위한 나들이를 나갔다.

그는 그걸 보며, 젊을 적 영감의 번듯한 모습을 상상하곤 했다. 남부러울 것 없는 직장과 가정, 고지식할만치 모든 것에 충실한 원칙주의자. 아무튼 일이 없는 날을 제외하면 그는 어김없이 그날 번 것으로 자신만의 만찬을 위해 나서는 거였다.

따라가 보니, 그날은 경양식 식당이었고, 영감은 막노동꾼으로선 비싼 식사를 했다. 더욱이 그는, 식사 전에 자리에서 일어나 제사상에라도 하듯 절을 하고는 음식을 먹었다. 또, 어찌나 경건한 자세로 정성스레 음식을 먹던지.

그들은 말없이 식사를 했고, 나오면서 그는 궁금해서 영감에게 물었다. 절을 하는 이유라도 있냐고.

"이유랄 게 있어? 죄인이."

"죄인이라."

"왜 이런 곳에 있어?"

"…."

"나이도 창창한 사람이. 어서 돌아가."

그는 오천인력에서 일 년여 남짓 머물렀고, 그땐 좀 더 계획적으로 움직인 것이다. 한동안 지낼 돈도 생겼겠다, 그때 그의 발걸음은 어디 깊숙한 동굴, 아니 영원히 박힐만한 나름의 안식처를 찾아 나선 것이다.

오천을 떠날 때, 그는 다시는 도회지로 들어오지 않으리라 다짐했던 것이다.

이번엔 그는 자신만의 동굴을 찾아 나설 참이었다. 예전 한 철학자는 그의 책에서 고독을 즐기는 자, 독수리와 뱀을 친구 삼아, 지혜를 얻고자 하는 자의 동굴을 말했다면, 그의 동굴은 오로지 칩거를 위한 고적한 동굴이었다.

그만의 동굴은, 그들의 사상이나 온갖 지식과 욕망들— 오늘날 '사신'이 있다면 그런 사상들일 터였다— 도대체 저 징그러운 입들, 오로지 누구 입이 큰가, 입의 크기를 놓고 벌이는 골육상쟁이 아니던가. 어쨌거나 그는 목숨이 붙어 있는 동안 박힐 깊숙한 동굴이면 족했다.

그런 곳이라면 그는 초근목피라도 상관없었다. 다시는 나오지 않으리라. 그 동굴에 파묻힐 수만 있다면, 조용히 쓸쓸히 사라질 때까지, 그 유일한 갈망뿐.

그는 방랑길에서 잠깐 스친 적이 있는 그 깡촌을 처음 보았을 때부터 다시 찾아올 거란 예감을 느낀 것이다. 오천을 떠나 곧바로 그곳으로 들어간 건, 그에겐 어쩌면 그 자신의 동굴을 찾아가는 마지막 여정인 것이었다.

그를 덮쳤던 원시림의 검게 탄 토인들, 개펄과 유채꽃들, 반짝이는 모래톱, 하얀 바위들, 그 쏟아져 들췄던 바늘 촉들의 세례라도 받은 양, 통증이 여전히 그의 혈관을 타고 빠르게 온몸에 퍼져서 휘감는 걸… 바짝 긴장한 모습, 무엇에 물린 짐승의 마른 숨소리가 몸 안에서 진동하는 것 같았다. 담배를 피울 수도 없어, 그는 주머니 속의 담뱃갑을 손아귀에 쥐었고, 수전증처럼 손에 땀이 차고 떨었던 것하며.

더위며 피곤함마저 달아나버렸고, 상기된 벌건 얼굴이며 오, 그날 그의 영혼을 물어 젖힌 놈을 오늘에야 그는 무진장 베풀어진 시간의 선물 속에서, 찬찬히 찬찬히 그 버스 안이며, 또 그 깡촌으로의 여정을 회상하는 것이었다.

드디어 그곳에 당도했을 때, 그는 필시 운명이 이끈 거라고 믿었다. 소박한 마을과 그 앞의 펼쳐진 바다며, 뒤의 산부터 살핀 것도, 그는 벌써 동굴부터 찾는 것이었다.

해 질 녘의 붉게 물든 마을은, 가파른 산 아래에 옹기종기 모여 앉은 모양이었고, 어둠이 내리면 그 적막감이며, 철썩이는 바닷물이 가득 차오르곤 했다.

그는 마침 민박집이 있어, 우선 그곳에 여장을 푼 것이었다. 일단 머물며, 그 운명적인 예감을 살펴보겠다는, 그런 설렘이 여러 날 그를 들뜨게 했다.

민박집은 마을의 맨 위쪽에 있었고, 바로 뒤의 가파른 바위산은 병풍이 둘러친 듯 아늑했다. 시골집을 개조했고, 그는 2층 한쪽 방에 묵었다. 창문을 열면 눈앞에 그 '원시림'의 때 묻지 않은 풍광이 한가로운 가난과 함께 펼쳐졌다.

또, 조그만 부두에선, 남자들과 여자들의 투박한 목소리가 들려오고, 낮이든 밤이든 바다가 숨을 쉬는 듯 들려오는 파도 소리, 바닷새들의 울부짖는 소리.

그들은 농사도 지었고, 그는 며칠째 되는 날엔 거의 확신에 찬 것이었다. 이곳이라면 그는 안식처에서 쓸쓸히 눈을 감을 수 있을 것 같았다.

그는 틈만 나면 그 갯내음이 배인, 해풍과 햇볕에 그을리고 익은 나머지, 특유의 곰삭은 내가 풀풀 나는 마을길을 조심스레 쏘다녔다.

민박집은 늘 여행객들이 투숙했고, 주로 낚시꾼들이었다. 멀리 서울에서도 왔었고, 성격이 활달한 걸쭉한 목소리의 환갑을 넘긴 여주인이 그들을 반기는 거였다.

그녀는 음식 만드는 솜씨도 좋아, 낚시꾼들이 잡아 온 물고기를 회 뜨고, 매운탕을 끓여 내놓을 때면─특히 매운탕엔 수제비를 둥둥 띄우듯 넣었는데, 그게 허기진 입맛을 사로잡는 듯 보였고, 낚시꾼들은 탄성을 질렀다.

"우리가 이 맛에 온다니까!"

"매운탕은 이모님이 최고야, 최고!"

"나야 찾아들 주니까 고마운 거지."

"우리 엄마가 젊었을 적부터 소문났었어요." 그들은 거의가 단골들인 듯 보였고, 하루 이틀 머물다 떠나곤 했었다.

여주인에겐 과년한 딸이 있었고, 삼십 대 후반쯤 됐을까, 일손을 돕기도 했지만 무척 한가로워 보였다.

그는 낮에 낚시꾼들이 바다로 나가고, 여주인이 그나마 한숨을 돌리고 담배를 피울 때면, 다가가 같이 담배를 태우며 속마음은 감춰둔 채로 그곳의 사람들, 또는 환경의 기초적인 정보를 얻고자 이런저런 걸 묻곤 했다.

그녀는, 그런 그를 은근한 눈빛으로 바라보곤 했다. 시골 여인네 치곤 살결도 곱고, 아직은 잘 모르는 사내를 그녀는 주름진 눈빛으로 빤히 쳐다보았다. 오히려 그가 무색할만치 그 눈빛엔 어떤 망설임이나 주저하는 빛이 없었다. 문득, 그녀는 갑자기 시선을 거둬들여 담배를 피우며 바다를 바라보는 거였다.

하지만 입을 열면 말이 많아지는 그녀는, 상대의 속을 빤히 읽었다는 눈빛으로, 이제 그에게 그 마을에 대한 온갖 얘기들을 들려줄 참이었다.

그는 한낮의 고요하고도 부푼 해면 위에 낚싯배들이 조용히 떠 있는 걸 바라보기도 하며, 귀를 쫑긋 세워 듣는 거였다. 그녀에 따르면, 지금으로부터 5백 년 전, 한 비구니가 들어와 이곳에 작은 암자를 지었고, 부처님께 천일기도를 드렸는데, 그게 이 마을이 생긴 시초였다는 것이다.

지금도 그 암자의 흔적이 남아있어, 간혹 불자들이 찾아오기도 하고, 마을 사람들의 심성이 여리고 착한 건, 다 그 때문이라는 거였다.

또, 오래전이지만, 고기 잡으러 바다로 나갔던 사람들이 태풍으로 돌아오지 못하고, 마을 사람들 모두가 부둣가에 나가 여러 날을 기다렸지만 영영 돌아오지 않았다는… 그런 처참한 일들은 지금이야, 태풍이 오면 미리 경보를 알리고, 배들이 회항하니, 그런 일이 일어나지 않지만, 그땐 돌아오지 못하는 배가 심심찮았다는 것이다.

"우리 남편도 그때 안 돌아왔지라. 그로코롬 심성이 착하디착한 양반인디, 그만… 쯧쯧쯧…"

그녀의 이야기는 구구절절 이어지는 것이었고, 그때 첫 아이인 딸을 뱄었고, 유복자로 태어난 딸의 태몽으로까지 이어졌었다.

한숨을 푹 내쉰 그녀는 먼 하늘을 바라보며,

"배는 불러오고, 하늘이 노랗고… 태몽을 꾸었는디, 용왕님인지 퍼득이는 삘간(빨간) 개기(물고기)를 한 마리 안겨줬어요."

그녀는 골초였고, 다시 담배를 꺼내 불을 붙이고는 저 펼쳐진 바다에 마음이 가 있는 사람마냥 연기를 날리는 거였다.

그도 연거푸 담배를 꺼내 피웠고 잠시 중단된 그녀는 골똘한 상념에 잠긴 얼굴로 말이 없었다. 하지만 곧 이야기는 이어졌다.

"여그가 요샌 사람들도 오고, 얼마 전만 혀도 들어오는 이가 없었제. 군수도 찾아오고, 여그가 관광지가 될 거라드만. 얼메나 공을 들이는지 몰러여."

그러던 그녀가 그를 빤히 쳐다보며, 그 마을에 있는 빈집을 입에 올렸다. 유일한 빈집이란 거였고, 거길 한 번 가보라는 거였다.

그는 좀 놀랐다. 그 눈빛이 사람 속을 훤히 들여다본다는 걸 깨달은 것이다. 그의 남루한 행색이 그래 보였는지 모르지만, 어쨌든 그는 당장 그 빈집을 찾아가 보았다.

바닷가에 있는, 빈집은 이젠 형체만 남았을 뿐 지붕도 무너져 내려 사람 키만큼 자란 잡초만 무성했다. 누구도 돌보지 않아 방치된 채였다.

그는 눈을 뜨면, 매일 그 빈집을 찾아가곤 했다. 임자도 없는 집이라 했다. 사연이 있는 것 같았고, 어쨌든 그로선 자신이 찾던 '안식처'를 드디어 만난 듯싶었다. 무너진 것들을 다 들어내고, 돌담을 쌓고, 흙을 짓이겨 움막 같은 집을 짓고.

그의 상상의 나래와 희망이 점차 현실로 옮겨지기 직전, 어느 날 주인 여자와 마주 앉아 담배를 피우며 이런저런 얘길 나눈 것이다.

그는 빈집의 사연이 사뭇 궁금했고, 그녀도 그가 그곳을 들락거리는 걸 벌써 아는 눈치여서, 그땐 속마음을 털어놓지 않을 수 없었다.

말 많은 여편네가, 왜인지 그 사연만은 얘기하길 꺼려하는 눈치였다. 그는 그런 사연쯤은 안 들어도 상관없어서, 일어나려 했다.

그런데 수십 년을 과부로 살아온, 그 상처 많은 여인은 입이 간지러워 어떤 충동을 억누르지 못한 것 같았다. 불쑥 그 집에 얽힌 사연을, 누가 듣나 주변을 둘러보기도 하며, 마을 사람들이 외지인에게 입을 연 적이 없는 얘기를 들려줬었다.

"십 년도 더 지났고, 그 집이 남자가 농약을 먹고 자살했는디… 마을 사람들은 아무도 안 믿었어라. 집안이 그만 파그르르 망해부렀제."

"그 집 사람들이 도회지로 도망치다시피 나갔어라. 여자는 미쳤다는 소문도 있고. 자석이 셋이었는디, 아들 둘, 딸 하나. 큰 놈은 교통사고로 죽었고, 작은놈도 누가 봤다는 이도 없고. 딸 아도 외가 쪽에 맡겨진 후로는, 소식을 들은 이도 없고."

그녀는 눈을 끔벅이며 그의 안색을 살피는 것 같았고, 어쨌든 그녀로선 내친걸음이어서 떠도는 방랑객에게 마을이 생긴 이래 처음이었다는, 그 '농약살인사건'을 죄다 까발리듯 들려줄 참이었다.

"그 여편네랑 새끼들이 농약을 먹여 죽인 거제. 당시 동네 사람들은, 아, 알 만한 사람들은 다 알았지라. 술 취한 사람한테, 개기(고기)국에 농약을 타서 먹였당께."

자살로 결론을 내린, 경찰의 조사 결과를 믿는 이는 애초부터 없었다는 것이다.

"여그가 다 한 집 건너 일가친척들이고, 누구도 입도 뻥긋 안 하니께. 아 골치만 아프고, 다들 입을 닫아 부렀제."

그 부분에서, 그녀는 누가 들을세라, 주위를 살펴보고는, 소근 대는 목소리로,

"여자한테 남자가 있었어라. 다들 알았지만… 지 남정네를… 어뜨게 죽일 생각까지 했으까."

그녀는, 그 여자가 얼굴이 반반하게 생긴 데다 남정네가 술꾼에 마누라를 개 패듯 패악질을 일삼았고, 윗마을에 외지에서 들어와 양식어업으로 큰돈을 번 '박 사장'으로 불리는 사내에게 마음을 주어서는, 바람을 피웠다는 거였다.

그 양식장에 일 나갔다가 눈이 맞았다는 일설도 있지만, 박 사장이 외제차를 몰고 이곳 마을에도 들르곤 했는데, 젊고 능력 있는 그에 대한 칭송이 자자했다는 거였다.

박 사장은, 그 지역에선 양식어업은 최초였던데다, 혁신적인 새바람을 일으켜 지역 발전에 이바지한 공로로 군수 상을 받기도 한, 유명 인사였다.

그들은 사람들 눈을 피해 불륜을 이어갔지만 좁은 바닥에서 이미 소문이 쫙 퍼진 상태여서 알 만한 사람은 다 알았다는 것이다.

박 사장은 윗마을의 빼어난 바닷가 풍광이 내려다보이는 곳에 정

원이 딸린 근사한 양옥집을 지어서 홀로 지냈고, 마누라는 애들 학업 때문에 도시에 있어, 그는 술꾼의 아내를 세컨드마냥 데리고 논 것이었다.

그런데 술꾼의 귀에도 소문이 들어갔고, 옳거니, 당장 득달같이 달려간 그는 공갈, 협박 질로 돈을 우려냈다는 것이다.

그렇게 수차례나 돈을 뜯고도, 분을 못 이긴 술꾼은 마누라를 때리는 것으론 성에 차지 않는지 머리끄덩이를 잡고 끌고 나와 화냥년!을 외쳐대곤 했다.

그러던 술꾼이 어느 날 싸늘한 시체로 발견됐고, 그것도 부엌 아궁이에 머리통을 처박은 채였고, 그 눈을 부릅뜬, 반쯤 혀를 내밀어 악문 사자의 무서운 '형상'에 모두가 식겁했을 정도였다는 것이다.

어느 순간 그녀의 말수가 줄더니, 그의 어두워진 얼굴을 물끄러미 바라보았다. 그 깊고도 팔색조 같은 눈빛이, 그땐 더 푸르게 깜박였고, 도리없이 줄담배를 이어가는 그에게 그녀가 성냥불을 켜주었다.

말없이 담배 연기만 날리다 그는 자리에서 일어난 것이다. 그는 당장 그곳을 떠나고자 했지만, 왜인지 며칠 더 머물렀고, 밤이면 마을이며 바닷가를 쏘다녔다.

그곳에도 그의 동굴은 없었고, 아니 어떤 흉측한 놈이 앗아가 버린 것 같았다. 그런 상실감에 젖어, 그가 어느 날 밤에 보았던 그 칙칙하고도 참혹한 폐가는, 그놈이 짓밟은 것으로 밖엔 보이지 않았다.

그런 폐가에도 달밤에 하얀 박꽃이 피었었다.

어쩌자고 그는 깜깜한 시골길 어둠 속을 그 흉측한 놈을 온몸으로 느끼기라도 하려는 듯, 위험천만한 바위 위를 건너뛰기도 하며 '원시림' 속을 헤매다닌 것이었다.

그는 어느 바위 위에 벌렁 드러누웠고, 그땐 자신이 썰물에 빠져나가지 못하고 갇힌 상처투성이가 된 물고기처럼 헐떡였다.

비늘이 벗겨지고, 살점도 찢어지고… 그 기진한 물고기.

시커먼 바다 위의 검푸른 하늘엔 별들이 반짝였고, 으르렁대는 파도 소리, 세찬 물결이 올라오는데도 그는 눈을 감았다.

정말 잠이 들었고, 잠결에 무슨 소린가 들은 것이다. 눈을 떴을 땐 하얀 포말이 부서지며 온몸을 적셨고, 휩쓸리기 직전이었다. 그는 일어났고, 이미 주변은 들물에 포위된 상태였고, 겨우 바위들을 건너뛰며 백사장으로 걸어 나왔다.

어디에선가 남녀의 내지르는 괴성이 여전히 들려왔다. 그는 처음엔 바다짐승들이 흘레하는 소리인가 싶었지만, 점차 사람 소리란 걸 느끼며 자신도 모르게 다가간 것이다.

부서지는 거친 파도 소리 속에서도 남녀의 시시덕대는 웃음소리, 괴성은 선창 근처의 하얀 바윗돌들이 있는 곳에서 뚜렷이 들려왔다.

그는 그들에게 다가갔고, 하얀 돌들과 뒤엉킨 남녀의 허연 몸뚱이를 볼 수 있었다. 어둠 속에서도 그는 그들을 단박 알아봤던 것이다.

도시의 낚시꾼과 민박집 딸이었고, 그는 그 밤에, 그곳을 빠져나왔다. 어디론가 도망쳤고, 밤새 해안 도로를 따라 걸은 것이다.

아침이 되어 해가 떠오르고 있었고, 바위 위에 걸터앉아 물끄러미 바다며 뜨거운 해와 날아가는 새들을 바라보다 다시 걷곤 했다.

그는 발길 닿는 대로 여러 곳을 떠돌았고, 몇 년 후 여름께 자신이 다시 오천에 이른 걸 깨달았을 땐, 전생에 무슨 악연이라도 있었던 게 아닌가 싶었다.

편지

그날 경찰서에서 돌아온 그가 낮부터 한 일은, 낯설게도, 몹시 지친 상태였지만, 창문부터 활짝 열어젖히고, 원룸을 쓸고 닦은 것이었다. 얼마 만에 창문을 열었는지 확실하진 않지만, 아마 원룸에 들어온 후 처음이었을 것이다. 그는 걸레가 없어 수건에 물을 흠뻑 적셔 방 안을 닦았고, 시커멓게 된 수건들을 세탁기에 넣어 돌려가며 그 찌든 때를 말끔히 씻어내려 했었다.

특히나 땀내와 니코틴, 사람 속이 뿜어내는 악취들이 고여서 화학작용이라도 일으킨 듯, 퀴퀴하게 밴 냄새는 좀체 지워지지 않았다. 짐승의 우리나 다를 게 없었다. 그는 중간에 벌렁 드러누워 잠시 쉬긴 했지만, 해 질 녘까지 욕실을 비롯하여 싱크대, 신발장 등 원룸 구석구석을 대청소한 것이었다.

또 아령이나 방구석에 박혀있던, 오래도록 따라다닌 몇 권의 책도 그땐 먼지를 털어 텔레비전 옆의 눈에 잘 보이는 자리로 옮겨 놓았다.

모처럼 열린 창문틀에 두 팔을 얹고, 그는 담배를 피웠고, 곧 차가워진 바깥 공기며, 그 해 질 녘의 원룸단지는 더욱 적막감에 잠기는 거였다.

사람 소리 하나 들리지 않았고, 그는 비쳐들던 가냘픈 석양을 밀려드는 어둠이 삼켜버리는 걸 지켜보았고, 그리고 그때 그가 좀 놀란 건, 드문드문이긴 하지만, 그 다닥다닥 붙은 원룸 건물들의 창문들이 불을 밝히면서 사람이 있는 걸 확인했을 때였다.

또, 그때 머리 위 하늘에서 무언가 위압적인 날갯짓 소리가 들렸고, 그는 놀라 하늘을 올려다봤는데 거대한 검은 새 떼가 바로 머리 위로 날아가고 있었다. 마치 원룸단지를 뒤덮는 듯 보이는 까마귀 떼였다.

그는 찬 공기도 공기려니와 아까부터 창문을 닫을까 망설이던 참이라 담배꽁초를 밖으로 튕겨버리고는 닫은 것이었다.

문득 그는 몰라보게 말끔해진 방 안을 난감한 눈길로 바라보았던 것이다. 어느 순간 그는 난감함에 짓눌렸고, 방 안에 벌렁 누웠을 땐 공연한 일을 벌인 것 같았다. 결국 그는 담배를 꺼내 불을 붙였고, 모처럼 씻어낸 방 안을 다시 연기로 채운 것이다.

그는 희뿌연 연기 속에서 그제야 난감함을 조금 덜 수 있었다. 그러고 보면, 그 공간은 그가 돌고 돌아 마련한 '동굴'인 셈이었다.

그 난감함이야말로 그의 영혼의 얼굴, 진실한 감정이라고 할만했다. 그는 자신을 구제할 능력이나 어떤 재간도 없음을 오래전 시인했던 것이다. 그런 그에겐 적당한 동굴이었고, 하루하루 그저 살아가면 그만인 시간 때우기로서의 공간.

문제는, 동굴에 박힌 한 마리 짐승마냥, 그는 나날이 단순해지는 어떤 본능 외엔 급격히 퇴화하는 양상이었고, 더욱 깊어진 사람 기피증도 그중 하나였다. 더욱이 노동 환경이 야행성으로 활동 반경이 좁아지면서, 지독히도 햇볕을 싫어했고, 누군가 문 앞을 서성이기만 해도, 숨죽이고 바짝 긴장하거나 갈기를 세우는 식이었다.

또, 시들어가는 놈 불알 만지듯, 살려낼 재간이나 방도가 없다는 건, 그로선 무미건조한 살덩이와 함께 숨이 붙어 있는 동안 꼼짝없이 한 마리 짐승을 키우거나, 동행해야 하는 천형이 부과된 것이랄까.

이 과제는 실로 늘 난감하고도 심각하리만치, 그에겐 유일한 실존적

고뇌였고, 이러지도 저러지도 못 하는 어정쩡한 상태, 아니 이건 그에겐 사육당하는 동시에 사육자로서 그 천형을 감내하는 수밖에 없는 것이었다.

더군다나 이 짐승을 먹이려면 노동을 해야 하며, 궂은일도 피할 수 없는 것이다. 어디 그뿐인가. 어쩌다, 아주 어쩌다 가뭄에 콩 나듯 성욕이라도 일 때면, 이놈을 어떻게 달래주나 그는 그만 암담해지는 거였다.

하긴, 막상 발기는커녕 그것도 요원한 꿈에 불과하지만, 그는 지난 십여 년 동안 수음도 맛본 적 없는 것이다. 바짝 말라버렸고, 그로선 이놈에게 베풀 수 있는 거라곤 먹이고 재우는 것 외엔, 무얼 적실 수 있는 게 없는 것이다.

한 번은 이런 상상을 한 적도 있었다. 뒷걸음질 치다 못해, 더욱 깊숙이 틀어박히거나, 괴상스런 몰골로 단순해지면서, 몸엔 털과 비늘이 돋고 정신이나 영혼조차도… 어떤 뿔 달린 존재를 떠올린 건, 참 기막힌 예감이 아닐 수 없었다.

하긴, 그는 사육하는 자로서, 아니 동시에 사육당하는 존재로서 다 고역이라면 아마 벌써 이 세상 사람이 아니었을 것이다. 그는 간혹 자신이란 존재, 이 인간이란 생물에 대해 묘한 호기심을 느끼는 게 그나마 위안이었다.

가령, 이 생물은 가만히 지켜보거나, 관찰하면 할수록 그 내면을 형성한 어떤 빛깔이며 성향, 깊게 감춘 상처의 트라우마, 이젠 다 드러나서 닳아빠질 나이인데도 어느 땐 불쑥 튀어나오는 낯선 행동들, 또 가만 보면 자신이 결사적으로 여전히 누군가의 반대 방향을 향해 줄달음치는 듯 보이는 것도 흥미로웠고, 그 순간만큼은 약간의 연민을 느끼는 것이다.

아직은, 그로선 이놈의 숨을 멎게 해야 할 절대적 필요성보단, 심장

소리에 귀를 기울이면, 사육자의 손아귀에 있는 짐승이 놀란 양 더 박동이 뛰는 걸 느끼는 것이다.

아직은, 왜?… 이 왜?와 아직은, 이야말로 그가 지금도 숨 쉬고 있는 유일한 이유인지도 모르겠다. 아직은, 왜? 어쨌든 그의 안엔, 아직은, 왜?가 있는 것이다.

그는 드러누운 채로 담배를 피우며 골똘한 상념에 잠기기도 했고, 불현듯 아직 남은 오늘의 과제처럼, 일을 나갈 것인가, 재낄 것인가, 머리가 지끈거렸다.

그는 집주인 여편네의 상판대기를 떠올리며, 소인배처럼 자신도 놀랄 정도로 험한 욕설이 입에서 튀어나온 것이다.

"쌍년 같으니라고!"

쌍년, 그가 태어나서 자신의 입에서, 여자를 향해 그런 욕설을 내뱉은 건 처음이었다. 쌓인 감정이 폭발한 것이었고, 그녀를 향한 선전포고랄까. 하긴 이 원룸을 지키겠다는, 그러려면 일을 해야 하는 것이다. 하지만 그의 몸은 이미 지쳐 터진 자루 같았고, 그는 재차 '오늘도 나가야 한단 말인가?' 항의의 표정을 짓는 거였다.

결국 그날도 재낀 셈이 됐지만, 아니 그는 다음 날도 몸살기가 있어 방 안에서 종일 뒹굴었고, 좀체 몸을 추스르고 일어나지 못했고, 연거푸 사흘을 쉬게 된 셈이었다.

낮부터 소주를 취하도록 마셨다. 위장약을 먹고는, 그 위에 소주를 들이부었고, 그날 밤엔 사다 놓은 술이 떨어져, 편의점으로 가 몇 병 더 사 온 것이다. 그런데 원룸 건물로 들어서던 그는 비틀대면서도 출입문 옆 벽에 설치된 우편함에서 얼핏 무언가를 본 것 같았다.

원룸별로 칸이 나눠진 평소라면 204호는 늘 텅 비어있기 마련이었다. 술기운에 얼핏 하얀 무언가를 본 것 같지만, 그는 곧 잊어버렸던 것이다. 그는 사 온 소주를 거의 다 비우고는 밤새 지독한 위통에 시달렸고, 눈을 떴을 땐 한낮이었다.

그는 쑤시고 아리는 위통을 억누르며 위장약부터 복용했고, 그런데 마실 물이나, 쌀도 반찬도 무엇 하나 없이 떨어진 상태여서, 그는 도리 없이 점퍼를 걸치고 어슬렁대듯 밖으로 나온 것이다. 문득 지난밤의 흐릿한 기억이 떠올라, 그는 자신이 잘못 본 거라 믿어 의심치 않으면서도, 출입문이 열리자 우편함부터 확인했다. 무언가 보였고, 그의 204호 우편함에 하얀 봉투 모서리가 아래 틈새로 비쭉 내밀고 있었다.

그는 다가가 의문의 편지를 꺼냈다. 편지 외에도 우편함 안엔 다른 무언가도 들어있는 게 틈새로 보였고, 그는 그것도 꺼내 보니 자동차 키였다. 그는 갑자기 심장이 울렁거렸고, 그것들을 주머니에 넣고는 편의점으로 향했다.

원룸으로 돌아온 그는, 사온 것들을 내려놓고는, 자리에 선 채로 편지와 자동차 키를 꺼낸 것이었다. 편지는 겉봉이 뜯겨 있었고, 받는 사람 박용안, 보낸 사람은 '서울에서'라고만 쓰여 있었다. 그는 불현듯 박 선생이 자신에게 남긴 거라는 걸 거의 확신했다. 그는 선뜻 편지를 꺼내 읽지 못하고 망설였다. 설사 박 선생이 자신에게 남겼더라도, 과연 남의 편지를 보는 게 맞는지 알 수 없었다.

더욱이 서울에서 보낸… 또, 그 글씨체는 어쩐지 여성이 쓴 거란 걸, 정체에 곧을 만치 여리고 반듯한 글씨였다. 그는 곧 강한 호기심에 이끌려 겉봉에서 편지를 꺼냈고, 하얀 양 면지 위에 깨알처럼 펼쳐졌던 한 여인의 '목소리' 그 또렷한 '눈매'라니!

박 선생이 악동 시절 만났다는 신비로운 그 '한 여인', 편지는 세 장이었고, 이런 내용이었다.

박용안 씨에게.

난 이런 편지를 쓰고 싶지 않았어요. 왜 부질없는 짓으로 사람을 심란하게 하고 괴롭히는지… 하기야 그게 당신의 변하지 않는 수법이자 인생이었죠.

우린 이젠 他人이에요. 당신은 여전히 과거 속에 살고 있군요. 우리가 합쳐지는 일은 없어요. 하늘이 무너져도 그런 일은 일어나지 않아요. 그런 의미로 꽃가루를 동봉했어요. 예전 당신이 내게 주며 청혼했던 그 장미 꽃송이에요.

당신이 선물했던, 그 詩集에 넣어뒀던 장미꽃가루예요. 우리의 관계는 산산이 부서졌어요. 그 부서진 꽃송이가 다시 소생할리가요. 당신이 부서뜨린 거예요. 나를 누가 이토록 모질고 차갑게 만들어 놓았을까. 내 심장은 오래전 멎거나 새까맣게 타버렸어요.

나를 이 지경으로 떨어뜨린 건 당신이에요. 오직 당신뿐이에요! 아시겠어요? 박용안이란 인간만이, 사람의 영혼을 이토록 황폐하게 할 수 있어요. 이건 심판이에요! 아시겠어요? 마땅한 심판을 달게 받아야 되는 거 아닌가요?

여러 날 뜬눈으로 밤을 새우며 그런 생각을 했어요. 이 증오심, 미움을 비우려 기도하지만, 아아, 어쩌면 이리도 나를 심연 바닥까지 망가뜨려 놓았을까. 어떻게 용서할 수 있겠어요? 나는 당신이 마련한 지옥을 살아요.

어떤 지옥인지 당신이 상상이나 할까요? 아아, 나쁜 인간. 이제 허튼수작 그만두세요! 이 몹쓸 인간아! 내게 무얼 기대하나요? 당신이란 인간은 거짓이에요. 모순, 모순, 웃기지 말아요! 신의 이름을 걸고 얘기하겠어요. 당신은 모순이 아닌 거짓이에요!

지난 29년 결혼 생활, 되돌아보면 난 언제나 처참했어요. 멀쩡한 척 연기하지만, 난 만신창이가 되었죠. 신경쇠약, 정신과 치료에, 악몽에. 이 거짓된 인간!

아시겠어요? 무엇이 더 남았나요? 당신이 저지른 만행을 하나님은 다 지켜봤어요. 그 거짓의 영혼을, 만행을 심판한 거예요.

오래전 내려졌어야 할 마땅한 심판인 거예요. 가증스런 인간, 내가 내일 죽는대도 용서하는 일은 없어요. 고난의 자리에서 이번만은 회개하며 살고 있다고요? 당신 같은 철면피가 어디 가겠어요? 그 세 치 혀가 부끄럽지 않아요? 그 여잔… 그래요. 난 목사 사모라서 더 용서할 수 없었어요.

이 뻔뻔스런 인간, 그 여잘 구원하려 그런 사랑을 베풀었나요? 얼마나 많은 여자를 당신이 망쳐 놓았는지… 그 여자 음독자살하려 한 건 아직 모르나요?

난 그녀를 증오한 적이 있어요. 이젠 회개했어요. 그녀도 당신의 희생자니까. 목사님이 기도로 겨우 살려 놓았어요. 모두가, 당신이 만든 지옥에서 살아요! 이 위선자, 가증스런 인간, 당신이 우리 가족에게 어떤 짓을 했는지. 사랑? 회복? 그 입으로 아직도 그런 말을 하다니, 아아, 당신은 절대로 구원받지 못할 거예요!

진실한 회개를 담아 그 땀방울, 핏방울을 보낸다고요? 그 돈들은 고아원과 양로원에 나눠 보냈으니 그리 아세요. 그리고 법적으로 물려받을 유산도 있는데, 왜 더 실컷 여자들하고 놀아보지 그래요? 그게 당신이란 인간에겐 더 어울려요.

편지를 볼 때마다 희롱당하는 기분, 이 비참함을 당신이 알까. 내가 철없던 시절 당신에게 넘어간 게 한스럽지만, 당신은 끝까지 형편없는 인간이었어요.

어쩌겠어요. 당신 어머니는 눈물로 자식을 위해 기도하지만, 응답이란 건 고작 그 모양인걸요. 사람이 되라 오늘도 새벽부터 눈물로 기도하지만.

　애들도 당신이라면 잊은 지 오래예요. 어디 가서 얼굴이나 들 수 있겠어요? 우리를 잊어줘요. 이젠 우릴 놓아줘요. 우리 기억에서 제발 사라져 줘요!

　2021년 봄. 안숙희

　그는 편지를 읽으면서, 이미 다시 취한 것이었고, 만신창이인 몸에 다시 소주를 들이부은 것이었다. 들이붓지 않고는 배길 수 없는 상태였고, 취해서 몽롱한 지경에 이르렀고, 알 수 없는 뜨거운 눈물이 쉼 없이 그의 뺨을 타고 흘러내렸다.

　더욱이 그 '낙원의 꽃밭'에서 뛰놀던 악동이 눈에 선하게 그려지면서, 그만 그의 얼굴은 쓴웃음과 뜨거운 눈물로 젖은 것이었다. 그는 취한 몽롱함 속에서도 박 선생 원룸의 '별난 장식'들이 새롭게 생동하는 듯했고, '純念'이란 한자도 마찬가지였고, 소주잔을 코와 입에 털어놓으며 진실로 명복을 빌어 주었던 것이다.

　"잘 가시오, 박 선생. 부디 그곳은 낙원의 꽃밭이 아닌, 악동도 필요 없는, 평화로운 곳이길 바라오."

　거의 인사불성인 그의 폭음은, 어느 순간 필름이 끊기는 것으로 보답했다. 헌데 필름이 끊긴 상태에서였는지, 그 직전의 정신이 몽롱한—비몽사몽의 의식 상태였는지도 불분명하지만, 그는 꿈을 꾼 것이다. 아니 생시 같았고, 박 선생이 찾아온 것이었다.

　최근에 입었던 그 멋스런 담청색 재킷에 소라색 셔츠, 긴 다리에 잘 어울리는 청바지 차림으로, 박 선생이 그의 원룸 문을 열고 들어서는 게 아닌가.

평소엔 한 번도 그의 원룸을 방문한 적이 없기에, 그는 발딱 일어나 어안이 벙벙한 놀란 눈으로 바라보았고, 다짜고짜 박 선생은 그의 팔을 붙잡아 끌고 4층 자신의 원룸으로 올라갔던 것이다.

그런데 방 안엔 벌써 잔칫상이라도 마련해 놓은 것 같았고, 술 한잔하기엔 상다리가 휘어질 정도의 진수성찬이 그득했다. 더군다나 숙주나물이며 구운 조기도 보였고, 목기 위엔 떡과 과일도 보이고, 언제인가 같이 먹은 적이 있는, 당장 식욕과 '소맥'을 당기는 치킨이며 싱싱한 회도 보이고.

재킷이며 청바지까지 벗어서 벽걸이에 걸며 박 선생은 추리닝으로 갈아 입었고,

"이태공, 우리가 오늘을 그냥 보낼 순 없지! 안 그래?"

하며 그 쏘는 듯 시니컬한 눈빛을 날리며 술상을 사이에 두고 그들은 마주 앉았고, 그는 박 선생이 내미는 술을 잔에 받으며,

"오늘이?"

그는 왜인지 미심쩍은 눈길을 거두지 못한 것이다. 어쨌든 잔을 주거니 받거니, 박 선생이 평소 같지 않게 한결 편해진 모습에, 그도 금세 기분이 풀어져 술을 마신 것이다. 그런데도 그는 왠지 방 안이 좀 낯설었고, 그러고 보니 벽의 유채화도 안 보이고, 시간표도 붙어 있지 않았고, '純念'도 사라지고 없었고… 아, 아니, 이게 어찌 된 건가? 텔레비전 옆의 사진 액자들도 텅 비었고,

"아니 박 선생님… 이사라도 가려고요?"

그는 박 선생에게 술을 따르려다 물었고, 아뿔싸! 사람도 술상도 사라지고 없었다. 의식을 차렸을 땐, 그 생시 같은 꿈만 고스란히 남아있는 기분이었다.

몸은 곤죽이었고, 그는 며칠간 산송장처럼 뻗어 있거나 웅크리고 앉아 담배를 빨아재끼곤 했다. 그래도 창문은 활짝 연 채였고, 그땐 아무

래도 구멍 났던 위가 다시 문제를 일으킨 것 같았다. 통증이 아려 올 때면, 그는 그만 질린 약봉지며 병원 갈 아뜩한 생각에, 홀연히 떠나버린 박 선생이 부러웠다.

사실 일주일만 먹이를 공급하지 않아도… 오늘이라도 결행하면 될 일이었다. 누구도 찾아오지 않을 것이다. 이놈아, 겁먹을 거 없어. 지긋지긋하지 않니? 난 지긋지긋해! 이 짓 그만하고 싶다. 왜 이러고 있는 거야?

그런 그가 갑자기 쏘아대는 햇볕을 견디며, 비실비실 밖으로 나온 건 그 자신도 예기치 못한 발작과도 같은 행동이었다. 눈을 찡그릴 정도로 햇빛이 쏘아댔고, 현기증은 극에 달해 머리가 빙글빙글 돌았고, 그는 걸음을 옮기는 것조차 힘들 지경이었다.

그의 손엔 자동차 키가 들려 있었고, 한 번 동승한 적이 있는 박 선생의 그 멋진 승용차가 마치 새 주인을 기다리기라도 한 듯, 그는 길가에 세워져 있는 자동차들에서도 청색의 승용차를 두리번거리며 찾는 거였다. 청색은 드문 데다 금방 눈에 들어왔고, 그는 다가가 제네시스 GV70 승용차 문을 열고 운전석에 올라앉았다.

오, 후덥지근한 차 안엔 부드러운 라벤더 향이 가득했고, 이 순간 그는 박 선생이 마련해 놓은 그 멋진 청색 수레를 타고 날아오르는 상상을 멈출 수가 없는 것이다!

그를 반겨 주는 멋진 수레라 할만했었다!

박 선생의 성격 그대로 차 안은 먼지 하나 없이 청결했고, 다만 그 덩치 큰 인간의 체취만큼은 어찌지 못해 짙게 배어있는 느낌이었던가. 그는 시동을 걸고, 에어컨을 켰고, 의자를 젖혀 잠시 눈을 감았던 것이다. 그다음은 줄곧 그 우아하고도 멋진 수레가 날아오르며 그를 이끌었던 것이다.

세차장부터 들른 것도, 좀 전 원룸을 나섰던 그로선 뜻밖의 예기치 못한, 전개였었다. 이제 때를 벗긴, 전 주인과 작별하고 새 주인을 반겨 주는 것 같았던, 그 반짝반짝 빛났던 청색 수레가 그에게 어서 오르길 종용했다.

그는 병림에 들어온 후로도 가까운 화랑 용탄 신도시엔 거의 발을 들여놓은 적도 없었고, 그랬던 그가 이제 해 질 녘이면 반짝이는 승용 차를 끌고 그곳 북광장으로 나가 일을 한 것도, 낯선 광경이 아닐 수 없었다.

그러고 보면, 수레는 밤이면 별빛이 가득한 하늘을 날아올랐고, 미 아처럼 떠도는 행성은 저 멀리, 오래전 벗어나서 깜박이는 본 궤도가 보이는 듯했고, 수레는 멈출 줄 모르고 그 '금지선'을 훌쩍 넘어 날아 올랐다.

금지선을 넘는 순간부터 행성의 행로는 이미 째깍째깍 운명의 시간 표대로 한 사건을 위해 치달은 느낌을 지울 수 없는 것이다. 그는 지 금에야, 그 수레를 띄운 주체며 충만한 의지는 어디서 발원했더란 말인 가? 모든 게 공교로웠고, 박 선생의 '선견지명?'… 그는 수레를 선물한 자로서, 그에게 그 극적인 전기를 마련한 공로자인 것은 확실했다.

운명의 여신이여, 참을 만치 참은 그대의 뜻을 이젠 이룰지어다! 그는 이 순간 담담하고도 초연한 눈으로, 수레 위에서 저 나신의 도시를 내 려다보는 것이다. 그 수레를 띄울 만치 슬픔과 의지로 충만했던 도시 가 아니었던가?

밤이면 천연덕스럽게도 그 거리가 붉게 깨어나곤 했던, 그 푸른 자궁 을, '토끼 눈'도 보이고, 그를 올려다보며 그들이 까르르 웃는 소리가 들려오는 것이다. 그들은 웃으며 말하는 거였다. 어서 와요! 우리들의 낙원이라오!

그는 요 며칠 전엔 그런 꿈을 꾸기도 했던 것이다. 그 수레 안에서 잠이 들었다 눈을 부비며 깨기도 했고, 저 아래 붉게 웅크린 병림이 아가미로 숨을 쉬는 소리가 들려왔다. 몸을 섞었던 그의 안에선 저들의 비릿한 살 냄새가 났다. 그는, 그 역겹고도 유혹적인 냄새에 넌덜머리를 내면서도, 그만 그 향기에 취하는 것이었다.

문득 그는, 구슬픈 연가랄까, 노랫가락을 들은 것이다. 귀에 익숙한 구성진 목소리가, 어디에선가 들려왔다. 저 아래, 아가미로 숨을 쉬는 도시에서 아련하게 들려오는 것 같기도 했다.

그는 그만 깜짝 놀란 것이다. 저건!… 예전, 어린 그를 안아주고 쓰다듬던 할머니의 흥얼대던 노랫가락이 아닌가? 그를 재우려, 늘 불러주었던 자장가. 그는 그만 망연자실한 슬픈 얼굴로 가만히 듣는 것이었다.

'꿈아 꿈아 무정한 꿈아 오시는 임을 보내는 꿈아

오시는 임을 보내지를 말고 잠든 나를 깨워주오

언제나 알뜰한 임을 만나서 긴 밤 짜르게 샐 거나~ 헤.'

오, 내 유년 시절 언제든 품에 안길 수 있었던, 이 세상에서 유일했던 분… 할머니, 그만 부르세요! 더 들을 수가 없어요! 이 몹쓸 놈은, 이젠 당신이 사랑했던 손자가 아니에요! 제발 그만 부르세요!

어느 날 그는, 이 감옥에서 자신이 마지막으로 해야 할 일을 찾은 것 같았다. 더욱이 그는, 여전히 그 밤에 일어난 '살인'을 기억하지 못했고, 자신을 저 심판대에 세우기 위해서도 그것에 집착하는 그를, 그즈음엔 수형자들도 '맛이 간 놈' 취급을 했다.

그들 중엔 노파를 죽여 무기형을 사는 자도 있어서, 그 눈깔이 허연 놈이 누런 이를 드러내며 그에게 이죽거렸다.

"이봐, 살인이 별거여? 난 매일 꿈에 죽인 노친네가 찾아와. 몽당 빗자루 같은 노친네를 다시 분질러 죽이는 거야. 흐흣, 목 졸라 죽이기도 하고."

그는 어떤 '계시'라도 받은 사람 같았다. 불쑥, 살인자의 고백록이 떠올랐다. 하늘의 할머니께 바쳐져야 할 고백록, 아니 자신의 영혼을 담은 글을 써내려 가면, 그날의 기억이 떠오를까. 그는 노트며 볼펜을 구했고, 그날 이렇게 제목을 정했던 것이다.

〈내 영혼의 고백록 – 참회의 기록〉

오천석, 그리고 배를 타다

태어나서 이런 글을 쓰게 될 줄이야. 어젯밤 나는 한숨도 자지 못했어요. 지금도 떨리는 건 사실이지만 나는 이 글을 한 자 한 자 눈물에 적시며 써 내려가려 한다오. 한 인간의 가장 진실한 고백록이 되어야 한다고 다짐한다오.

솔직히 막막한 기분이 드는 것도 떨칠 수 없지만, 짙은 숲을 헤쳐나가듯, 나는 서툰 글이지만 써 볼 생각이라오. 어디서부터 써야 할까, 나는 여러 날 여전히, 저 유년의 기억들을 더듬지만, 역시 내 심장은 무언가 다른 데를 향해 있음을 느낀다오.

나 같은 아둔한 인간도 첫 장의 의미 정도는 안다오. 어떤 부모를 만나는가, 첫사랑, 첫 직장, 첫 장을 연 것들은 가히 운명적이어서, 이 고백록만큼은 그래서 신중을 기하고 싶다오. 나는 이 글을 씀으로서 두 번 태어나는 셈이니.

누군가 한두 사람이라도 이 글을 읽게 된다면, 나는 첫 장부터 지루하게 만들고 싶진 않다오. 문득 나는, 내 심장이 어딜 향하는지 비로소 알 것 같다오. 부디 첫 항해의 닻을 잘 올릴 수 있기를. 나는 기도하는 심정이라오.

나는 병림으로 들어오기 직전의 기억을 더듬는다오. 배를 탔던 기억… 지금 생각해도 좀 어이없는 노릇이지만, 그 망망한 바다, 어느 날 보니 내가 고깃배 위에 있었다오. 트롤선으로 불리기도 하는, 저인망 어선은 꽤 거대해서, 검은 철선이 바다를 가르며 나아갈 때는 해적선이 연상되곤 했다오. 더욱이 밤에 어군탐지기로 아래 바닷속을 들여다보며 물고기들을 기습할 때는, 내 눈엔 영락없는 해적선이었어요.

야만인을 가득 실은… 그 배에서 근 일 년을 나는 노예처럼 사역을 당한 것이었어요. '사역을 당했다' 난 아직은 입이 비뚤어질 만치 타락하지 않았고, 말은 정직해야 하는 법이라고 배웠다오. 어릴 적 읽었던 성서엔-그 시절 열심히 읽었던 덕분에 인용할 수 있어 다행이지만 - 말씀이 세상을 지었고, 생명을 낳았다고도 했어요. 오래전 그 서양 종교를 멀리한 나머지 이젠 잊고 말았지만, 나는 성서의 그 대목만큼은 지금도 심오하게 다가온다오. 참으로 그럴듯한 말이지 않소?

누군가는 이런 비아냥부터 할 거라는 걸 잘 안다오. 밥 벌려 배를 탔으면, 그 정돈 감수할 일이지, 노예처럼 사역을 당했다는 게 당신의 바른 말인가? 세상 좋아진 오늘날, 가난뱅이들 떼쓰는 것하고 뭐가 다르냐고.

더욱이 오늘날 선진국 한국에서, 세계가 칭송해 마지않는 나라에 살면서, 예끼 여보슈! 고생 좀 했기로서니, 하긴 살인은 아무나 저지르나!

내가 나이를 헛먹은 건 부인하고 싶지도 않고, 추호도 변명할 마음은 없다오. 여기 감옥에 있는 것만으로도 증명되고도 철철 넘치니. 그렇더라도, 그리 말하는 떳떳한 그대들에게 이 말을 돌려주고 싶은 충동을 억누를 수가 없구려.

살인자의 말이 야바위꾼의 말보다 믿을 게 못 된다는 건 잘 알지만, 난 누구보다 진실을 사랑해 왔으며, 오늘날까지 이 진실이란 놈과 다퉈왔고, 아니 피투성이가 되도록 싸워 왔음을 여기서까지 굳이 숨기고 싶은 마음은 없다오.

그때 내가 본 건, 해적선보다는 유령선이나 같았다오. 유령선이든, 해적선이든, 우리 막노동자들, 선장이나 갑판장, 그 줄줄이 사탕들인 뱃사람들, 그리고 천하의 천덕꾸러기 같은 그들의 똘마니도, 내 눈엔 그저 입 봉긋한 살덩이들이었어요.

살덩이들을 실은 유령선, 여러분들은 상상이 되시오?

그때 내 기분은 이런 거였어요. 21세기 오늘의 한국, 저 풍요의 바다만이 띄울 수 있는, 유령선이 향하는 곳은 어디인가? 목적지는 있는 것인가.

'노예처럼 사역을 당했다', 실은 이건 나로선 저 유령선에 바치는 헌사랄까, 차마 유령들에게 유령이라 할 수는 없는 거 아니겠소?

나는 여기에서만큼은 진실을 기록하고 싶다오. 적어도 이 고백록만큼은, 신 앞의 겸허한 기록이어야 한다고 믿으오.

하긴, 어디 이 유령선뿐이겠소? 오늘의 인류를 보시구려. 미안하지만, 세상은 앞으로 나아가는 게 아니라, 뒷걸음질 치고 있고, 뒷걸음치다 못해, 곧 반인반수의 신화 속 미노타우로스들로 가득한 시대가 멀지 않았다는 것이라오.

내가 느끼는 그 끔찍스러움을 그대들이 상상이나 할 수 있을까.

이 순간 예전 한 사내의 얼굴을 떠올리는 건, 내겐 또 다른 쓰라린 통증을 안긴다오. 원래 난 남의 말을 가볍게 여기는, 그런 무뢰한이 아니었다오. 인간을 연민하고, 진실로 친절을 베풀 줄도 알았었다오. 서술이 그만 길어지고 말았구료.

…그러니까, 내가 다시 오천으로 들어온 건, 다른 이유랄 건 없었어요. 오직 이유라면, 처음 인력사무소에서 잠을 자고 막노동을 했던 기억, 다른 도시보다는 덜 낯설고 어느 면 잠시 머물기에 익숙했거나 편했기 때문일 거라오.

짐작해 보건대, 그렇다는 거요. 사실 난, 그 도시에 조금이라도 애착이 있거나, 약간의 정이라도 든 걸까, 그건 아무래도 아닌 것 같소이다.

나는 그 도시를 싫어했고, 들어오는 순간부터 어느새 떠나는 걸 염두에 두었으니.

나는 그런 내 감정에 언제나 충실했고, 그건 내가 살아오면서 몸에 배거나 익힌 거라기보단, 사람이 그리 생겨먹었다는 게 더 진실에 가까울 거요. 난 이 부분에서 조심스럽다오. 대체로 인간은 현실에 자신을 맞추지만, 난 애초 그런 따윈 관심의 대상도 아닐뿐더러, 타고난 청개구리, 맞아요, 난 언제나 청개구리였어요.

남들이 갈망하고, 모두가 입을 모아 칭송하는 것을 나는 어릴 적부터도 끔찍이도 싫어했어요. 그대들은 벌써 저 청개구리를 비아냥댈 태세지만, 나는 언제나 진실을 찾고자 했어요. 남들이 말해 주지 않는 진실, 어릴 적부터 나는 목이 말랐어요. 울어도 달래지지 않을 정도로, 언제나 갈증을 느꼈어요.

불과 다섯 살 된 아이가 자신의 '적'을 본능적으로 알았다면, 그대들은 믿어지시오? 언제나 난 그 끔찍한 적들과 맞서왔고, 싸웠어요.

내 안에서 선악은 유년 시절에 이미 저 산등성 위의 떠오르는 해 만큼이나 영혼에 뚜렷이 새겨진 것이었어요.

내 안엔 중간은 없었어요. 언제나 그 결벽증이 내지르는 심장 소리만큼이나 명백할 뿐이었어요. 평생을 그렇게 살아온 나를 비웃어도 상관없다오.

이야기가 삼천포로 흘렀소만, 난 원래 서울 사람으로서 그곳의 숨결이 느껴지는 어떤 빛깔, 질서를 이룬 분위기나 소박함 따윈 애초 바라지도 않았어요. 첫인상부터, 그런 기대를 불허한달까, 난 그 창녀 같은 수용성, '조용한 번잡함'이 싫었어요.

나는 오래전 서울에서 추방당한 신세이거니와, 표랑객으로 떠돌며, 지친 몸으로 그나마 만만하게도 재워 주고 입에 풀칠할 도시로 다시 찾아 든 거였어요.

그래도 이 도시의 미덕이라면, 외국인 노동자뿐 아니라, 나 같은 영혼조차 차별 없이 품어 주는 데 있다오. 그 품은 보잘것없지만, 실은 내겐 일과 잠잘 곳을 제공했던 도시였어요. 난 그 품에서 두 번째도, 원 없이 잠을 잤다오. 역시 질색인 그 도시인데도.

그런데 인력사무소에서 이번에도 한 사내를 알게 됐다오. 이름은 오천석(鳴泉石). 오천과 성, 이름이 닮아서 혹자는 그가 태어난 곳이 오천은 아닐까 상상할 법하지만, 그는 오천 사람과는 무관한 타지인이었어요. 나는 막노동판을 떠도는 인생들을 그다지 신뢰하지 않았고, 처음엔 그 사내와도 거리를 둘만치 일절 상대도 안 했어요. 괜히 징그런 인간들과 엮일 생각을 하면 지레, 끔찍해지곤 했으니까.

그래서 나는, 이번엔 처음부터 아예 누구와 가깝게 지내지도 않았고, 그걸 지켜내려 했어요. 홀로 있는 존재로서 고적감은, 내겐 유일한 위안이고, 그걸 지켜내겠다는 전의로 무장만 하면, 곧 익숙해질 철벽 차단막을 칠 수 있다오.

오천석의 첫인상이랄까, 붉게 얽은 험상은 어느 누구라도 오랫동안 잊지 못할 얼굴이었어요. 왼쪽 뺨에 화상을 입었던 큰 흉터 자국이 남아 있고, 말은 더듬거렸고, 오늘날에도, 저런 사람이 있나 싶을 정도였으니까. 이런 경우 대체로 성격이 뒤틀리게 마련인데, 그 사낸 누구에게나 싹싹하게 굴었어요.

내 눈엔 좀 특이한 놈으로 비친 것도 사실이라오. 그 몰골에 착한 아이의 영혼이 들어있는 것마냥, 내 눈엔 그렇게 보였어요. 누구도 어울리길 꺼려해 그는 외톨이인 듯 보였고, 그런 그가 밤에 잘 때는 꼭 내 옆에 누워 자는 거였어요. 오소리처럼 잔뜩 웅크린 채, 헌데 쌕쌕 내쉬는 숨결이 탁하지 않고, 깨끗한 느낌이었다오. 마치 잘 때의 그 숨결만큼 사람의 속을 여과 없이 내보이는 건 없는 것처럼, 나는 그 노가다 판에서 사람에게 처음으로 그런 감정을 느낀 거라오.

또, 언제부터는 그는 담배를 살 땐 꼭 두 갑을 사서 한 갑은 내게 건네곤 했어요. 몹시 부담스러웠지만, 나는 차마 거절할 수가 없었어요. 담배를 받을 때면, 꼭 그의 일부를 받는 기분이어서, 나도 몇 번 밥을 사긴 했지만, 내 안의 그 묘한 기분을, 이제야 어떤 슬픔인 걸 느낀다오. 어느 때부터 나는 결국 그를 동생처럼 받아들이고 만 셈이었어요. 그는 나보다 여섯 살 아래였어요. 난 그의 좀 특이한 버릇을 회상하며, 내 안의 슬픔이 커지는 걸 느낀다오. 그는 어디에 있든, 가만있지 못하고, 주변의 손에 잡히는 것으로 무얼 만드는 버릇이 있었는데, 마치 아이의 영혼이 장난감을 만드는 것 같았어요. 방 안에 뒹구는 종이 쪼가리로도 금세 동물이나 사람의 모양을, 아주 그럴듯하고도 생동감 있게 만들어 놓는 게 내겐 무척 신기해 보였다오. 어느 땐 굴러다니는 철사를 주워 와서는, 새를 만들었는데, 난 그만 놀라고 말았다오! 까치를 닮은 새가 막 날개를 펴고 날아오르는 듯했고, 난 그 손재주에, 아니 그가 예술가로 보였다오.

나는 그때 엉뚱하게도 미켈란젤로의 어떤 조각상을 떠올렸다오. 어린 시절 교회에 다닐 때, 학생들의 성경공부를 가르쳤던 선생님이 미켈란젤로의 그림과 조각상이 실린, '화보집'을 보여 주곤 했어요. 가난한 가정에서 태어났지만, 하나님의 인도하심으로 역경을 이겨내고 가장 위대한 예술가가 되었다는.

그 조각상은 〈피에타〉였어요. 대학생이었던 선생님은 얼마 후 그 위대한 예술가가 태어나고 활약했던 나라로 유학을 떠났지만, 왜 그 순간 피에타가 떠올랐는지 모른다오.

한 번은 그가 곤두박질한 자신의 '사연'을 지나가는 말투로 짧게 내비치는 거였어요.

"저, 저도 쪼, 쪼그맣게 자, 장사를 했어요. 바, 밥 벌어 먹겠다 싶었는데, 다, 다… 하, 하, 한 순간이더만요. 쪼, 쫄딱, 망하고, 저, 접었지라.

다 내, 내 우, 운명이다, 바, 바, 받어들였지라. 그, 그라고는 쭈, 쭈–욱."

다른 이들과 마찬가지로 그도 로또복권을 사는 것 같았고, 토요일만 되면, 아니 이미 금요일부터 다들 눈빛들이 달랐고, 그놈의 '한 방'을 꿈꾸는 것이었어요. 어떤 이는 일당을 벌면, 그걸로 '몰빵'을 하기도 하고, 나는 어느 날 그에게 한마디 안 하고는 배길 수가 없었다오. 다른 사람이었다면, 참견할 필요도 없고, 애초 나완 무관한 일이었어요.

"자네도 로또하는 거여? 다들 맛이 갔어."

"혀, 형님은 로, 로또 안 해요?"

"로또뽕 해서 뭐하게?"

"로, 로또 뽀, 뽕이요?"

그런데 어느 날은 험상의 얼굴이 붉게 상기된 그가 생활정보지에 실린 광고 쪼가리를 가져와 내게 보여 주는 것이었어요. 내 눈엔 그 들뜬 듯 보이는 표정이, 어디에 '보물'이라도 숨겨놓은 어린애 같았어요. 내겐 엄연히 그는 예술가여서, 사뭇 진지한 표정으로 그를 바라봤다오.

그는 내게 들떠서 말했어요.

"이, 이, 이거 쫌 보, 보소!"

그건 뱃사람을 모집하는 광고였고, 내용을 보니 한 달 4, 5백만 원을 벌 수 있다는 것이었어요. 저게 믿을 만한 것일까? 십 년 전이라면, 아마 그런 의심을 할 수 있었어요. 하지만 나나 그나 우린 이미 선진국 국민으로서 그런 건 관심 밖이었다오. 오늘날 한국은 민주주의의 꽃이 활짝 핀, 부유한 선진국이었어요.

나는 그때도 정동명이란 존재, 그가 입에 올렸던 그 '천국'을 까맣게 잊어버린 거였어요. 내 결벽증은, 그의 모든 걸 지워버렸어요.

"쌔, 쌩 고생은 하겄지만, 배, 배, 타면… 바, 바, 밥값, 수, 술값도 안 들고, 아, 안 그려요? 하, 하, 한 2년 개, 개… 고생 하, 한다 치면, 아, 안 그요?"

그는 벌써 결심이 선 모양이었어요. 그날 이후로 그는 혼자서 배를 타러 내려가는 게 망설여지는지, 여러 번 내게 같이 가자고, 이런 일당 잡부로는 이 생활을 벗어날 수 없다며 꼬드기는 통에, 나도 그만 마음이 흔들렸다오.

그런 돈을 벌 수 있을 거란 것보단, 오직 그에게 끌린 거라오. 또, 그의 표현대로 맨땅에 헤딩하기라면, 이번엔 뱃머리에 헤딩하기랄까, 솔직히 난, 그런 그의 모습이 무척 부러운 거였어요.

그는, 배를 타서 돈을 벌면 시골로 내려가 전답도 마련하고, 농사를 짓겠다는 퍽 소박한 자신의 구상을 털어놓기도 했어요. 어느 날 새벽에 눈을 뜬 나는, 옆에서 담배를 뻑뻑 피워대는 그에게,

"천석이, 우리 내려가자! 맨땅에 헤딩했는데 이번엔 뱃머리에 헤딩 한 번 해 보지 뭐!" 이렇게 된 것이었어요.

그날 우린 가방을 챙겨 들고 곧장 부산으로 내려갔어요. 혹여 이 글을 읽게 되는 이가 있다면, 여러분은, 아마 천치 바보 듀오의 행진을 떠올리며 비웃을는지 모르지만, 우린 내심 비장할만치 퍽 진지했다는 걸 여기서 우선 밝히는 바라오. 떠나기 직전엔 인력사무소 사장에게는 그래도 작별 인사를 했었고.

"거긴 감옥이야. 하루만 지나도 육지가 환장하게 그리울걸!"

사장은 한심하단 표정으로, 인부 둘이 빠져나가는 게 속이 쓰린지, 아예 외면한 채 퉁명스럽게 내뱉었다오. 그 감옥이라는 말, 그때 나는 얍삽하게 생긴, 여러 사업에 실패하고 인력사무소를 차렸다는, 그 중년 사내의 말을 한 귀로 듣고 한 귀로 흘려버렸다오.

어쩌면, 그런 감옥쯤은 단단히 각오하고 있었을지 모르지만, 검은 아가리가 우릴 기다리고 있을 거란 걸 난 상상도 못 했다오. 그러고 보면, 나나 오천석이나 입이 열 개라도 변명의 여지없이, 세상을 말짱 헛산 셈이었어요.

너무들 비웃지만 말아주오. 난 지금 그대들에게 매우 진지한, 저 유령선을 들려주는 거라오. 내겐 그저 슬픈 유령선이라오. 그 종이 쪼가리 광고엔 많은 진실이 담겼고, 수천 년 수만 년이 흐른대도, 시간을 초월해서 이 인간이란 생물, 그 진실에 관한 거라오.

그런 생활정보지에 의지해 일을 찾는 계층, 특히 선원을 모집하는 광고란 게, 그 '조잡한 올가미'에도 걸려드는 저 몸뚱이들, 실은 원시 부족 시대부터의 사냥술이었어요. 자기 종족을 잡아먹는 식인종들의 사냥술과 다를 게 없었어요.

민주주의니, 선진국이니, 이보게들, 그런 말의 성찬이야말로 이 생물의 본질을 우롱하는 처사라오.

어쨌든 우린 오랜만에 바닷바람을 쐬러 가는 동무들마냥 전철에 몸을 실었고, 나는 문득 오천을 다시 볼 수 있을지, 그런 상념에 잠기기도 했고, 그가 불쑥 자식이 둘인 걸 그때 밝혔다오. 홀로 노모가 키우고 있다고. 나는 그런 부질없는 얘긴 일절 꺼내지 않았고, 눈을 감고 곧 닥칠 뱃일을 상상해 보는 거였어요.

아무튼 전철을 갈아타며 부산에 도착해서는, 역 광장에서, 그는 말을 더듬어, 내가 선사로 연락을 해서 안내를 받은 거라오. 사투리를 쓰는 아가씨가 전화를 받았는데, 무척 나긋나긋한 목소리였다오.

"아저씨예, 역을 뒤로 두고 좌측 하늘 방향을 바라보세여. OO여관 간판 보이지예? 아저씬 그래도 눈이 좋은가배요. 두 사람이라 했능교? 거기 가서 대기하면, 배 탈 수 있어예. 어서 그리로 가시지예."

여관은 타지 사람들도 쉽게 찾을만한 한 위치에 있어서, 우리는 역 광장을 걸어 나와 길을 건너 곧장 골목 안으로 걸어 들어갔어요. 여관은 허름한 간판에 몹시 낡은 건물이었고, 그곳엔 전국 각지에서 배를 타기 위해 모여든 십여 명이 대기 중이었어요. 우린 그곳에서 숙식을 제공받으며 한 사흘쯤 대기한 것이었어요.

나이 지긋한 중년에서부터 이십 대까지, 사람들은 말없이 그 부연 담배 연기, 발꼬랑내 진동하는 방 안에 누워있거나 벽에 기대거나 하며, 언제 배를 탈지도 모르고, 대기하는 거였다오. 새벽이든, 낮이든 들어온 순서대로 태울 배가 항구에 닿으면 빠져나가는 식이라오. 그 여관방에 들어선 순간부터 사람들은 무거운 공기에 짓눌린 표정들이었고, 나나 오천석도 도리없이 줄창 담배만 뻑뻑 피워대기는 마찬가지였어요.

　그런데 우리보다 하루 늦게 들어온, 덩치가 꼭 황소만 한 삼십 대의 사내가 있었어요. 사내는 옷차림부터도 그랬지만, 호방한 목소리며 그 얼굴이나 표정에서 낙천적인 기운이 철철 넘쳐서, 무거운 방 안의 공기를 바꾸어 놓았다오. 사내는 곧 연배가 비슷한 사람들과 그 우렁우렁한 목소리로, 얘기를 나누기도 했고, 배를 타러 온 자신의 사연을 늘어놓는 거였어요. 자긴 배를 한 일 년 타서, '할리데이비슨' 오토바이를 꼭 사야 된다는 거였어요. 일 년 전 교통사고로 자신의 전 재산이자 애인 같았던 오토바이를 잃었다는 것이며, 병원에 입원해 있는 동안 다리 부서진 거야 그렇다 치고, 몸이 근질거려서 견딜 수가 없었다는 거였어요. 얼마 전 퇴원했는데, 광고를 보고, 할리데이비슨을 다시 마련하기 위해 오게 됐다면서.

　아무튼, 사내는 단련된 듯한 큰 몸집에 길게 기른 머리는 꽁지머리로 묶었고, 더욱이 걸친 청색 추리닝과 안의 노란색 셔츠, 엉덩이가 터질 듯한 청바지를 입었고, 목에는 구리 십자가가 덜렁댔어요. 우린 멀뚱한 눈으로 사내를 바라보곤 했고, 순전히 허풍선은 아닌 것 같고, '물건' 하나가 그곳에 들어와 앉아 있는 것 같았어요. 배에서 쓸 침구류며 작업복을 비롯하며, 늦봄이었지만, 추위에 견딜 두꺼운 내의나 뱃사람에게 필수적인 용품들을 지급받았던 날, 우린 그 사내와 한배에 오른다는 걸 알았다오.

　새벽녘에 봉고차가 여관 앞에 도착했을 때 우리 세 사람은 거의 뜬

눈으로 밤을 지새운 터라, 세수를 하거나 무얼 준비할 것도 없이 쌀랑한 새벽 공기를 들이켜며 차에 오른 것이었어요. 언뜻 듣기론 사내는 성이 황 씨라 했고, 당시 나로선 황이 오래도록 기억에 남을 존재가 되리라곤 상상도 못 했다오. 그때 우리가 지급받은 것들은 한 눈에도 유행이 한참 지난 재고품으로, 어느 창고 깊숙이 파묻혀 있다 꺼내 온 것들인 걸 알 수 있었어요.

그땐 순진하게도 뱃일을 위해 선사에서 공짜로 지급하는 줄 알았는데, 세상에 공짜가 어디 있을까, 뒤에 가서야 알게 되었지만, 임금에서 공제한다는 걸 당시엔 알 턱이 없었다오. 임금은 배에서 내릴 때 일괄 정산되어 계좌로 입금된다고 했고, 누구도 다른 질문이나 의문 사항 같은 건, 입도 뻥긋 못 했다오. 그래도 황은 봉고차 안에서도 그 자유인 기질이랄까, 라디오에서 여가수의 노래가 흘러나왔을 때,

"노래 좀 크게 틀 수 있어요?" 소풍이라도 온 듯 느긋했고, 우린 황으로 인해 그나마 숨을 크게 쉬곤 했다오. 봉고차는 얼마쯤 달려, 갯내음이 물씬 풍겨오는 선창에 이르렀고, 우릴 태울 거대한 검은 배가 기다리고 있었어요. 또 하나 이채로운 광경은, 경찰차며, 제복을 입은 그들이 배에 오르는 우릴 확인하는 것이었어요.

어쨌든 내 눈엔, 배는 타이타닉만큼이나 거대해 보였다오. 다만, 타이타닉이야 호화로운 여객선이지만, 트롤선은 시커멓고 거대한 모습으로, 우리 세 사람을 태우기 위해 거기에 대기하고 있었어요. 막노동자들의 빈자리를 메우는 날이었던 거예요. 새벽 동이 터오는 검푸른 바다는 고요할만치 잔잔했고, 우린 어깨에 걸친 가방과 지급받은 커다란 보퉁이를 둘러멘 채 배에 오른 것이라오.

우릴 삼킨 트롤선이 항구를 깨우듯 힘찬 뱃고동을 울리며 출항하고, 우린 곧장 선실로 안내되어 들어간 것이라오. 그런데 그 배엔 외국인 노동자는 보이지 않았고, 온통 내국인뿐이었어요. 난 곧 의아해진

것이었고, 외국인 노동자들이 어떤 사회에서 차지하는 역할과 그 불가피한 필요성을 잘 알기에, 높아진 임금 때문인가―이왕이면 다홍치마, 이런 것인가? 처음엔 그런 망상에 가까운 상상이 머리에 스친 게 사실이라오.

하긴, 그런 상상은 잠시였고, 불빛 속에서 뱃사람들이 이제 막 배에 오른 우릴 구경이라도 하듯 바라보았어요. 어둠 속에서도 나는 담배를 문, 그들의 입언저리에 싸늘한 냉소가 그려지는 걸 보았고, 그때 난 우리들이 검은 아가리 속에 들어왔다는 걸 깨달았어요. 우릴 삼킨 배는 항구를 멀찍이 밀어내고 있었어요. 난 지금도 어두운 선상에서 우릴 바라보던, 그 차갑고도 야멸친 눈빛들을 잊지 못한다오.

이미 우린 육지와 단절된 세계로 성큼 들어선 것이었고, 오천석이나 황도 마찬가지인 듯 보였고, 출렁이는 검푸른 바다, 그 뱃사람들, 갑자기 엄습했던 고립감과 두려움을 느끼지 않았다면, 거짓말일 거요. 난 쥐가 난 듯 머릿속 회로가 뒤엉켰고, 빠지직! 뇌가 터지는 소리가 났어요. 평생 징그러운 인간들로부터 도망쳤는데, 요놈 잘 걸렸다! 어디 피할 곳도 없는 외나무다리에서 내 심장은 요동쳤어요.

그 사납고도 야멸친 눈빛들이, 자신들의 올가미에 걸려든 먹잇감을 바라보는 시선이었어요. 내 결벽증이, 오늘 여기에 이르렀구나! 그건 내겐 심판대였어요. 용케 피하거나 도망쳐다닌 내게, 이 아가리가 입을 벌려 맞이한 격이었다오.

우릴 처음부터 인솔하는, 꼭 족제비처럼 생긴 삼십 대가 배에 타고 있는 동안 각자 잠을 자게 될 그 배정된 '구멍' 같은 숙소로 안내했어요. 우린 가방과 보퉁이를 그 안으로 밀어 넣었어요.

"거기 일단 넣고 따라오더라구!"

사내의 말투는 거칠었고, 곧 반말로 바뀌었다오.

"오늘 온 신참들이에요!"

선실 안 한 쪽에선 포커판이 벌어지고 있었고, 나는 그들이 어선의 간부들, 관록의 뱃사람들이란 걸 한눈에 알아봤어요. 판돈이 큰 듯 벌겋게 상기된 눈빛들이 우리를 향했고 "쓸만할진 두고 봐야지."

포커판의 오십 대쯤 보이는 몸집이 곰 같은, 언뜻 오른쪽 검지가 반쯤 잘려나가서 뭉툭했던, 사내가 씩 웃으며 말했고,

"요새 쓸만한 인재가 어딨어?"

옆의 비슷한 연배의 간재미처럼 생긴 사내가 힐끗 웃으며 받았고, 선 채로 구경하는 이도 여럿이었다오.

그 구경꾼 중엔 풍채도 좋고 나이 지긋한 진중해 보이는 사람 좋은 인상이랄까, 그가 선장이란 건 그땐 몰랐지만, 조용한 미소를 띤 채였고, 쓴소릴 뱉은 갑판장과 기관장을 비롯한 그들은 마치 육지에서 선물꾸러미라도 받은 것마냥 눈웃음을 흘리는 거였어요.

나는 이미 사색이 되어 후들후들 떨었어요. 분기며 혐오감, 이제 어찌해야 할지, 도망칠 곳도 없고, 암담하기만 했어요.

그런데 그 와중에도, 거기에 인상 좋은 연장자가 있는 게, 이번만은 내 빗나가는 법이 없는 촉수가 틀렸길 바란 거라오. 간절히 바란 거라오. 이런 변변치 못한 인간! 이 얼마나 나잇값 못 하는 자기 부정이요, 배알도 없는 영혼인가 말이요!

그리고 곧 내 눈엔, 배 안의 두 부류의 인간들이 뚜렷이 보였다오. 야멸친 냉소의 눈빛과 여유 있는 표정의 뱃사람들, 작업복부터 칙칙한, 체념 어린 어두운 표정의 막노동자들—그 막노동자들의 어딘지 축 늘어진 모습이 모든 걸 설명해 주는 듯했다오.

우릴 맡아 교육이라도 시키려는 듯, 사회에서 건달로 살았을 게 틀림없는 어딘지 야비한 인상의 그 족제비가, 바짝 군기를 잡으려 했다오. 그런 권한을 부여받은 듯 보였고, 사내의 말투나 행동거지는 더욱 거칠어졌고, 그런데 곧 알게 되었지만, 그도 배에 오른 지 고작 일 개월째

의 막노동자였어요.

"사회에서 어뜬 일을 했든, 여기선 까라면 까는 거여! 배를 탔으면, 막장에 온 거 아녀?" 그땐 황이나 오천석도 할 말을 잃은, 거의 질린 얼굴이었어요. 사내는 눈을 부라렸다오. "알아들었지러? 어, 쓰벌! 입에 페인트칠했나, 대답들 안 하네?"

사내는 배가 항구에서 멀어져, 망망한 대해로 나아갈수록, 더욱 발악했다오.

"나이 같은 건 안 봐주니까, 누구든 개기면 알지?!"

막 아침 해가 떠오르면서, 곧 '전장'이라도 알리는 사이렌이 울리고, 쌍끌이 어선의 조업이 시작되었다오. 멘붕이 된 의식을 추스를 겨를도 없이, 우린 거대한 그물에 매달린 꼴이었다오. 그나마 난, 평생 그 징그러운 인간들과 싸워왔고 – 이번엔 외나무다리에서 만난 격이지만, 그래도 '적'을 아니 형편이 나았던 거라오.

그런데 황이나 오천석은, 내가 보니 거의 새파랗게 질린 거였어요. 아마 그 바다 갯벌이며, 고기비늘을 뒤집어쓰며, 멘붕을 넘어 무아지경의 연옥에라도 떨어진 상태였을 거라오. 이 노역은, 헛된 환상을 품은, 밑바닥 영혼들에 가해지는 심판이나 진배없었다오. 요놈들, 감히 주제 넘는 희망을 꿈꾸다니!

거대한 그물에 매달리다 보면 금방 지쳤고 하지만 일은 끝이 없었고, 우린 시퍼런 물결이 넘실대는 살벌한 전쟁터에 툭 떨어진 일개미들마냥 정신없이 허둥대며 사투를 벌이는 꼴이었다오. 잠시 쉬거나 잠들 틈도 없이 사이렌이 울려댔다오. 사나흘은 거의 정신을 차릴 수가 없었고, 파김치가 되어 뻗었고, 그 사이렌 소리는 인력사무소 사장의 감옥, 아니 지옥의 기상나팔이 따로 없었다오.

며칠이 지나서야 나는 그 상황이 비교적 머릿속에 일목요연하게 정리되듯 그려졌다오. 그 똘마니의 존재도 마찬가지였다오.

일단 배에 오르면 −아니 그 여관에서부터였지만, 이제 미끼에 걸려든 이 눈먼 물고기들− 요놈들은 어떻게 요리해 먹어도 상관없는 사회의 찌끄레기들이었어요. 그런 허술한 미끼에도 덥석 물고 달려든 게 이 찌끄레기들의 모든 걸 증명해 주고도 남았다오. 요놈들을 어떻게 요리해 먹어야 제격인가?

할머니, 제 입이 비뚤어지지 않게 지켜주세요! 찌끄레기들의 비루한 몸뚱이라도 생각보다 제법 벗겨 먹을 게 있는 것 같았다오. 보통 막노동자들이 한 달만 버텨 주어도 온갖 명목을 붙여 벗겨 먹는 게 쏠쏠한 것 같았어요. 이미 그들에겐 익숙하거나 숙달된 요리법이고, 그건 내겐 가히 '미식가'의 경지를 떠올리게 했다오. 요즘 유행하는 그 미식가들 말이외다.

이건 과장이나 악의적인 냉소와는 상관없는 어떤 '현상'에 관한 거란 걸, 그대들이여 진지하게 경청해 주길 바란다오. 이놈이 과연 어디까지 진화할 수 있나 내겐 오래도록 흥미로운 구경거리라오. 허긴 진화란 말을 여기에 끌어들이는 건 본질을 심히 비틀뿐 아니라, 그놈이 빠져나갈 구멍을 하나 마련해 주는 것이라오. 이게 인간이란 생물이 언제나 자길 대하는 태도라오. 구제 불능은 이럴 때 쓰는 것이지요.

오늘날 철학이나 예술 따위가, 그래서 더욱 앙상하고 뒤틀린 관념의 창백한 뼈다귀들, 그 구멍 속 하얀 뼈다귀로 전락하고 만 것이라오. 이 글을 읽는 그대여, 난 예술가도 지식인도 아니니, 내 식대로 얘기하리다. 그대들 구멍들 중에서도 −여자들은 아랫도리에도 구멍이 두 개가 있지만, 자, 남녀 모두 자기 머리 앞쪽에 난 구멍을 주목해 주시오. 입이라고 불리는 구멍 말이요.

그대들은 조물주가 만물을 창조했다고 믿지만, 그 진화론이란 것도 똑같이 그건 백치 같은 상상이라오! 이 구멍에서 신이 나온 걸, 왜 상상을 못 하느냔 말이오? 이게 이 생물의 고장 난 한계라오. 이 지구가 이 구멍 속에 있는 걸 왜 깨닫지 못하는가. 이런 구제 불능의 인간들 같으니라구!

이봐요, 철학자 양반 −하긴 고상한 그대들이 이런 하찮은 고백록 따위 읽는 일도 없겠지만, 나는 진실로 묻고 싶다오. 그대는 태어나서 자신의 구멍을 진지하게 관찰하거나 사색해 본 적이 있나요? 평생 그 구멍을 신앙할 한 입 거리인 애처로운 그대여.

하긴, 우주가 이놈을 달래거나 앞길을 막을 수 있을까? 아니 이놈은 곧 우주마저 삼켜버릴 거라오! 실은 영혼이란 건, 그 구멍들에 달려있는 풍선이나 같은 거라오. 거리를 상상들 해 보시구려. 노랑 풍선, 파란 풍선, 빨간 풍선들이 걸어 다니는 걸, 공평한 풍선들이라오. 아무렴, 공평하다마다요!

아무튼, 이 유령선은 이제 단시간에 우릴 벗겨 먹어야 했어요. 똘마니 하나를 세워, 선상에서 누가 날뛰기라도 하면 미연에 밟아서 예봉을 꺾는 것까지 −실은 그 사내는 뱃사람들을 대신해 막중한 임무를 수행 중인 것이었어요. 밤낮없이, 거의 쉴 시간도 주지 않고, 쌍끌이 어선은 물고기를 잡아 올렸고, 우리 막노동자들은 온갖 허드렛일로 금방 파김치가 되는 거였어요.

더욱이 햇볕은 살갗을 쪼듯이 퍼부어댔고, 그물을 털다 보면 기진맥진한 몸뚱이는 땀과 고기비늘, 허연 소금기로 뒤덮이는 거였고, 나는 아뜩한 현기증만 남았을 때도… 뱃사람들의 그 느물대는 봉긋한 입들만은 뚜렷이 보였다오.

인간의 한계를 시험하는 노동 강도에, 난 체력 때문에도 며칠을 버티는 것은 상상도 못 할 불가능한 일일 것 같았다오. 나는 이미 두 손을 든 것이라오. 헌데 불가사의한 어떤 저항력이 내 안에서 폭발했다오. 어서 내 살을 발라 먹어 보려무나! 내 뼈를 추려서 먹어 보려무나! 이런 불덩이가 나를 덮친 거라오. 불덩이가.

불덩이는 여러 날, 내 영혼을 태우고 드디어 불사조로 재탄생 시킨 거라오. 난 그 유령선의 활활 타오르는 불사조가 된 것이었어요! 그런데 뱃사람들이 우리 막노동자들에게, 떡밥을 흘리듯 추어올리는 존재가 있었다오. "그놈이 빠릿빠릿하고 일을 열심히 했제." "일 년을 버티더니, 돈을 벌어 가더라구." 막노동자들 누구도 모르는, 알 턱도 없는 어떤 사내 얘기였다오. "여태껏 그놈만 한 일꾼을 못 봤다니까." 헌데 누구도 그가 일 년 일한 대가가 얼마였는지 얘기해 주는 이는 없었다오. 또, 막노동자들 누구도, 창피해서도, 그걸 물어볼 수 없었다오. 이미 우린 훤히 알고 있고, 반의 반 토막이라도 황송할까. 일은 노역이나 다름이 없으니, 뱃사람들의 수작이 빤히 보이는 거였다오.

어쨌거나 어느 날 나는 자신이 여러 날을 버티고 있는 게 경이로웠고, 하긴 뾰족한 수도 없었어요. 이 인간이란 생물, 어디에 갔다 놔도 적응력 하난 신조차 탄복해마지 않을 거라는 거요. 그렇게 일주일쯤 흘렀을까 ─어쩌면, 그보다 더 훌쩍 지났는지도 모른다오. 그날은 거센 풍랑에다 '구원의 단비'가 내렸다오.

모두들 잠시 쉬는 시간에, 그 족제비가 나와 황만을 콕 찍어 불러냈다오. 사내는 우릴 데리고 지하의 냉동창고로 내려갔다오. 위에서 어떤 지시가 있었던 게 분명했어요. 사내는 그날따라 눈을 부라리며 입을 더 사납게 놀렸다오.

"쓰벌, 여기 놀러 왔어? 빠릿빠릿 못 움직여?"

나는 그때까지 황과는 얘기다운 얘기를 나눈 적도 없었고, 같이 담배를 피울 때면 눈빛으로나마 비슷한 심정인 걸 느끼는 정도였다오. 사내와 함께 우린 꽁꽁 언 삼치를 옮기는 작업을 했다오. 내 움직임이 좀 굼떴던지, 사내가 닦달하며 욕설로 소리쳤어요.

"아, 이 X새끼, 나이만 쳐들어서, 그것밖에 못 해!"

나는 그만 치욕으로 떨었고, 격한 감정에, 족제비의 심장이라도 물어

뜯고 싶었다오. 입은 꽁꽁 얼어 떨어지지 않았고, 우리들의 머리며 눈썹에는 벌써 하얀 성에가 낀 것이었어요. 그때 드디어 황이 폭발한 거였어요. 족제비의 멱살을 와락 잡았고, 내 기억엔 그가 배에 올라 처음 입을 연 것 같았다오.

"너 이 X발놈, 갈아 마셔버린다!"

우렁찬 일갈이었어요. 사내는 들고 있던 궤짝을 바닥에 내려놓고, 황에게 머리로 들이받을 듯이 쳐들며

"어쩔 건데? 너 뒈지고 싶어?!"

황이 먼저 무쇠 같은 주먹을 날렸고, 사내는 발랑 나동그라졌다오. 발딱 일어난 사내는, 당황한 기색이 역력했다오. 주먹으론 안 되겠다 싶은지, 족제비답게 잼싸게 황의 바짓가랑이를 파고들어 넘어뜨려 둘이 뒹굴며 치고받고 싸운 거였어요.

난 엉거주춤 선 채로 구경만 한 셈이었고. 그날 이후 뱃사람들의 나와 황을 바라보는 눈빛은 싸늘하다 못해, 능글맞을 만치 교활한 표정을 숨기지 않았다오. 그들은 서두르는 법이 없었고, 그 이후의 벌어진 일들은, 찬찬히 기억을 되살려 봐도, 교묘할만치 그들의 잘 짜인 각본대로였다오.

사내와 황이 앙숙이 되어 사사건건 부딪친 것도, 그들이 그 상황을 짐짓 즐기듯 바라보는 것도, 때가 무르익으면, 문제 인물을 쥐도 새도 모르게 솎아내는 수순이었다오. 어쨌든 그때 내 눈엔 뱃사람들의 의중은 분명해 보였다오. 타깃은 황이었고, 잠재적 위험 요소를 제거하는 건 그들에겐 필요불가결한 요소였다오.

헌데 바다는 언제나 평화로웠고, 망망한 바다는 그 아득하고도 반짝이는 물결과 수평선 위로 떠오르는 붉은 태양과 둥근 지구를 투명하게 보여 주고는 했다오. 거대한 어선에서, 승전가마냥 스피커로 트로트 여가수의 간드러지는 노랫가락이 울려 퍼질 때는 그물에 한가득 커다란

삼치 떼라도 잡혀 건져 올려질 때였어요. 퍼덕이는 하얀 삼치들이 갑판 가득 쏟아지고, 노랫가락은 수평선 멀리 울려 퍼지고, 뱃사람들은 능숙한 손놀림으로 생선의 크기를 분류해 궤짝에 넣었다오.

어떤 때는 삼치로 갑판이 가득 차서 아침나절부터 해가 중천에 뜨도록 '미수꾸리 작업'을 하기도 했고, 뱃사람들은 콧노랠 부르는 거였어요. 막노동자들은 그 일들을 옆에서 거들고, 지하 냉동창고로 생선 궤짝을 나르고, 기중기로 들어올려진 그물에 달라붙듯 매달리는 거였어요. 모두 일사불란하게 움직였고, 그땐 뱃사람들이나 막노동자들이나 내 눈엔, 제 맡은 역할을 곱으로 해내는 것 같았어요. 난 지금도 늘 그 열여섯의 봉긋한 입을 떠올리곤 한다오.

황과 사내가 주먹다짐까지 했다는 건 벌써 선장에게도 보고가 되었을 터였어요. 일을 할 때도 나와 황은 떼어 놓았고, 이미 불사조인 나는 저들에겐 어디서 굴러들어 온 호박덩이가 아닐 수 없었다오. 족제비는 주인 앞의 똥개마냥 더욱 으르렁댔고, 드디어 그들의 '디데이' 그 큰 배가 휘청일만치 비바람이 거셌던 날이었다오. 나로선 그들의 디데이로밖엔, 지금도 상상이 되지 않는다오.

그때가 저녁 무렵이었고, 모두 비바람을 피해 선실 안으로 들어왔어요. 그런데 황과 그 사내만 보이지 않는 것도 난 알지 못했고, 두 앙숙이 갑판에 남아 피 터지게 주먹다짐한 걸 내가 안건 뒤늦게였다오. 그때도 난 궂은 날씨가 감지덕지였고, 숙소로 기어들어가 무너지듯 뻗은 거라오. 선잠이 들었던 것 같지만, 갑작스런 스피커로 들려오는 선장의 목소리에 눈을 떴다오.

"거기 뭐꼬! 뭐하는 놈들이야!"

갑판 위에서 뒤엉켜 싸우는 그들을 내려다보며 선장이 소리친 거였다오. 하긴, 선장도 뱃사람들과 한 몸이나 같았어요. 순전히 그 장면을 연출한 것도 나는 그들이었다고 확신하는 거라오. 사내가 황에게 싸움을 걸었을 게 분명했고, 그들로선 어떤 조치든 취해야 하는 시점이기도 했으니까.

나는 불길한 예감에 일어나 굼벵이마냥 기어나갔다오. 뱃사람들이 몰려나가 두 사람을 선실 안으로 붙들고 들어왔고, 모두들 흉측하게 얼굴이 일그러지고 깨진 그들을 바라보는 거였다오. 오천석이 겁먹은 얼굴로 내 옆에 있었고, 그땐 선장도 내려왔다오. 뱃전을 때리며 부서지는 하얀 포말과 비바람 속에서 건져 올려진 것 같은 황과 족제비의 모습이란, 말 그대로 그로테스크한 영화의 장면을 보는듯했어요.

황은 눈탱이가 크게 찢어져 피가 흘러내렸고, 사내도 이가 부러지고 코뼈가 으스러져서 그 일렁이는 시커먼 바다에서 막 건져 올려진, 괴생명체들 같았어요. 그들은, 아니 그 흉측하게 일그러진 괴생명체들은 여전히 이를 갈며 다시 엉겨 붙으려 했다오.

"X만 한 새끼, 너 오늘 죽었어!"

"이 X벌 놈이… 입은 살아서, 잘 났으면 왜 배 타서 지랄이야!"

나는 그때도 누적된 피로며 밀려오는 졸음을 이기지 못하고, 황에겐 미안하게도, 다시 기어들어가 잠을 잔 것이었어요. 기상 사이렌 소리에 눈을 떴을 땐, 한밤중이었는데, 언제 풍랑이 일었냐는 듯 바다는 조용히 숨을 고르는 듯했고, 일렁이는 인광은 수정이라도 품은 듯 반짝이는 투명한 광채를 발산하며 전장을 재촉하는 듯했다오.

어찌 된 건지 황의 모습은 보이지 않았고, 그때 이후로 나는 그를 다시 보지 못한 거라오. 나로선 그 밤에, 쌍끌이 조업으로 같이 움직이는 다른 배에 황이 옮겨 태워졌을 거란 추정만 해볼 뿐이라오. 족제비도 얼굴에 붕대를 친친 감은 채로, 그땐 의기소침한 모습이었고, 어느 날부터 그도 보이지 않았다오. 뱃사람들은 새 똘마니를 물색하는 것 같았고, 그건 선상의 '불법 행위'를 엄격히 금하는 선진국의 법으로부터 자신들을 지키는 방식이었어요.

우리가 배에 오른 지 보름 만에 바닥난 기름통도 실을 겸 그땐 냉동 창고에도 삼치가 가득 찼고, 검사겸사인 듯 배가 제주도 어느 항구에 닿은 것이었어요. 막노동자들은 그때는 배에서 내리는 건 자유였고, 누구도 말리는 이는 없었어요. 일용직이라, 육지로 내리면 그만이었어요. 내리면, 보름은 두말할 것도 없고, 한두 달 정도의 짧게 일한 임금은 없는 거나 마찬가지였어요. 차 떼고 포 떼고, 아니 그간 입혀 주고, 먹여 주고, 재워 준 거, 탈탈 털어서 그들 방식대로 정산했다오.

나로선 처음부터도 좀체 해소되지 않는 의문 하나, 눈먼 물고기로 미끼에 걸려든 걸 알면서도 배가 육지에 닿아도 내리지 않고 한두 달이나 남아있는 막노동자들의 존재였어요. 하지만, 곧 내가 내린 결론은 이런 거였다오. 그들은 망연자실 잠시 꿈꾸었던 그 헛된 환상을 바다에 버리는 중이었고, 자신들을 반길 곳은 어디에도 없다는 걸… 육지에 나간들 별 뾰족한 수가 있는 것도 아니라고.

그래도 바다 위에 떠 있는 이 유령선과는 감촉이 다르긴 하지. 정동명은 천국이라 하지 않았던가? 그렇더라도 한 달을 버티는 이는 거의 없었다오.

아무튼 오천석은 배가 그 조그만 항구에 닻을 내렸을 때, 다른 막노동자 한 명과 함께 내렸어요.

"혀, 혀, 형, 나, 나, 더, 더는 못 하겠어요. 유, 육지로 오, 올라가자면. 차, 차비가 이, 있어야 하는데."

나는 그때 몸에 지녔던 돈에서 얼마를 그에게 주었다오. 그는 그 검은색 가방을 어깨에 둘러메고 배에서 훌쩍 뛰어내려, 몇 번이나 뒤를 돌아보며 손짓하며 사라져 갔어요. 도망이라도 치듯 선창을 빠져나가는 그의 모습이 눈에 선하다오. 그런데 그 근처의 해변엔 벌써 단체 여행객들, 피서객들, 선글라스를 쓴 어떤 무리는 큰 바위에 올라 떠들썩하게 사진을 찍기도 했고, 즐거운 비명과 함박 웃음꽃들로 가득했다오.

나는 내리지 않았고, 잠시 망설였던 것도 같지만 그 점잖은 신사마냥 늘 웃는 얼굴의 선장만 아니었어도, 나도 오천석과 함께 내리고 말았을 거라오. 하지만 그 마당에, 난 절대로 간단히 물러설 처지가 아니었다오.

내 안의 타오르는 '불사조'가 순전히 그렇게 내몬 거라오. 그렇다고, 내겐 이미 오래전 무의미해진, 감상과는 상관없는 일이란 건 여기에서 밝힐 수 있다오. 더욱이 이 유령선에선, 여러분, 우린 공평한 풍선들이라오. 내 눈엔 그 살덩이들만 보였다오.

나는 살덩이로서 내 살을 베푸는 자였어요. 어느 땐 흡혈귀들의 축제에, 내 살을 기꺼이 바치는 기분이었어요. 이건 사디즘의 쾌감과는 차원이 다른 쾌감을 준다오. 살덩이로서, 그래, 입들아, 내 살을 아낌없이 베풀련다!

어쨌든 막노동자들이 보충되고, 족제비보다 더 야비하고 드센 놈을 세워 군기를 바짝 잡을 때도, 나는 살덩이로서 살을 베푸는 자였어요. 그땐 기이한 희열에 사로잡히기도 했고, 거대한 그물에 매달릴 때면, 착 달라붙는 문어 대가리가 따로 없었다오. 흡반은 그물에 한 번 달라붙으면, 떨어질 줄 몰랐고, 쪼는 햇볕과 검게 그을린, 그 불사조의 문어 대가리라 할만했다오!

드디어는, 뱃사람들의 칭송을 듣게 된 것이었어요.

"이삼일, 이름도 재밌다니까. 기대도 안 했는데, 일을 일당백으로 해!"

그런 말들이 돌고 돌아서 내 귀에까지 들려왔어요. 막노동자들은, 나와는 눈도 마주치려 하지 않았고, 아마 그들에겐 내가 맛이 갔거나, 문어 대가리가 햇볕에 시커멓게 익어버렸을 거라 느꼈을 거요. 헌데 그 문어 대가리가 잡식성의 본래 먹성을 되찾았던 기억을 떠올리는 건, 지금도 내겐 흥미롭기만 하다오.

배에 오른 후 난 입맛을 잃어버렸어요. 모래알을 삼키는 것마냥, 탈이 나곤 했어요. 그러던 입맛이 살아나고, 위장이며 신진대사가 원활해진 거라오!

원래 문어란 놈이야 먹성이 타고났지만, 내가 그곳에서 온갖 생선회를 맛보게 될 줄이야. 그 문어 대가리가 아니라면, 상상할 수 없는 일들이 펼쳐진 거라오!

그 깊은 바다에서 건져 올려진, 싱싱한 생선회 맛을 잊을 수가 없다오. 내 부모란 사람들이 생선회를 좋아했던 탓에, 나도 어릴 적부터 온갖 생선을 먹으며 자랐어요. 하지만 그때 먹은 온갖 생선 살이며 생선요리들, 그 싱싱한 회들은, 어느 일류 일식집에서도 선사할 수 없는 맛을 선사 했다오.

내 살점을 베푸는 대신, 생선 살로 보충한 셈이라오. 그 유령선의, 오직 그 문어 대가리만이 맛볼 수 있는 호사라 할만했다오.

육지에서는 좀체 먹어 볼 수 없는 상어회를 먹은 적도 있고, 모든 물고기는 회를 쳐서 먹을 수 있다는 걸, 나는 그때 알게 됐다오. 뱃사람들은, 생선 앞에서 만큼은 너그러웠고, 하기사 그게 식비를 절약할 수 있는 수단이고, 그 큰 고깃배를 움직이는 건, 내 눈엔 어마어마하게 소비되는 기름보다는 그 생선살 같았어요.

늙은 산적 같은, 평생 뱃사람으로 살았다는 조리장 영감이 누구보다 먼저 내게 호의를 베풀었다오. 일을 일당백으로 한다니까, 상일꾼에 대한 답례랄까, 그 꺼림칙하기만 한 영감이 어느 날부터 내게 말을 거는 거였어요.

"이봐, 이것 먹어 봐. 육지에선 구경할 수 없는 거야."

식탁엔 언제나 막 잡아서 썰어 놓은 생선회가 두 가지는 올라왔고, 온갖 생선회를 다 맛볼 수 있고, 문어며 낙지는 흔하디흔했고, 한 번은 영감이 참복어로 매운탕을 만들어올렸는데, 난 그 맛을 아마 영원히 잊지 못할 거라오.

회 치고, 데치고, 튀기고, 끓이고, 생선으로 가득한 식탁은, 가히 생선 천국이라 할만했어요. 종종 육고기도 올라오지만, 그건 일주일에 한두 번 정도였다오.

혹여 일괄 정산된, 그 쥐꼬리만 한 노역의 대가에 분기탱천한 이가 있다면, 그대들은 뱃사람들의 이런 비아냥을 듣게 될 거라오. '너희들 먹는 식사가, 가격으로 치면 얼만지 알어? 육지서 이런 청정 해역의 회를 먹어 볼 수나 있간대? 어디 배나 탄 주제에, 그것도 아주 싸게 매긴 거여!'

그 구멍 같은 잠자리도 공짜가 아니란 걸 뒤에 가서야 알고는 머리 꼭지가 돌아간 이도 마찬가지라오. '원룸에 누워 있어 봐, 돈이 나와, 밥이 나와? 소주 생각나, 여자 생각나, 원룸 문을 나서면 그게 다 돈이여. 여기선 오입도 못 하고, 편의점 갈 일도 없고, 일도 주고, 재워 주고, 이 구멍도 너희들에겐 호텔 방이여!'

나는 어쩌다 조리장 영감과 말을 주고받을 정도의 사이가 된 거라오. 영감은 연 수입이 수천만 원에 이르고, 고깃배의 어획량에 따라 변동이 있긴 해도, 보장받는 임금도 내가 상상하는 것 이상으로 높은 것 같았다오.

50년 배를 탔다는 영감은 선장과도 호형호제하는 사이였고, 하긴 뱃사람들 모두가 '형님, 동생'으로 끈끈한 의리를 자랑했어요. 영감은 수십 년 해 온 요리를 반복하는지라, 뱃사람들이 거들긴 했지만, 거의 혼자 열여섯을 먹이는 것쯤은 거뜬해 보였어요.

또, 식재료를 아끼거나 최대한 비용 절감을 위해서도 발군의 능력을 발휘하는 것 같았고, 내 눈엔 도통한 뱃사람이었어요. 그의 입은 아귀처럼 컸어요.

거대한 그물이 올려질 때면, 영감은 갑판에 나와 어슬렁대는 거였어요. 여전히 건장한 체격에 짧게 깎은 흰머리, 붉고 더부룩한 얼굴과 눈발이라도 휘날리는 듯한 눈썹이며 의뭉한 눈빛, 그 누리끼리한 조리복에 고쟁이 같은 바지, 장화를 신었고, 퍼덕이는 삼치들 속에서도, 오늘 먹거리가 될 잡어를 장만할 요량이었어요.

삼치 외엔 다 잡어로 취급을 받는 물고기들 중 이제 영감의 선택을 받는 물고기가 오늘 식탁에 오를 거였어요. 영감은 육지에선 귀한 대접을 받을 온갖 풍성한 잡어들 속에서도 눈길이 가는 놈을 고른다오. 고무장갑을 낀 큰 손으로 퍼덕이는 생선을 냉큼 잡아서 찌그러진 양동이에 던져 넣을 땐, 빗나가는 법이 없다오. 큰 입을 쩝쩝거리기도 하며, 영감은 다시 선택될 놈을 살피는 거였고,

"요놈, 이리 온나!"

냉큼 잡아서 양동이에 던졌고,

"요놈도 쓸 만하군!"

그렇게 몇 마릴 던져 넣으면, 오늘 요리감으론 넉넉했다오. 영감의 머릿속엔, 오늘 내놓을 메뉴가 거의 그려진 거나 같았어요. '저놈은 회 썰고, 저놈은 기름에 튀기고, 배추 된장국에, 초장, 간장, 아, 이 정도면 일등 식단이지!' 난 영감이 양동이에 던져 넣은 생선만 봐도 그날 메뉴를 짐작할 수 있었다오.

영감은 내게 이런 얘길 곧잘 했어요.

"이봐, 육지에서 후회하지 않도록 많이 먹어 둬! 이런 걸 여기서나 구경하지, 어디서 구경해!"

그 걸걸한 목소리로, 또 지나가는 투로 슬쩍 이런 말을 흘리기도 했다오.

"내가 열아홉에 배를 탔어. 그땐 뱃놈들이 돈을 좀 만졌어. 여기저기, 배 닿는 곳이면 수챗구멍들에 다 쏟아부었지만. 고생이야 말할 거 있나. 태풍을 만나 죽기도 하고, 맞아 죽고, 바다에 처넣어버렸어."

한 번은 영감이 낙지회를 식탁에 올렸는데, 그 머리들도 삶아서 같이 내놓은 것이었어요. 깊은 바다에서 건져 올려진 커다란 낙지들이었고, 문어만 한 그 큼지막한 머리를 누구도 손을 대지 않아, 내 차지가 된 것이었어요. 그렇지만 남아서 버려지는 게 더 많았고, 그 낙지 대가리 맛도, 내겐 잊을 수 없는 맛이었다오.

그렇게 몇 개월이 훌쩍 흘렀을 때도, 난 여전히 살덩이로서 살을 베푸는 자였어요. 그해 첫눈이 폴폴 흩날렸던 날이었어요. 그 직전 땀으로 온몸이 범벅일 만치 그물을 털었고, 갑판 위의 산더미 같은 그물에 걸려 올라온 온갖 쓰레기들을 다시 바다로 돌려보내고, 청소를 한 다음, 우리 막노동자들이 잠시 앉아 담배를 피우고 있는데, 갑판장이 내게로 다가와 선장이 보잔다고 해요.

설마, 내가 그날을 기다렸을라고요. 나는 얼굴의 말라붙은 생선 비닐과 서걱거리는 소금기를 털어내고는, 갑판장을 따라 2층 선장실로 올라간 것이라오. 선장은 들어서는 나를 보고는, 너털웃음을 지으며,

"이리로 앉아요. 여기 커피 좀 가져오지."

나는 식탁인지, 책상인지 그 앞에 좀 어색하게 앉았고, 갑판장이 믹스커피를 타왔어요. 선장실 안은 따뜻한 열기며, 내 눈길을 끌었던 건 가족사진이 담긴 작은 액자들, 그리고 선반의 몇 권의 책들이었다오. 소설 『백 년 동안의 고독』이나, 철학서인 『철학 이야기』 등등.

선장은 사뭇 동정 어린 눈길로 묻는 거였어요. 난 그의 웃는 입을 바라보았어요. 숭어 닮은 입이며, 멋진 구레나룻을.

"사회에선 어떤 일을 했어요? 성함이, 이삼일 씨라 했나? 이제 최고참이 됐는데."

내가 그때 뭐라 대답했는지 잘 기억도 나지 않지만, 그는 나를 바라보고 웃으며 조곤조곤 얘기했어요.

"여기선 일하는 게 다 내려다보여요. 어뜬 놈이 열심히 하고 농땡이를

치는지."

　선장은, 얘길 이어갔다오.

　"열심히, 성실하게 일하는 사람들한텐 더 지급해야 하는데… 작년에 일한, 갑판장, 그노마 이름이 뭐였드라? 아, 그래, 장현상이, 그노마가 차-암 열심히 했제. 나이가 아마 서른일곱인가 그랬지? 맞아, 그랬제. 그노마는 사회생활도 잘할 거야. 여기서 버틴 사람은 사회생활도 성실하게 잘하게 돼 있어요. 일 년 일하고, 천 팔백인가 벌어 갔지? 작년엔 올해보다 조황도 좋았고, 차-암 열심히 했다고. 우리 배는 성과급제라, 수익을 올린 것만큼 가져가는 거니까… 우리 배만 그러는 게 아니고, 다 비슷해요. 선주가 절반, 나머지 절반을 가지고, 나하고 우리 직원들… 잡역부들에겐 그 오십에서 몇 프로가 배분되는 거니까. 쫌 적긴 하지. 열심히 하는 사람들에겐 더 줄까 고민 중인데… 우리도 차-암 어려워요. 이 배가 한 달 기름값만 얼마가 드는지 알아요? 우리 배는 외국인 노동자는 안 써요. 안 쓰기보단 못 쓰는 거야. 선주의 방침이기도 하고. 이젠 뭐 한계에 이르렀지만…"

다시 육지로

이듬해 봄, 나는 그 유령선에서 하선했다오. 그 새벽녘 항구의 뿌연 안개며 갯내음 가득한 부둣가에 앉아 피웠던 담배 맛을 잊을 수 없다오. 날이 점차 밝아오고, 아침 햇살에 부둣가는 어부들이며 밥을 벌려는 목소리들로 가득 찼고, 나는 그곳을 어서 벗어나고 싶었어요. 버스에 올라 부산역으로 나온 것이었어요. 내 머릿속은 그곳을 떠나 벌써 어딘가를 떠돌고 있었어요. 어딘지는 알 수 없지만, 나는 이번에도 정처 없이 내 동굴을 찾아 나설 참이었을 거예요. 거북스러운 햇살, 육지의 그 거리가 어색해서, 나는 잠시 망연히 길을 잃은 사람처럼 서 있기도 했어요.

문득 내 노역의 대가, 그 일괄 정산된 임금이 얼마가 들어왔을까, 궁금해진 거였어요. 얼마가 들어왔든, 나는 이미 공평한 풍선으로서 그들을 잊었어요. 부산역 근처의 은행에 들러 통장에 입금된 임금을 확인해 보니, 이런 숫자가 찍혀 있었다오. 13,000,000! 난 그만 놀라고 말았다오! 또 그때의 감개무량이라니! 막상 그런 큰돈이 내 수중에 있다는 게 실감이 나지 않았어요. 나는 은행 근처의 손바닥만 한 공원, 거기 나무 벤치에 앉아 한참이나 그 숫자를 들여다보았어요.

나는 근처 식당에 들어가 '매생이 굴국밥' 한 그릇을 사 먹었다오. 예전 우리 할머니가 좋아한, 나도 자라면서 맛있게 먹곤 했던 따뜻한 굴국밥이었어요. 큰 사기그릇에 가득 담겨 나왔어요. 꼴뚜기젓, 묵은김치도 나왔고, 나는 오랜만에 밥이라도 먹는 듯 처음엔 목구멍에 걸려 잘 넘어가질 않았어요. 내 살아생전 다시 그런 굴국밥을 먹어 볼 수나 있을런지. 배를 채운 나는, 이제야말로 어서 그 도시를 벗어나고 싶었어요. 배에 오른 후 몸을 씻은 적도 없어, 난 그 눌은 때를 입고 있는 기분이어서, 처음엔 그곳에서 사우나부터 들르려 했던 걸 어느 순간 까맣게 잊어버렸다오.

그 길로 곧장 상경한 것이었어요. 어디로 가겠다는 목적지가 정해진 것도 아니었고, 열차에 오르자마자 줄곧 졸았던 것 하며, 나는 서울역에 당도해 전철로 갈아타면서도, 그때까지도 머릿속엔 딱히 목적지가 정해져 있지 않았다오. 그렇지만 신도림역에서 망설이지 않고 1호선으로 갈아탄 걸 보면, 오천 방향이란 건 짐작할 수 있고, 헌데 난 오천엘 다시 가고 싶지 않았어요. 그 오천을 몇 정거장 남겨 놓고, 내가 병림이란 곳에 내릴 거라곤 그 직전까지도 상상에도 없던 일이었어요. 부지불식간 일어난 일이었어요. 그 돌발적인 상황을, 나는 지금도 납득할 수가 없다오.

오천에 머물 때 두어 번 원정 오듯 오더를 받아 난 그곳을 들어가 본 적이 있었다오. 그 작은 도시는, 원룸이 많고─당시 원룸 짓는 붐이 일어, 그런 공사장이었어요. 또, 오천 만큼이나 집세가 싸다는 걸, 난 그때 언뜻 들었던 기억이 있지만, 단지 그런 이유라면 난 차라리 오천으로 다시 들어갔을 거라는 건, 익숙한 곳에 기어 들어가 박히는 짐승의 습성을 떠올려 봐도 오히려 자연스러운 일이었어요. 굴국밥을 먹을 때 소주 한 병을 비운 게 약간의 취기가 있었다고는 해도 어쨌든 난 그만 엉뚱한 곳에 내린 거라오.

아무튼 나는 그 촌스런 역을 빠져나왔고, 앞의 그 번잡한 도로며 쏟아지는 햇살, 회색빛 하늘에 취한 듯 그만 망연해진 것이었어요. 몸도 천근만근 무거웠고, 나는 그 조그만 역 광장의 나무 의자에 무너지듯 걸터앉은 거라오. 줄담배를 태우며 그렇게 밤을 맞은 거라오. 난 이미 지친 상태여서 너무 피곤해 눈이 감기곤 했는데, 잠깐 잠이 든 거였어요. 눈을 뜨니, 그만 휘둥그레진 거라오! 그 낮의 도시는 온데간데없이, 어둠이란 마술이 극히 단순한 채색 속에 하늘의 주렁주렁한 별들과 주변을 흠씬 적시는 휘황한 불빛들… 마치 밤이면 흘레를 위해 깨어나는, 빨간 눈과 현란한 몸짓을 자랑하는, 나방들이 쏟아져 나와서 나를 보며 유혹하는 듯했다오. 나는 그만 그 촌스런 도시를 잊은 거라오.

난 몸을 일으켜 세웠고, 더플백을 둘러맸고, 역 앞 정류장에서 버스에 몸을 실을 수 있었다오. 그때 내 안에선 뜻밖의 반응이 일었던 걸 잊지 못한다오. 하지만 곧 방광이 저릿저릿 아파 왔다오. 십 수 년, 아니 더 오래전부터 이미 발기불능인 몸이 그날따라 꿈틀대며 내 머릿속을 어지럽혔다오. 그 배 안에서의 완벽한 금욕과 털이 빠진, 문어 대가리의 스트레스가 갑자기 생식 본능을 충동질한 거지만, 결과야 뻔할 뻔자라오. 그때 내가 어이없게도 그리스 신화의 제우스신을 떠올린 건, 지금도 황당하기만 하다오. 순전히 그 밤이 불쑥 예전의 어떤 기억을 되살린 거라오. 수많은 애정행각과 쏟은 사랑만으로도 지중해를 가득 채우고 배들을 띄웠을 호색한을 상상하며 웃었던 적이 있다오.

제우스여, 나를 비웃지 말아주오. 그대처럼 호색한은 아니더라도, 나도 한땐 뜨거운 밤을 불태웠던 사내였다오. 이젠 한 방울의 정념조차도 말라버렸고, 방광의 통증과 끈적이는 땀 속에서 젤리처럼 달라붙은 '사지'를 저주라고는 말하진 말아 주오. 난 세 자식을 낳았고, 이건 저주와는 상관없는 거라오.

어쨌든 그땐 번화가 어디엔가 있을 사우나에 들어가 몸을 씻고 일단 눈을 붙여야겠다는 생각밖엔 없었어요. 하지만 나는 그 도시의 야릇한 공기에 이미 취한 거라오. 난 나완 상관없는 그 흘레를 위해 깨어난 나

방들과 밤공기를 연신 쿵쿵거렸다오. 곧 그 '군집'이라 할만한, 중심상가에 내렸다오.

역에서 불과 몇 분 거리였고, 대로 양편엔 커다란 상가들이 하늘을 가릴 듯 진을 쳤다오. 당시엔 난 짐작도 못 했지만, 중심상가는, 다른 도시에서 사내들이 원정 올만치 소문난 명소였다오! 그 군집 속을 허우적대며, 어디 사우나가 있나 한참이나 찾아 헤맨 것이었어요. 초저녁인지라 거리는 사람들로 북적였고, 무엇보다 보도 위의 형형색색의 에어라이트들, 유독 내 눈길을 끌었던 건 온갖 안마 업소들이었다오. 별천지에라도 떨어진 기분이었다오. 초콜릿안마, 로즈안마, 애플안마, 골드안마… 도대체 온갖 별의별 이름의 안마 업소들, 또, 새로 개업식을 알리는 반짝거리는 무희 복장을 한 여성들이 그 시간에도 탬버린을 흔들며 쿵쾅거리는 음악에 맞춰 촌스럽고도 육감적인 몸을 흔들어대며 사람들의 시선을 모았다오.

그리고 마네킹 같은 앳된 여성들의 '행진'도 보였고, 멋지게 양복을 빼입은 사내의 인솔하에, 그녀들은 누구에게나 하얀 미소를 지으며 업소 명함을 건네기도 했다오. 난 몸이 이미 지칠대로 지쳐 걸음을 옮길 힘조차 남아있지 않았고, 문득 보이지 않던 사우나 간판이 구원의 손짓을 하듯 눈앞에 나타났다오. 나는 그 천당 안으로 들어간 것이라오.

나는 따뜻한 물에 몸을 담갔고, 소금기와 묵은 땀이 간질거리며 부풀어 오르거나 빠지는 게 느껴졌고, 그만 견딜 수 없이 졸음이 몰려와서 더는 버틸 수가 없었다오. 수면실로 들어가 드러눕자마자 그놈의 잠이 저승사자마냥 삼킨 것이라오. 거의 혼수에 빠진 것이었고, 하루하고도 반나절을 잔거라오. 아마 병림이 아니었으면, 그런 손님을 그대로 내버려 두지 않았을 터인데, 혼수에 빠진 나를 봐준 거라오. 혼수 속에서도, 나는 이런 꿈을 꾸기도 했다오. 평소엔 꾸지도 않는 그런 꿈이었다오.

그러고 보면, 병림에서 첫날, 내 막내딸이 찾아온 거랄까. 머리칼을 만화 주인공처럼 위로 솟구쳐 올린, 까만 유리구슬 같은 눈을 가진 소녀였다오. 나는 자꾸 그 애와 눈이 마주쳤고, 소풍이라도 온 듯한 교외의 작은 동산에는 진달래며 개나리가 피었고, 그 아지랑이 속을, 나는 소녀의 뒤를 졸졸 따라다녔다오. 어느 순간 소녀가 뒤를 돌아 나를 향해 솟은 머리칼을 창처럼 겨누었고, 단단히 화가 난 얼굴을 들어 앙칼진 목소리로 "난 아빠가 싫어! 싫단 말야!" 마구 쏟았을 땐, 내 심장은 얼어붙고 말았다오. 그러던 그녀의 눈엔 금세 눈물이 그렁그렁 고였고, 주르르 굴러떨어졌고, 그제야 나는 내 막내딸이란 걸 알아본 것이라오. 나는, 꿈속에서도 어디서부터 무슨 얘길 꺼내야 할지 암담하기만 하였고, 그만 말문이 막힌 벙어리였다오. 내 입에서 무슨 말이 나와도, 오해와 불신 -증오의 벽만 높일 뿐, 저 아이에게 상처를 줄 것이기에, 난 입을 열어선 안 되고, 죄인으로서 용서를 빌 뿐이었어요. '금지야 이것만은 알아주었으면 해. 아빤 절대 그런 몹쓸 인간은 아니란다!' 나는 그 아일 애원하는 눈으로 바라볼 뿐이었어요. 그리고 문득 자신에게 반문하는 것이었어요. '그러면, 대관절 너는 어떤 인간이냐? 천하의 무책임한 인간? 위선자에, 무능하고 실패한 존재?' 나는 그만 쩔쩔맸고, 아이는 새처럼 포르르 날아오르듯 동산 너머로 달아나 버렸다오. 나는 그만 잠에서 깬 것이었어요.

누군가 와서 흔들어 깨웠고, 난 그 여직원의 난감해하는 얼굴과 마주했다오. 그곳을 나왔을 땐, 소도시는 그 밤의 화장한 얼굴과 휘황한 옷을 싹 갈아입고는, 그 번잡한 촌스러움, 난개발의 그림자가 말간 회색빛 속에서 잔뜩 웅크린 듯, 그땐 촌닭엔 벼슬 같은 빨간 뿔이 돋았고, 그 뿔에 찔린 것마냥 내 심장이 아려 왔다오. 난 그 도시에 발을 잘못 들여놓은 거였어요. 연거푸, 고깃배도 그렇고… 헌데 얼굴을 찡그릴 겨를도 없이, 배시시 웃는 그 도시를 보며, 그 순간 이 도시로 들어온 건 내가 선택한 거라고, 마치 운명에라도 이끌린 것인 양 순순히 받아들였다오.

솔직히 난, 그때 착잡한 마음을 가누기 힘들 지경이었다오. 은행과 롯데시네마가 있는 드넓은 사거리의 쏟아지는 햇볕 속에서 나는 한참이나 발걸음을 떼지 못했고, 승용차들의 소음으로 가득한 그 거리를 어슬렁대듯 걸었다오. 극심한 허기며 현기증 속에서도, 어쨌든 걸을 만했고, 나는 백반을 먹을 수 있는 식당을 찾아볼 생각이었어요. 헌데 밤엔 온갖 업소들로 가득했던, 그 중심상가 지역을 한참이나 헤매다닌 것이었어요. 오전에 문을 연 건 김밥 가게나, 분식점, 편의점, 빵집이나 햄버거 가게 정도였다오.

결국 나는 여러 행인에게 물어가며 근처 아파트 뒤편에 있는 기사식당을 찾아간 거라오. 그곳에서 나는 따뜻한 밥에 된장국, 김치, 생선조림, 구운 김, 등등, 반주를 곁들여 배를 채웠다오. 속이 채워지자, 한결 기운도 살아나고, 난 거리의 햇살에 어색한 걸음으로 보조를 맞추어 걸으려던 걸 곧 포기했고, 그곳의 하늘과 사람들을 바라보곤 했다오. 다시 피로가 몰려와서, 몸을 누일 방을 서둘러 알아봐야 했어요. 나는 마침 근처의 부동산 중개소가 보여 들어간 것이라오. 사장인 듯한 중년 여인이 앉아 있다 나를 맞았다오.

"어서 오세요. 이리로."

난 엉거주춤, 소파에 앉았다오.

"차 드릴까요? 커피든, 녹차든?"

"아, 예… 뭐든 상관없습니다."

내가 병림에서 만나 대화를 나눈 첫 사람이, 그녀였다오. 부동산 중개소 앞엔, 하얀 벤츠가 주차돼 있었고, 난 그녀가 풍만한 몸으로 종이컵에 녹차를 넣고 커피포트의 끓인 물을 부어 가져오는 걸 바라보았다오.

녹차를 내 앞에 내밀며, 그녀는 짙게 화장한, 암말을 닮은 길쭉한 얼굴과 집요한 눈을 굴리며 묻는 거였어요.

"혹시 외지에서 오셨어요?"

"외지인입니다. 맞아요."

"어쩐지, 그래 보이드라니까."

그녀는 나를 눈으로 훑듯이 바라보며 오늘 운수가 좋아 큰 손님이라도 들었나, 긴가민가한 눈으로 주판알을 튕기는 게 느껴졌다오. 그녀는 내가 몸뚱이뿐인 가난뱅이인 걸 모르고 이 지역 부동산 시세나 동향을 한참이나 얘기했다오.

그런 수고를 덜어주는 걸 깜빡한 나도 형편없는 인간이지만, 저 암말 또한 눈이 멀었던 게고, 그나저나 난 여자에겐 어디서나 저주받을 인간이라오.

"어떤 걸 찾으시는데요? 여기가 전철로도 서울까지 반 시간 거리고, 화랑 용탄 신도시도 코앞이지, 이 지역이야 개발 호재들도 많고, 장기적으로 봐도 지금 아파트 하나 장만해 놓으면 딱이에요. 어디서 오셨는지 모르지만, 여기도 촌구석 같지만 몇 년 새 너무 뛰었어여. 전국적으로도 그렇고, 어디든 너무 올랐어요. 내가 여기서 이십 년째지만, 그래도 여기야 앞으로도 오르면 올랐지 내려갈 일은 절대 없어여. 여기가, 이래봬도 숨겨진, 응큼한 곳이에요. 이 동네가 쫌 낙후해 보여도, 삼용전자가 있는 용탄 신도시 후광 효과도 있고, 돈이 어디 거기에만 고여 있나요? 철철 넘쳐서 흐르는데, 이래봬도 여기가, 딱 숨겨진 보석이라니까요. 거기에 비하면 아직 여긴 삼분의 일 수준이니까⋯ 멀찍이 보면 못 뛰어도 신도시 절반까진 오른다고 보면 돼요. 이 동네에서도 돈 있는 사람들은 신도시로 들어간 사람이 많고, 거기가 아무래도 편리하고 깨끗하니까⋯ 용탄 신도시야 진짜 잘 만들어 놨잖아요. 나도 들어갈까 하다 말았지만, 거긴 올라도 너무 올랐어여. 대출금 끌어안고 거기

들어갈 바엔, 차라리 여기에 널찍한 아파트 장만하면… 마침 공원 옆에 있는 단지에 40평짜리가 4억에 나왔어요. 국회의원이 살다 내놓은 아파트인데, 그만하면 전망도 좋고 깨끗해요. 저번 선거에서 떨어지더니, 신도시로 들어가더라구. 선거철 되면 다시 이사 오겠지. 정치인들이 다 그러잖아요. 그거 외에도, 이사철이기도 하고, 나와 있는 게 많아요. 원룸 건물 나온 것도 있고, 그거 하나 장만해 놓으면, 은퇴해서도 월세 따박따박 나오겠다, 수입도 안정되고, 요즘 땅 가진 사람들 원룸 건물 올리는 게 유행이잖아요. 실속 있고, 돈이 되니까. 십억에 나온 것도 있고, 십오억에 나와 있는 건 좀 비싸고. 십억에 나온 건 건물주가 유도리가 있어요. 5천 정도는 빼달라고 얘기해 볼 수도 있는데…"

"원룸 알아보려고요."

"원룸이라면…"

"혼자 살 원룸 말이요."

"…"

그녀의 탐색하던 집요한 눈빛이 작동이 멈춘 듯했고, 나를 쓰윽 다시 훑고는 말수가 줄었고, 그녀는 출입문과 시계를 번갈아 보며 말했어요.

'이런 가난뱅이 인간, 미리 말을 했어야지!'

"원룸 보시게? 우리 직원이 금방 와요."

그런데 때마침 개미처럼 허리가 잘록한 여직원이 하이힐 때문인지 뒤뚱대며 문을 열고 들어왔는데, 여사장은 자리에서 일어났어요.

"김 실장-! 손님이 원룸 찾는단다."

"네!"

여사장은 이젠 눈길조차 주지 않았고, 나도 그 여편네의 기분을 십분 이해했다오. 이해하다마다요. 여직원은 자기 책상 자리에 백을 던져 놓고는, 매물을 관리하는 대장을 들고 와서 나와 마주 앉았고, 씹던 껌을 양손으로 비벼 동그랗게 말아서 나를 한 번 쓱 쳐다보고는 쓰레기통에

버렸다오.

"나와 있는 게 많아요. 보증금 천에 월 사십만 원, 보증금 오백에 월 삼십만 원, 그 중간도 나와 있는 게 있구요. 어느 정도를 찾으시는지."

"이왕이면 싼 방을…"

"좀 불편할 텐데. 보증금 오백에 월 삼십이 제일 싼 거예요."

"불편하다는 건…?"

"쫌 외진 지역이거든요."

"거기부터 가 보죠."

우린 밖으로 나왔고, 나는 여직원의 빨간 모닝 승용차에 동승했다오.

"여기서 먼가요?"

"병림은 쪼그만 촌구석이에요. 어디서든 역까지 몇 분밖엔 안 걸려요. 쪼금 불편한 정도죠, 뭐."

그러면서 그녀는 이런 말을 덧붙였다오.

"버스 타도 역까지 몇 분 걸릴라나. 그런데 원룸단지는 버스가 아마 2, 30분에 한 대씩 지나다닐걸요?"

승용차를 몰면서 그녀는 뜬금없는 질문을 던졌다오.

"아저씬 혼자세요?"

"그렇소만."

"나온 지 쫌 됐지만 방은 깨끗해요."

여직원은 외모와는 달리 신호를 깡그리 무시해 가며 성깔지게 승용차를 몰았다오. 나는 그래도 시간이 좀 걸리는 곳인가 했는데, 그녀의 말처럼 승용차로는 금방이었어요. 도시 중심부를 벗어났는가 싶었는데, 승용차는 곧 널찍한 교차로에 이르렀고, 그 건너편에 4, 5층의 원룸 건물들이 빼곡히 들어찬 단지가 보였어요. 교차로 아래로는 지하 차도가 지나고, 단지 뒤편으로 펼쳐진 농경지들, 그리고 저 멀리 산허리를 끼고, 마치 반짝이는 해 구름 위의 도시인 양 초고층 아파트들이 솟아

있는 게 보였어요. 화랑 용탄 신도시였어요.

교차로에서 적색 신호등이 바뀔 동안 우린 잠시 멈췄었고, 주변엔 덤프트럭이며 관광버스들이 줄지어 주차돼 있었어요. 그때 건너편 한 관광버스에서 하늘색 투피스 차림의 여성이 내리는가 싶더니, 차들이 쌩쌩 질주하는 4차선 차도를 무단 횡단해 건너는 것이었어요.

"쟤네들 저러다 사고 난다니까!"

그걸 보며 여직원이 말했고,

"뭐하는 여성인데?"

나도 그만 궁금증을 표했고,

"아휴, 그런 게 있어요! 아저씨가 원룸단지에 살게 된다면… 알게 되겠지만, 여긴요… 촌 동네 같지만…"

신호가 바뀌는 바람에 그녀는 액셀러레이터를 사정없이 밟으며 쏜살같이 달려 우회하듯 빙 돌아 단지 안으로 진입해 들어갔고, 한 원룸 건물 앞에 승용차를 세웠어요.

"여기에요."

"조용해서 좋구먼."

나는 고적할만치 조용한 원룸단지가 왠지 처음부터 마음에 들었다오. 사람 사는 곳이 그렇게 조용할 수가 없었어요. 그녀는 그런 나를 빤히 쳐다보더니, 앞장서 안내했다오. 우린 일단 원룸부터 들어가 봤고, 한동안 비어있었다는, 새로 깐 장판 위로 비쳐들던 햇살이며, 조그만 옷장, 냉장고, 텔레비전, 벽 위쪽엔 에어컨도 설치돼 있었고, 출입문 옆에 신발장이 있었어요. 또, 가스레인지며 싱크대, 깨끗한 욕실을 보고는, 나는 "이곳으로 하죠." 우린 곧장 5층의 주인댁으로 올라가 월세 계약서를 작성했어요. 한 층을 통째로 쓰는 넓은 거실에서 한가롭게 과일을 먹다 말고, 중년인 부부가 갑작스런 그들의 출현 −여직원이 전화로 먼저 연락을 한 후 올라가긴 했지만− 에 좀 놀란듯한 표정으로 문을 열어주었고, 남자는 작달막한 키에 다부진 인상, 런닝셔츠에 아래는 파자마 차림이었어요. 반가운 손님이라도 맞는 듯 문을 열어준 건 여자였어요. 나는 그 화사한 블라우스 차림에 파마머리, 약간 말랐지만 눈이 크고 갸름한 얼굴의 어딘지 호들갑스런 그녀를 바라봤다오. "어서들 안으로 들어와요!" 그리곤 일사천리였다오. 방랑하듯 떠돈 지 십 수 년만에 나로선 처음으로 거처를 마련한 셈이었고, 고맙게도 주인 여자가 도시가스에 연락해 줘서 곧 기사가 와서 바로 사용할 수 있도록 가스관을 연결해 주었다오. 나는 방 가운데 더플백을 베개 삼아, 큰 대자로 드러누운 것이었다오. 밥을 지어 먹을 밥솥과 그릇, 냄비, 또는 이부자리도 마련해야 한다는 걸 생각은 하면서도 피로가 몰려 왔었고, 그렇게 자고도 수면이 모자랐던지, 난 금방 잠에 떨어진 것이라오.

꿈, 그리고 부모, 형제들

　그런데 이번엔, 막내딸 꿈에 이어, 내 부모란 인간들이 원룸을 찾아온 꿈을 꾼 것이었어요. 병림이란 곳 ─나를 누구보다 반긴 건 실은 그 꿈들인 셈이라오. 나로선 그런 꿈은 기억을 더듬어 봐도 부모가 찾아오는 꿈은 평생 처음이었고, 오래전 인연을 끊은 그들이, 마치 기다렸다는 듯 원룸의 첫 손님들로 들이닥친 것이었어요. '뜬금없다'란 말이 있지만, 그런 꿈을 꾼 기억은, 지금 이 순간에도 기분이 좀 묘해지는 건 사실이라오. 아무리 꿈이라지만, 나로선 어처구니가 없고, 다만 부모와 자식이라는 그 끈질기고도 줄기찬 끈이 그렇게 이어지고 있는 것만은 부인할 수 없었어요.

　더욱이 어머닌 잔뜩 뿔난 얼굴로 자식에게 그 도시에 대한 경고를 한 셈이라오. 하지만 꿈에서라도, 그들을 반기거나 귀담아들을 내가 아니었어요. 어릴 적부터 그들을 끔찍이도 혐오했던 것이나, 그런 충고 따윈, 내겐 그저 악몽일 뿐이었다오. 헌데 되돌아보면, 평생 그들 앞에서만큼은 보무도 당당했던, 그 기염을 뿜는 흑기사였던 내가⋯ 오늘 그 기억 앞에선 심판받은 자, 저 불한당의 영혼! 두 눈을 부릅뜨고 자신을 바라보는 건, 나로서도 놀라운 심경의 변화라오.

　나는 그 꿈을 여기에 적어서 남기고자 한다오. 희한한 꿈, 도대체 그런 꿈은 어디에서 내리거나 찾아오는 것인가? 내 무의식이 그런 꿈을 빚었단 말인가? 마치 그 앞날을 예견하기라도 하듯, 그들은 그렇게 자식 앞에 나타난 거였어요.

나를 낳은 여인이, 십여 년 전 지병으로 세상을 떠나기 직전의 모습 그대로 −난 그때도 딱 한 번 병문안을 갔던 게 다라오. 그게 그 여인과의 마지막이었어요. 그 며칠 후에 어머닌 세상을 떠났다오. 눈처럼 하얀 옷에 하얀 머리, 무섭도록 형형한 눈빛만 빼면 병색이 완연했던 그 여윈 얼굴 그대로였어요. 노크도 없이 −난 두드리는 소리도 듣지 못했다오. 방문을 열어젖히고 들어서는 그들을 보며 누워있던 난 그만 얼이라도 나간 사람 같았어요. 그 젊을 적 '여걸'의 행차마냥 거침없는 모습에 난 놀라고 당황한 거라오.

"여, 여긴 어쩐 일이세요?" 하며 나는 벌떡 일어나 앉았고,

"삼일아, 왜 이런 곳에 있어?"

옆엔 낯선 남자도 같이 왔는데, 어머니는,

"아부지하고 같이 왔다."고 말했어요. 반듯한 양복 차림의 심술궂게 생긴 남자는 피둥피둥한 얼굴에 경멸이 가득했고, 눈꼬리를 치켜뜨며 말했어요.

"한심한 놈!"

남자는 꼴좋다는 듯 혀를 찼고, 하지만 나는 그를 거들떠보지도 않았고, 서로 외면하긴 마찬가지였다오. 나는 어머니를 향해,

"무슨 일이세요? 다른 자식들이야 다 잘 지낼 텐데요."

내 불퉁스런 말에 그녀는 방바닥에 털썩 주저앉는 것이었고, 오래전 자식이 자신들을 떠난 걸 잊은 듯 나무랐어요.

"이놈아, 열 손가락 깨물어 안 아픈 손가락 없다. 여긴 아녀, 여긴 아니래두! 남편을 버린 여잔 사람도 아녀! 사람도 아닌 것을 찾아서 여기까지 들어와? 너 버리고, 지 새끼들 하고 살아가는, 그 년은 천벌을 받을 것이여!"

옆의 남자도 거들었다오.

"에이 못난 놈!"

그 별안간 벌어진 상황 앞에서도, 명백한 건, 난 한 번도 저들을 연민하거나 용서한 적이 없다는 사실이었어요. 그런 그들에게 내 공간이 침범이라도 당한 양 난 어서 그들을 내보낼 궁리부터 했고, 간단한 차라도 내놓으려고 일어났어요. 문득 아직 갖춰진 게 하나도 없고, 내놓을 게 없다는 걸 알았어요. 난 난감해진 것인데, 어머니는,

"그럴 거 없다! 여긴 아녀! 아니래두!"

그들은 일어나 방을 쌩하니 나가고, 나는 잠에서 깬 것이었어요.

나는 그날, 마치 유령의 습격이라도 받은 것마냥, 일어나 앉아서도 좀체 진정되질 않았어요. 온종일 심장이 울렁였던 것이나, 오래전 의식에서 지워진 부모의 존재가 '생환'이라도 한 듯 머릿속을 어지럽힌 거였어요. 애증이라기엔, 내 안에 켜켜이 묵었던 어떤 것이 재발한 것 같았어요. 그에 따른 '해몽'도 마찬가지였고, 줄담배를 피우며 난, 이런 푸념을 내뱉었던 걸 기억한다오. '도대체 인간은 죽어서도 개과천선할 여지는 없는 것인가?' 그 꿈의 유일한 이유인 양, 살아생전 며느리를 미워하더니, 자식과 헤어지고 멀어진 그녀의 존재를, 여전히 전전긍긍하는 귀신을 떠올린 거라오.

귀신은 그녀가 이곳 가까이에 있는 걸 아는 듯했어요. 그렇지 않고서야, 저토록 기세등등한 무서운 얼굴로 나타날 이유가 없었어요. 내겐 언제나, 두 여자 −그들은 생물학적으로 같은 여자였어요− 의 관계는 불가사의였다오. 같은 여자로서 사랑까진 아니더라도 서로 감싸줄 법한데, 어머닌 핍박이 예사였어요.

"어머니, 며느리가 될 사람인데…"

"박꽃이라 했니? 차−암 너는 이름도 잘 갖다 붙인다."

그마나 하소연했던, 모자지간의 마지막 대화인 양 기억나는 대목

이라오.

아무튼, 내 안에선 잊힌 언제 적 기억들이 폭발하듯 되살아나고, 나는 짐짓 여러 날을, 지나온 궤적을 더듬듯 회상하는 거였어요. 내 어린 시절, 청년 시절, 또는 회한에 찬 지난날들이 주마등처럼 뇌리를 스쳤어요. 어느 날은, 찬찬히 사뭇 진지한 얼굴로 회상에 잠기기도 했고, 이런 기록은 그날의 회상에 살을 입힌 것이라오.

저들을 그토록 혐오한, '허영기 가득한 알량한 소시민들!'로 규정한 내겐, 이미 그들은 부모로서 양심과 도덕에서 함량미달인 존재들이었어요. 그렇지만 부모인데, 나를 낳고 키워 준 존재들을 나는 단 한 번도 연민의 눈으로 바라보긴커녕 혐오했어요. 내가 그들의 자식이란 게 부끄러웠어요. 어릴 적부터도 난 내 부모를 싫어했어요. 부모의 어떤 약점을 보고는, 그걸 부단히 키우며 자란 청개구리였어요.

그 아이가 대학생이 되고, 머리가 훌쩍 자란 청년이 됐을 때도, 부모에 대한 혐오는 오히려 깊어지고 커진 것이었어요. 지금 내겐 그 시절을 회상하는 게 힘들고 고통스럽기만 하다오. 1980년대, 그 시절엔 누구든 폼을 잡을 만한 이상 하나쯤은 가슴에 품었었고, 어떤 동년배들은 내가 몹시 이기적인 인간으로 보였을지 모르지만, 사실 난 내 양심과 싸우는 게 먼저였어요. 그들의 고뇌나 저항과는 사뭇 달랐다오.

이건, 내 풍선에 관한 것이라오. 난 노란 풍선이었어요. 고대 시대 한 철학자가 꿈꾼 '철인왕국', 어쩌다 내 영혼을 사로잡은 건 그런 왕국이었어요. 그런 철학자를 꿈꾸었다기보다는, 그 왕국의 일원, 오로지 지고의 윤리로 무장한 정결한 영혼들, 그 시민들의 왕국. 내 성향에 어울리는 이상의 옷을 찾아서 걸친 격이었어요. 난 그 시절 입만 열면 혁명이니 민주주의를 떠들던 애들을 무시할만치 교만했다오. 그들 앞에서 난 이미 산전수전 다 겪은, 언제나 우월한 존재였던 것이라오. 내 속엔, 오직 그 왕국, 그 안의 행복한 인간이 보일 뿐이었다오.

그 왕국을 위해 나는 싸웠고, 내 젊음을 바친 셈이라오. 내겐 너무도 명백해서, 그 길만이 구원의 언덕처럼, 망설임 없이 거침없는 질주였다오!

순전히 그 꿈이, 젊을 적의 의기충천한 흑기사를 불러낸 거라오. 난 어이없게도, 두 눈을 부릅뜨고 저들과 다시 맞선 격이었어요. 더욱이, 나는 몹시 흥분하고 들뜬 어조로 외친 거라오. '어머니, 난 이렇게 멀쩡하게 살아있어요! 아시겠어요?!'

'당신들의 자식으로 태어난 걸, 내가 얼마나 신을 증오했는지 모르지 않잖아요? 그 끔찍한 악연의 역사는 절대 지워지지 않아요! 죽었다고 달라지는 일은 없어요. 그리 쉽게 해결되는 문제가 아니란 말입니다, 아시겠어요!?'

나는 저 패잔병, 우스꽝스런 흑기사의 신음과 비명(悲鳴)이 아직도 쟁쟁하게 귓가에 들리는 듯하다오. 이왕지사, 이 대목에서 내 개인사나 평생 누구에게도 얘기한 적이 없는 자랑스러운 가족사를 털어놓은 때가 된 듯싶다오. 독자여, 그대들의 진심 어린 엄정한 판결을 기대한다오! 나란 인간, 노랑 풍선에 대한 심판의 순간인 걸 겸허히 받아들인다오.

그러고 보면, 난 이미 어릴 적부터 싹수가 노란 자식이었어요. 어떻게 자신을 낳아주고 길러 준 부모를 그토록 일관되게 지치지도 않고 혐오할 수 있는가. 이게 말종이 아니고서야, 정상적인 성정을 가진 사람으로서 가능한 것인가? 나도 진실로 의구심이 드는 건 사실이라오. 하지만 난 어느 때부터인가 자신을 정의로운 기사로 격상시키는 걸 마다하지 않았다오. 인간이란 게 그런 존재라오.

헌데 난, 찬찬히 기억을 더듬어도, 어릴 적부터도 악동과는 거리가 멀었어요. 문득 그 시절의 어떤 날들이 아련히 떠오르는구려. 난 학교에서도 존재감 있는 그런 아이는 아니었어요. 또, 소심할만치 조용했어요. 생물 수업 시간에, 잠자리를 잡아 표본을 만들어 오는 숙제를 내준 적이 있다오. 봄이라, 당시 집 주변에서 잠자리를 잡는 건 어렵지 않았어요. 난 그 빗자루처럼 생긴 날개며 구슬 같은 눈을 가진 길고 가냘픈 몸체에 차마 날카로운 핀을 꽂을 수 없어, 결국 숙제를 못 하고 말았어요. 잡았던 잠자리를 표본 대신, 집 창문 밖으로 날려 보냈다오. 밀 잠자리는 하늘 높이 날아올랐어요.

아무튼, 숙제를 못 한 난 선생님에게도, 특히나 부모와 형제들에겐, 바보가 된 거지만 상관하지 않았어요. 부모나 형제들은, 그때도 상대를 안 했다는 게 맞아요. 이미 난, 그들과 자신은 다른 부류의 존재라고, 분명하게 선을 그은 거였어요

또 다른 기억도 떠오른다오. 그 유년 시절, 주변 사람들은 대부분 가난했어요. 나는 유복한 환경이었고, 과일이나 생일 케이크, 빵을 먹을 때면, 어떤 친구의 얼굴이 떠오르곤 했어요. 그놈은 일 년에 한 번도 그런 빵과 과일을 먹을 수 없다는 걸, 난 알고 있고, 내가 그의 유일한 친구이기도 했어요. 난 그놈을 동정했고, 내가 먹는 걸 나눠 먹고 싶었어요. 하지만 내 부모나 형제들은, 그 친구를 꺼림칙하게 여겼어요.

집이 가난했지만, 그 친구는 그림도 잘 그리는 아이였어요. 난 그런 부모나 형제들을 이해할 수 없었어요. 난 머리가 커가면서, 자신이 저들과는 다른 특이한 변종인 걸 깨달았어요. 다섯 형제에서도 난, 부모들에게도 좀 별난 놈으로 여겨졌어요. 나 외에, 저들은 언제나 똘똘 뭉친 하나였어요.

가족에서도, 열외의 존재였던 난 외톨이였어요. 저들에 대한 원망과 설움은 내 유년 시절을 지배한 상처였어요. 오직 할머니만, 칭얼대는 나를 달래주곤 했어요. 그 시절 기형적으로 머리가 커버린 아이였던 내가 저들에 대해 품는 미움과 증오심은 내 또래들의 그것과는 확연히

달랐어요.

오, 내 회상에 오직 진실만이 깃들이길, 할머니, 내 영혼과 입술을 부디 지켜주시길! 난 부모를 어릴 적부터도 한 번도 사랑한 기억이 없다오. 찬찬히 기억을 더듬어도, 아빠, 엄마, 따뜻하게 부르거나 가슴이 뛰었던 적이 없다오. 애틋한 기억 같은 건 더욱 없다오. 서너 살 적인가, 어쨌든 비교적 또렷한 기억이지만, 어머니 젖무덤을 만지며 잠들고 싶었던 아인, 딱 한 번 외엔 다시 그 욕구를 충족할 수 없었어요. 젖비린내 나는 아이의 그 욕구도 사랑에 속하는가? 그 외엔, 딱히 떠오르는 게 없다오.

칭얼대며 채우려 했던 그 유치한 욕구도 곧 자연스레 사라지고 말았지만. 자식들을 위해서라면 그토록 좋은 것으로 먹이고, 입히고, 물불을 안 가린 그들을, 난 오히려 커 갈수록 미워하며 떼를 쓰는 아이였어요.

유치원에 다녔던 시절, 난 엄마에게 보채고 잘 우는 아이였어요. 남들 눈엔 분에 넘치는 호강으로 보였을지 모르지만, 난 엄마가 싫어 몸부림쳤던 걸 뚜렷이 기억한다오. 부잣집 아이들만 다녔던, 그 유치원은 교회에서 운영했었고, 나와 네 형제 그 유명한 오 형제는 모두 그 유치원을 거쳐 초등학교와 중학교까지 동문인 셈이라오. 사내자식 다섯이 등교할라치면, 집안은 항상 북새통이었고, 장남인 형을 필두로 동생들이 뒤따르며 골목을 가득 채울라치면 남들 눈에도 일개 소대쯤은 돼 보였을 터! 아첨하길 좋아한 이웃집 아줌마는, "남은 복도 많아요! 누굴 닮아서 다 장군감이여! 잘 생기고, 씩씩하고!…"

헌데 우리 오 형제는 유치원이나 학교에서도 마치 장군의 자제들마냥, 특별대우를 받았다오. 아버진 늘 "우리 가족만으로 한 소대를 만들 수 있겠어!" 했고, 어머닌, 그런 소대를 건사하느라 한시도 가만있지 않고 땀나게 뛰어다니는 여장부였어요. 특히나 장남은 그들에겐 장차 집

안의 기둥이자, 자신들의 유전자를 빼 박은 듯 닮아서, 각별한 애정을 쏟았어요. 둘째인 나로선 그게 언제나 불만이었던 것 같지만, 난 그때도 형에 대한 질투보단 그들이 끔찍이도 싫었고, 부모를 빼닮은 형도 싫었어요.

초등학교에 다닐 무렵엔, 그런 감정은 또렷한 논리성을 띄었던 걸 기억한다오. '어른 같지도 않은 인간들!' 그러고 보면, 아인 그때 이미 다 성장해버린 거라오. 남들 눈엔 코흘리개로 보이는 아이의 머릿속엔 아니 그 흉중은 기가 찰 정도였다오. 부모와의 관계는 한층 심각해졌고, 어머니가 학교에 오는 날이면, 아인 만나지 않으려고 어디론가 숨어버리곤 했어요. 담임선생님이 아일 찾아다니고, 숨바꼭질이라도 하듯 화장실에 숨어 있거나 학교 뒷동산으로 도망치곤 했어요.

어머닌 제집 드나들 듯, 형이 졸업해 없을 때에도, 늘 '오 형제'의 어머니에 부자였으니, 온갖 감투에 그 화려한 옷차림으로 운동장에 나타나면, 교실에서도 창문을 통해 내 학급 반 애들은 단박 알아보고 소리치곤 했다오. "삼일이 엄마야! 여왕님이 납시셨어!" 나는 창피한 나머지 얼굴이 붉어지곤 했어요. 친구들은 장난을 치는 거였지만, 난 저런 여자의 자식으로 태어난 게 수치스러웠어요. 어느 때는, 그 수치스러움으로 인해 온종일 마음이 진정되지 않고 바들바들 떨기도 했다오.

내 눈에 그들은 언제나, 그 허영기 가득한 소시민, 온갖 불의와 악행을 일삼는 속물들, 그 이상도 이하도 아니었어요. 시간이 지날수록 그런 믿음은 더욱 확고해졌다오. 어린 떡잎의 믿음에서 신념이 자라 뿌리내리고, 그 영혼의 열매를 맺는 걸, 난 내 성장사에서 느낄 수 있다오. 혹여 독자여, 어떻게 그런 부모에게서 나 같은 희귀종, 돌연변이가 나왔을까, 자연의 짓궂고도 공평한 섭리를 찬양해마지 않을지도 모르오. 나도 희한하긴 마찬가지라오. 어쨌든 이 청개구리의 성장사는 이제부터라오.

초등학교 졸업할 무렵이었어요. 어느 날 아인, "내게 부모는 있지 않아!", 사뭇 엄숙하게 선언하기에 이른 것이었어요. 오, 흑기사의 탄생을 알리는 '선언문'이나 같았어요. 추운 겨울밤 오들오들 떨며 올려다본 하늘과 얼어붙은 별들, 그 우주에 자신은 혼자라는 쓰라림도 떠오른다오. 내 운명은, 이미 그 밤에 많은 게 결정된 거나 마찬가지란 느낌을 지울 수가 없다오. 누구와 다툰 적도 없는 그 아인, 5학년 무렵 딱 한 번 형제들과 맞서 싸운 거라오. 그 일은 사소한 것 같지만, 어찌 보면 희귀종으로서, 내 정체성을 가족들과 외부 세계에 드러냈다는 의미가 있다오.

사실 남들 눈엔, 내 가족은 외국 여행을 즐겨 다닐 만치 부족할 게 없는 부유층이었고, 자식들에겐 유복한 환경이었어요. 양친은 자신들의 성공과 그 소대를 거느린 것에 대한 자부심도 굉장했고, 자식들에게 어릴 적부터 가르친 게 있다면, 뭐든 남들보다 앞서거나 잘해야 한다는 건, 첫째 계율이나 같았어요. 공부든, 운동이든, 그림이든, 피아노든… 물론 이를 위해 양친은 소문난 과외 선생들을 붙여 주었고, 차고 넘치도록 물량 공세를 아끼지 않았어요. 70년대, 장교로 짧은 군 생활을 했던 아버지는 남에게 지는 건 하늘이 무너져도 있을 수 없는 일이어서, 늘씬 패주고 들어올지언정 맞고 들어오는 일은 자신이 다스리는 왕국에서 일어나선 안 되는 일이었어요.

나를 제외하면, 네 자식들은 유년 시절부터 동네며 교정을 주름잡았고, 형제 중 누가 애들에게 맞기라도 하면, 모두가 하나가 되어 코피 터지게 늘씬 패주고서야 직성이 풀렸고, 아버지는 그런 자식들을 칭찬하며 무척 대견해 했어요. 어머니 또한 그런 자식들의 온갖 말썽과 제반 문제들을 해결할 뿐만 아니라, 학급 반장이 되고 전교 회장이 되게끔 밀어주는 일에도, 여장부로서 남이 쉽게 넘볼 수 없는 발군의 능력을 보여줬다오.

드디어, 내가 집안의 '문제아'로 등극한 사건이 벌어진 것이었다오. 그림을 잘 그리고, 학교에서든, 어디서든 외톨이인 그 친구를 챙겨 주었던 게 발단이었어요. 막일을 하는 아버지, 아파 누워있는 어머니, 내 눈엔 그 친구는 짙은 음지의 화초였어요. 부모나 형제들 몰래 나는 그놈을 챙겨 주었어요.

내 집엔 뭐든 풍족해서, 데리고 오면 빵과 우유, 과일을 같이 먹곤 했어요. 또, 그림물감이 떨어질 때면 나는 생일 선물과 성탄절 선물 등으로 사 주곤 했다오. 그 문제가 친구에겐 언제나 심각한 걱정거리인 걸 잘 알기 때문이었어요. 그걸 형제들이 일러바쳤고, "넌 하필 그런 애와 어울리는 거냐!" 아버지에게 혼이 난 이후로 난 더는 집에 데리고 올 수 없었어요.

어느 날 나를 찾아온 그놈을 형제들이 괴롭히는 걸 보고, 처음엔 말리려 했지만, 결국엔 그들과 주먹질을 하며 싸우게 되었다오. 아버지는 그날 밤, "내가 참 별놈 자식을 다 낳았다니! 형제간 의리가 없는 놈은 사람 자격도 없어! 도대체 이놈은 커서 뭐가 되려나?" 그날 밤 나는, 집 문밖에 나가 몸이 꽁꽁 얼도록 벌을 서야 했다오.

그 밤, 난 신 앞에서 맹세했다오. 난 저 인간들의 자식이 아니라고. 저들이 일요일마다 교회에 나가는 걸 용서할 수가 없었다오. 그리고 그들과 '영원히 돌아선 사건'이 중학생 때 일어났다는 건, 신이 존재한다면, 그건 필시 나를 향한 계시나 같았다오. 저들의 유전자 —타고난 범죄자들, 넌 저들을 벌해야 하며, 그렇지 못하면 너도 한통속으로 어둠의 자식이 되는 것이다!… 이런 두려움의, 계시나 같았다오. 당시 난 그런 두려움과 죄책감에서 오랫동안 헤어날 수가 없었어요.

난 지금도 그 사건을, 내게 다가온 특별한 계시처럼 느낀다오. 내 영혼 속에, 새겨진 붉은 구멍이랄까. 붉은 구멍에선 피가 흘렀어요. 헛구역질이 올라왔지만, 그때 난 머리 위의 핏빛 하늘을 바라보는 것이었어요. 그 하늘이 나를 삼킬 듯이 덮치곤 했어요. 난 지금 그, 계시를 고백하는 거라오. 내 가열 찬 투쟁은, 이미 그 나이에 시작된 거였어요!

형은, 어릴 적부터 동네에서나 학교에서 말썽을 피우곤 했지만, 결국 중학교 3학년 때, 일이 터진 거였어요. 그를 여기에 소환하는 게 과연 옳은 것인지 내 마음이 착잡한 건 사실이라오. 또, 그 시절 말썽꾸러기이긴 했어도, 어른들로부터 귀여움을 받았던 형이었어요. 어머니와 친하게 어울렸던 '귀부인들'로부터 '핸섬 보이'로 불린 것도 그저 놀림만은 아니었다오.

집에서도 주인공이었지만, 학교에서도 형은 꽤 유명했다오. 잘생긴 데다, 공부도 그럭저럭하는 편이었고, 선생님들의 사랑을 받는 아이랄까. 형이 어울려 다니는 애들이 있었어요. 내 눈엔 그들은, 하루가 다르게 덩치들도 커진 데다 사춘기를 지나는 터라, 눈엔 불이 붙은 듯했다오. 욕구를 발산하지 못해 주체 못 하는 수컷들이랄까.

결국 그들이, 일을 저지른 거였어요. 같은 학교 여학생을 꾀어 빵을 사 먹이고, 근교 유원지로 데리고 가 겁탈하는 만행을 저지른 거였어요. 사내애들 넷이서, 그녀를 무참히 짓밟았어요. 여학생의 어머니가 경찰서에 달려가 고발하면서, 그 사건은 소문으로 알려지게 됐지만, 그 끔찍한 범죄 앞에서, 누구보다 내 부모의 대처며 활약은 눈부셨어요.

철부지 아이들이 벌인 일인 양, 가해 학생들의 부모와 합세해 용의주도하고도 발 빠르게 움직였어요. 가난한 여학생의 집을 찾아가 '거절할 수 없는 제안'으로 커지기 직전의 사건을 조용히 덮으려 했다오. 또, 그들은 우리 집에 수시로 모여 '전략회의' 비슷한 걸 열곤 했다오. 그들은 다과를 들며, 이런 얘기를 주고받았어요. 난 그들의 전략회의 내용을 남몰래 일기 형식으로 적어 놓았다오.

"신문이나 방송에 나가는 것만 막으면 돼요."

"경찰서장으론 깜도 안 돼요. 언론이란 게…"

"그래도 서장 정도면…"

"큰 신문사 기자가 냄새라도 맡으면, 서장 가지곤 못 막아요."

"아 그렇습니까? 저는 그 방면엔 문외한이라서."

"그래서 제가 힘 좀 썼습니다."

"애들 아빠가 군 출신이잖아요. 군대가 힘이 제일 쎄죠, 호호."

"차암, 군인 출신이랬지요?"

"장군 출신인가요?"

"별까진 못 달았고… 인맥이 좀 있지요. 잘 아는 삼성 장군에게 부탁을 해놨습니다. 막강합니다! 군대야 언론도 못 뚫어요."

"와우! 애쓰셨어요, 사장님!"

"사장님보단 장군님으로 부르는 게 어떨지요? 이거, 많은 은혜를 입습니다."

"우리 오늘부로 장군님으로 부르죠?! 이런 인연도…"

"다 자식들 위한 일인데요."

"그럼은요. 액땜했다 쳐야죠."

"자식 농사짓는 게 이리 힘들어서야 원…"

"그래도, 우리 장군님, 여사님이 나서서 힘을 써 주시니까…"

"감사합니다, 장군님!"

"저두요!"

"앞으로 잘 모시겠습니다!"

어머닌 학교의 이사장과 교장을 움직여 학교에 나도는 소문도 차단하려 했고, 나는 그걸 처음부터 끝까지 두 눈을 부릅뜨고 지켜봤다오. 당시 학생들 사이에선 모르는 이가 없을 정도로 소문이 났고, 하지만 그 전략회의 효과인지 어느 사이 잦아들었고, 곧 잊혀졌어요. 부모들의 그 자식 사랑 덕분에, 형을 비롯한 범죄자들은 국가나 학교로부터 어떤 처벌도 받지 않은 것이었어요. 나는, 그 끔찍한 범죄가 감쪽같이 지워지는 걸 지켜보며, 분노와 환멸은 극에 이르렀고, 저들을 어떻게 응징할까 이를 갈곤 했다오. 나라도 신문사에 알릴까, 날밤을 새며 고민도 했지만, 그 삼성 장군을 넘어서기란 불가항력인 걸 깨달았어요. 나는 장교로, 군무원으로 일한, 남다른 경력을 보유한 아버지 덕에 당시 장군의 위력이 얼마나 막강한지는 잘 알았다오.

그 장군을 떠올리자면, 내 머릿속엔 우리 집 별장에서 연례행사처럼 열렸던 화려한 가든파티를 잊을 수가 없다오. 아버지는 별장을 사들인 이후로 많은 돈을 들여, 한쪽에 멋스런 인공 폭포며 기암괴석에 둘러싸인 연못엔 비단잉어들, 널따란 정원을 수놓은 아름다운 수목들… 그 파티의 주인공은 언제나 장군이었어요.

파티가 열리기 전이면, 우리 부모는 그 준비로 분주해지곤 했는데, 당시 국내에선 구경할 수 없는 열대 과일이며 샴페인과 양주를 인편을 통해 외국에서 사와야 했어요. 이제 정원에서 열리는 가든파티엔, 야회복을 입은 장군 부부를 비롯해 각계의 유명인들, 연예인들, 넘치는 음식과 술, 화려하기 이를 데 없는 연회가 밤새 펼쳐지곤 했어요. 우리 부모는 장군 부부를 왕처럼 섬기는 거였어요.

언제 적인가 영화 〈대부〉를 본 적이 있는데, 내가 그 가든파티를 떠올린 건 우연이 아니라오. 내 어린 눈에도 장군은 모든 것을 해결할 수 있는 능력을 가진 존재였다오.

어느 날 나는 병원에 입원해 한동안 치료를 받았다는 그 여학생을 하굣길에서 보았다오. 그녀는 얼굴도 들지 못하고 도망이라도 치듯 혼자서 빠르게 걸어갔어요. 그녀는 이미 학생들 사이에선 '걸레'로 소문이 났고, 얼마 뒤 그녀의 가족은 지방으로 이사 가고 말았어요. 그런데 그 사건이 있은 지 얼마 후 양친으로선 가슴을 쓸어내릴 무렵에, 난 놀랍고도 기이한 광경을 목격했었다오. 어느 날 밤에, 그 여학생의 어머니가 우리 집으로 찾아왔었고, 거실에서 양친이 맞았다오. 난 그 일도 '사건일지'마냥 빠뜨리지 않고 기록했다오. 저녁밥을 먹은 직후였고, 그녀의 갑작스런 등장에, 할머니와 형, 동생들은 각자 방으로 들어가 문을 닫았지만, 나는 거실의 화장실 안에서 문을 빠끔히 열고 그들의 대화를 엿들었어요. 파출부 일은 한다는 그 여인은 나름 신경 써서 차려입고 온 듯했고, 자신이 무슨 잘못이라도 저지른 양 양친 앞에 엎드려 흐느껴 울면서, 연신,

"감사합니다, 사모님, 사장님… 진작 찾아뵈려 했는데…"하면서 머리를 조아리는 거였다오. 거듭해서 그녀는 말하기를,

"제가 첨엔 분하고 억울해서… 눈앞이 깜깜하고, 혀라도 깨물고 싶어서… 그만… 저는 어떤 분들인지도 모르고… 용서하셔요. 다 두 분께서 도와주셔서… 우린 약속을 지킬 것이구요, 은혜를 잊지 않을거구요."

또 그 여인은 이런 말도 했다오.

"칠칠치 못한 제 딸년도 다 잘했다고만 할 수 없는 거구요. 복 받으셔요… 너무 감사합니다."

연신 머리를 조아리는 여인을 향해, 양친은 교양있는 사람들인 양, 더욱이 여인에게 점잖은 어조로 이런저런 위로와 충고의 말을 빠뜨리지 않았다오.

"무자식 상팔자란 말이 왜 있겠어요?"

"이왕 벌어진 일이고, 서로 좋게좋게 해결된 거니까, 딸을 위해서도… 조용히 잊혀져야지요."

"예. 저도 이젠 제대로 된 집 자식답게 키워 보려구요. 엄마 노릇도 제대로 하고."

그때 나는 분노로 온몸이 후들후들 떨렸던 것 하며, 그리고 알현이라도 마친 듯, 홀가분한 얼굴로 여인이 떠나는 걸 나는 누구도 몰래 집을 빠져나와 정신없이 뒤따라 간 것이었어요. 오직 그녀에게 용서를 빌고 싶었고, 그 기회는 다시없을 것 같았다오. 여인 앞에 나는 길바닥에 무

룰을 꿇고 용서를 빌었어요. 그녀는 내가 방금 전 자신이 찾아간 그 집 자식이란 걸 알아보고는, 몹시 놀란 눈으로 휘둥그레져 바라보다 제 머리를 쓰다듬으며 흐느껴 울었어요.

　아무튼 나는 집안의 '문제아' 치곤 공부는 좀 하는 편이었다오. 더욱이 난, 공부에서만큼은 형제들에게 뒤지고 싶지 않았어요. 부모에 대한 극렬한 혐오야말로 활활 불타오르는 학구열의 원동력이었다오. 실은 난, 언제나 저들과 싸웠어요. 중학생 때, 시험을 잘못 보고, 울분에 사로잡혔던 적이 있다오. 그 낙담과 자신을 향한 치미는 분노엔, 저들에겐 절대 지지 않겠다는, 패배자의 눈물이었어요. 내가 중, 고등학교 시절, 누가 볼 땐 공부밖에 모르는 아이로 비친 건, 순전히 그 때문이었어요. 한 번 가출을 감행한 적이 있지만−그때 난 저 끔찍한 소굴을 영원히 벗어나고 싶었어요! −결국 며칠 만에 쓰라림을 안고 작전상 후퇴한 후로 내 목표는 한결 또렷해진 것이었어요. 서울의 번듯한 대학에 들어갔을 땐, 나로선 무엇보다 저들에게 일격을 가했다는 통쾌함이 컸어요. 난 교만했다오. 이젠 내가 잘난 당신들을 판단하고 심판할 것이다!… 헌데 저들은, 곧 나를 자신들의 자랑스러운 자식으로 '격상'시킨 것이었어요. 또, 내가 대기업에 취직했을 땐 자식 농사를 잘 지은 사람들로 주변의 부러움을 샀고, 곧 내 혼담 얘기가 들렸고, 저들의 콧대 높은 기세등등함이란 −특히 어머니란 여인은 가관도 아니었다오. 소위 명문가나 부잣집 딸이라면 모를까 어지간해선 성에 차지 않을 것 같았다오.
　드디어 나는, 저들에게 찬물을 끼얹을 시간이 되었음을, 흑기사의 탄생을 알리고 싶었는지 모른다오. 그렇지만 그들에 대한 환멸과 혐오의 감정 때문에, 홀어머니가 세탁집을 하는 가난한 집 딸을 내가 사랑한 건 아니라오. 이건 진심이라오. 초등학교를 같이 다닌 그녀를, 나는 우연찮은 장소에서 만난 거였어요. 어느 단체에서 당시로선 낯선 '밥 굶는 아동들'을 위한 행사를 열었는데, 나도 어쩌다 자원봉사자로 참여했다, 거기에서 그녀를 보았어요. 난 단박 그녀를 알아봤어요. 그녀는 상고를 나와 조그만 회사에 다녔는데, 알고 보니 그 회사 사장과 여직원인 그녀가 나와서 후원 겸, 참여한 거였어요.

그날 이후로 우린 만남을 이어갔어요. 수줍게 웃는 모습, 깨끗한 눈매며 단정한 말투 ―어느 날 그녀에게서 풍겼던 아찔한 '향기'를 난 잊지 못한다오. 우리 집안엔 없는 소박한 모습, 꽃으로 치면 박꽃과도 같은 향기가 좋았다오. 나는 그녀와 얘길 나누다 보면 영혼이 정화되는 느낌이었어요. 헤어져도 난 그녀와 함께 있곤 했어요. 만난 지 두 달 만에 그녀에게 고백했다오. "내 가슴에 손을 얹어 봐. 이 심장이 너를 원해. 이 심장이 멎을 때까지 너를 사랑할 거야." 수줍은 박꽃의 그 기쁨의 눈물, 첫 입맞춤, 내겐 첫사랑이었고, 난 결혼을 서둘렀어요.

그녀를 집에 데려갔던 날을 난 잊지 못한다오. 얼마나 고소했던지! 여러분은 내 기분을 이해하지 못할 거라오. 난 교만했고, 이미 저들 따윈 무시할만치 우월하고 고상한 자였어요! 어쨌든 할머니 때문에도, 난 집안끼리의 혼례라는 번거로운 절차를 밟은 거라오. 내 부모는 처음부터 퇴짜를 놓는가 싶더니, 뒤에 가선 무리한 혼수를 강요했고, 그녀의 눈에 눈물이 가득 고이게 만들었다오. 그때 난 그들 앞에서 드디어 '승리자'로서 선언했다오. "난 이 집구석을 나갈 테니, 그리들 아십시오! 앞으로 내 일엔 상관 마시고, 없는 자식이라 치세요!" 난 결혼 후에는 서울에서도 되도록 그들과 멀리 떨어진 곳에 신혼집을 마련했어요. 그나마 내가 대기업 사원이라는 작위를 가졌을 동안, 그들과의 옅은 관계는 이어졌고, 명절이나 집안 대소사 때면 찾아가기도 했지만, 할머니가 돌아가신 후로는 난 그들을 더 보고 싶지 않았어요. 형제들도 마찬가지였고, 부모의 도움 따윈 일절 사양했어요. 신혼집도 내가 대출을 받아서 마련했고, 그동안 누린 '혜택'들도, 내겐 언제나 꺼림칙한 부채였어요. 나는 그 부채를 어떤 식으로든 갚아야 했어요.

난 아버지란 인간에 대해선 더 떠올리거나, 여기에 어떤 것도 쓰고 싶지 않다오. 내 안에선 오래전 지워진 존재라오. 내 영혼이 그런 기억을 되살려야 한다고 생각하면, 끔찍해지는 기분이라오. 하지만, 이 대목에선 건너뛸 수가 없구려. 부디, 아버지를 회상하는 마지막이길 바란다오. 사실 내 아버지에 대해선 자라면서 들었던 것 외에 어쩌면 상당 부분은 내 상상력의 산물일거라오. 하지만 난, 그 상상이 진실 이상의 어떤 열매란 확고한 믿음이 있었어요.

듣기론 아버지는 군 장교였지만, 그다지 능력을 인정받지 못해 대위로 일찍 제대했다오. 그런데도 얼마 후 군무원으로 다시 채용된 걸 보면 ─당시에도 드문 경우인 데다 윗선에서 모종의 의중을 갖고 아버지를 그 자리에 꽂아 넣었던 게 아닌가. 군대는 줄이란 말이 있지만, 소령을 달진 못했어도, 아버진 오히려 거기에서 자신의 진가를 발휘한 것이었어요. 내가 서너 살 때의 일이었고, 갑자기 집안 형편은 날개를 단 듯 일취월장했어요. 넓은 아파트로 이사하고, 차도 그랜저로 바뀌었고, 부동산을 사들이고… 당시 아버지의 직급이나 자리란 게 외부에서 보기엔 변변찮았지만, 그 시절 군대 돌아가는 사정을 좀 아는 이들은 벌써 눈치챘을 거라오. 실은 아버지는 '보급부대'에서 일했고, 지휘관과 그 위의 장군, 그들이 군 물자를 빼돌려 착복하는데 모종의 역할을 하며 자신도 떡고물을 챙긴 것이었어요.

이재에 남다른 안목과 동물적 감각, 재빠른 실행력 덕에, 아버지는 부동산과 증권으로 단시간에 상당한 부를 쌓게 되었다오. 자식들도 분에 넘치는 혜택을 누렸고, 형제들 둘은 외국 유학도 했고, 나를 제외하면 오늘날 그들이 부유층의 윤택한 삶을 누리는 건, 순전히 그런 부모를 둔 덕분이었어요. 나는 그들과 거리를 둔 이후로, 유산도 받지 않겠노라고 선언했던 터였어요. 그들은 내가 내놓은 자식이라도 그나마 대기업에 다닐 동안 가느다란 끈을 유지했지만, 그만둔 후로는 아예 개망나니 자식인 양 앓던 이를 빼버린 것이었다오. 훗날 자식들에게 유산을 물려줄 때도, 내겐 당연지사 한 푼도 오지 않았고, 설사 그들이 다른 결정을 했더라도 난 단호히 거절했을 거라오.

훗날 어머니가 돌아가셨을 때, 난 장례식에 참석했어요. 장례를 치르고 난 후 사업을 하는 동생이 나를 조용한 곳으로 데려가더니 무언가를 건넸다오. 작은 함을 싼 보퉁이였다오. 어머니가 내게 남긴 거라면서. "돌아가시기 전에… 누구에게도 얘기하지 말고 전해 달래서." 집에 가져와 풀어 보니, 함 속엔 어머니가 결혼할 때 끼었던 금가락지부터 생전에 화려하게 치장하길 좋아했던, 온갖 보석류들이 가득 들어있었어요. 나는 거절할 수 없어 받아 오긴 했지만, 그걸 처분해야 하는 게 고민이었어요. 헌데 당시 나는 최악의 상황에 내몰려 있었다오. 첫 직장에서 나온 후로 여러 직장과 일을 전전했고, 내 영혼은 이미 파산 상태에 이르러 피투성이였어요. 거기에다 집을 담보로 빚을 내 가게를 연 것이었어요. 일 년도 채 되지 않아, 가게는 문을 닫았고, 결국 그것들은 금은방에 처분해, 쌓인 공과금을 비롯해 뒷수습하는 데 보탠 것이었어요.

구직(求職), 토끼 눈과의 만남

　나는 찬찬히, 찬찬히 나를 맞았던 그 도시를… 별들이 총총한 그 까만 하늘과 푸른 자궁을 동시에 떠올린다오. 봄이나 여름엔 온갖 밤벌레들 소리가 들려오고, 그 터지려는 정충들의 애달픈 세레나데로 가득한, 자궁… 어쩌다 난 그곳에 발을 잘못 들인 것이었어요. 지친 표랑객의 영혼을, 그 도시는 처음부터 시험한 것이었어요. 도대체 그런 꿈도 그렇고, 난 내 영혼의 유일한 동반자였던 아내와 헤어진 지 오래였다오. 난 지금도 궁금하다오. 어머니의 얼굴을 한 그 꿈은 무엇이었을까? 그 유일한 실마리는, 그녀와 헤어질 무렵 용탄 신도시가 개발 중이었고, 처가가 거기로 삶의 터전을 옮겨갈지도 모른다는. 나는 그런 얘기를 언뜻 들은 게 다라오. 양육권도 그녀에게 주었고, 십 수년간 나는 그들의 바람대로 잊혀진 존재, 이미 난 그녀도, 자식들도 잊은 거라오.

　헤어질 무렵 아내는, 내게 말했어요. "당신이 회사를 그만두었던 날, 나는 하늘이 무너지는 줄 알았어. 깜깜했어. 진짜 몰랐던 거야? 내가 세 아이를 안고 무슨 생각을 했는지 알아? 우리 주변을 봐. 다 당신이 만든 거야. 왜 그랬어?… 아직도 모르겠어? 우릴 떠나 주는 게 도와주는 거라는 걸."

　그 꿈은 내게서 잊혀지고 '소멸'된 것들을 일깨운 것만으로도 충분히 효과를 거둔 거라오. 아무튼 그 원룸을 찾아 들었던 날이며 꿈을 나는 다시 찬찬히 기억을 더듬는 거라오. 내겐 갈 길이 멀다오. 나는 그 지난날의 망령과 맞서는, 흑기사보단 실은 실성한 놈이 그럴까. 꼭 실성한 놈 같았다오. 헛소리를 해대는. 그 와중에도 몸은 여전히 배 위에 있는 듯 벌렁 드러누우면, 풍랑에 흔들렸고, 지친 상태가 되어 뻗곤 했어요. 눈을 뜨면 배 안의 그 구멍이 아닌, 원룸이었고, 인력사무소의 숙소를 떠올려 봐도 내겐 호텔급의 깨끗한 방이었어요. 허기로 견딜 수 없는 지경에 이르러서야 나는 도리 없이 일어나, 밖으로 나와 원룸단지 안의 편의점을 찾아갔다오. 여느 편의점과는 달리, 그곳엔 웬만한 생필품은 다 갖추고 있었어요. 나는 우선 전기밥솥과 그릇, 냄비, 젓가락을 비롯하여 라면과 김치를 사서 들어왔다오. 새 냄비에, 오랜만에 라면을 끓여 먹었어요.

또, 저녁 무렵엔 다시 편의점으로 가 이부자리며, 소주도 한 병 샀고, 텔레비전을 켜놓고 새우깡에 소주를 마신 게 떠오른다오. 언제 잠이 들었는지 꿈을 꾸었는데, 이번엔 '시커먼 놈'이 나를 어디론가 끌고 갔어요. 끌려갔다기보단, 휘몰아가듯 항거불능의 힘에 의해 나는 백척간두의 꼭대기랄까, 그런 곳에 세워졌어요. 내 의식과 몸뚱이, 영혼조차 새파랗게 질렸고, 하늘은 붉게 타올랐고, 저 아래는 무저갱 같은 어둠이 웅크렸어요. 나는 벌레처럼 대롱대롱 매달렸고, 이런 쩌렁한 음성이 들렸어요. "여기서 뛰어내릴 수 있어?! 선택해!" 나는 훌쩍 뛰어내렸어요. 눈을 떴을 땐 몸은 식은땀으로 흥건했고, 난 여전히 질려서 떨고 있었어요. 나는 담배를 꺼내 물며 그 네모반듯한 형광등 불빛 속의 방을 둘러봤어요. 연기를 후후 뱉어내며 헛웃음을 지었어요.

불쑥 잠바를 걸치고 나는 밖으로 나온 거였어요. 대관절 여긴 어떤 곳인가? 어떤 곳이기에… 나는 기억나는 대로 그 밤을 여기에 적고자 한다오. 왠지 그 밤이야말로 운명의 예고편이랄까, 성큼 자궁 속으로 들어선 기분을 지울 수 없게 한다오. 원룸에서 나왔을 때 하늘엔 총총한 별들이 보였어요. 나는 차가운 밤공기를 들이켜며 무작정 원룸단지를 걸었어요. 드문드문 가로등 불빛이 거리를 비추었고, 헌데 원룸단지의 밤 풍경은 낮과는 사뭇 달랐다오. 거리는 승용차들로 가득 차서 주차장을 방불케 했고, 어쩌다 단지로 들어오는 승용차의 불빛과 어디 주차할 곳이라도 있나 단지 안을 빙빙 돌다 겨우 빠져나가, 근처 차도에도 자리가 없어 외떨어진 곳에 주차하는 불빛이 보이기도 했다오. 나는 모두가 잠든 적막한 단지 안을 한참이나 거닐다, 곧 빙 둘러 나 있는 바깥 도로를 따라 걸었어요. 지하 차도와 연해 있는 길을 걷다 보면 농경지와 경계를 이룬, 드높은 축대 위의 철망 너머로 어둠이 펼쳐졌고, 낮에 보았던 기억이 없다면, 난 영락없이 검푸른 바다나 호수로 착각했을 정도였어요. 온갖 밤벌레들 소리가 들려왔고, 귀를 기울이면, 어디에서든 밤벌레가 울어댔어요.

나는 문득, 그 소리들이 환청인가 싶을 정도였다오. 또, 어둠 속에서 무언가 퍼드덕 날갯짓하며 휘-익 날아올랐을 땐 나는 그만 놀라서 목석처럼 서 있었다오. 펼친 날개가 거대한 걸로 보아 수리부엉이 같았고, 순식간에 어둠 속으로 사라져 갔어요. 그런데 나는 어느결에 밤의 호수에서라도 들려오는 듯한 그 밤벌레들의 합창이 드세게 일어났던 걸, 온갖 벌레들이 입을 모아 울어대던 소리. 내 기억엔, 늘 언제나 귀청을 울리는 그 드센 합창이 들려온다오. 또, 근처에서 유독 소프라노마냥 노래하는 놈도 있었고, 나는 그 밤에 무언가에 흠씬 씌운 거라오. 그 '환청'이 잦아들었을 즈음, "요놈들이 짝짓기 철이렸다!" 나는 혼자 두런댔던 것도 기억난다오.

그땐 잠바 주머니에 담배를 챙겨 온 게 다행이다 싶었고, 담배를 꺼내 불을 붙였다오. 연기를 폐부 가득 들이켜 후후 뱉어내며, 나는 바짝 긴장한 사람처럼 조심스레 발걸음을 옮겼어요. 담장이 끝나는 곳에 이르렀을 때, 원룸단지에서 농경지 쪽으로 난 외길이 나타났고, 전봇대의 가로등 불빛 아래, 왕거미가 꼭 방석만 한 집을 지었고, 그 경사진 길은 어둠을 향해 열려있는 듯했어요. 둥그런 불빛 너머의 시커먼 어둠이 입을 벌린 모양이었어요. 난 저 건너의 미궁을 바라보며 자신도 모르게 떨었다오. 곧 발길을 돌렸고, 빠르게 걸었고, 벌에라도 쏘인 사람마냥 달아났다오.

내가 뒤에 가서야 알게 된 바로는, 그 길은 예전에는 마을과 마을을 잇는 중요한 도로였다는 것이며, 몇 년 새 이곳도 개발 바람에 사방으로 새 도로가 생기면서, 이젠 이용하는 주민이 거의 없는, 구 도로가 된 거였어요. 근래 들어 공장들과 아파트들이 들어서면서, 더욱이 원룸단지로 인해, 우회해야 하는 이 초라한 구 도로는 왕왕 승용차나 경운기가 지나다닐 뿐이었어요. 되돌아오는, 담장 중간쯤에 이르러, 나는 하늘을 올려다보며, 대뜸 이렇게 중얼거린 거였어요. "어머니, 이 심판대를… 저는 달게 받아야죠! 아무렴요!" 이슬이 내렸고, 나는 원룸으로 들어가지 않고 그곳에서 서성댔다오. 얼마 지나지 않아 동이 터 왔다오. 어둠이 묽어지면서 검푸른 호수는 농경지를 드러냈고, 건너편 야트막한 산자락에 자리한, 그 희끄무레한 농업기술연구원의 윤곽이 뚜렷이 보였어요. 주변 마을과 공장들이 하나둘 깨어나며 보이기 시작했고, 뒤이어 저 멀리 용탄 신도시가 붉게 깨어나고 있었어요. 나는 이슬에 흠뻑 젖은 채로 원룸으로 들어온 것이었다오.

나는 따뜻한 물로 샤워를 했어요. 아침은 라면을 먹었지만, 낮엔 쌀을 사 와서 밥을 지었던 걸 기억한다오. 내 손으로 밥을 지어 먹은 건, 아마 십 수 년만이었어요. 그날 점심과 저녁을 겸한 식사도 따뜻한 밥에, 반찬도 김치에 김, 햄도 있었고, 그땐 내 안의 어떤 불가사의한 충동질에 사로잡혀서, 낯선 사람처럼 행동했어요. 예전의 어떤 날처럼. 생활하는데 필수품들 −전날 빠뜨린 것들을 하나하나 종이에 적어 사 오기도 했고, 더플백 안의 옷과 자질구레한 것들도 꺼내서 정돈했던 것이며, 몇 권의 책도 꺼내 놓은 것이었어요. 그 책들은 책장에서, 백 속으로, 오래도록 나와 함께했으며 이젠 이곳 원룸까지 따라온 것이었어요. 몇 번이고 반복해서 읽었던 그런 집착, 아니 그건 집착이라기엔 편식이고, 그 편식증을 고스란히 드러내 보이는 손때 묻은 책들이었어요. 하지만 이미 오래전, 난 그런 사상이나 인간의 예술, 사상누각의 무덤을 —저 풍선들을 보며 슬퍼했던 적이 있어요. 나는, 그날 그 책들을 어루만져 주었던 걸 기억한다오. 이 종이 뭉치가 무슨 죄가 있는가. 나는 책들을 방 구석진 곳에 두었고, 그러다 불현듯 편의점에 아령이 있을까, 갑자기 그 생각을 떠올린 거라오. 당장 편의점으로 갔고, 놀랍게도 그곳엔 아령이 있었어요. 편의점을 지키는 알바는 이십 대 후반쯤 돼 보이는 사내였고, 내가 놀라 "이런 것도 있어요?" 하자, "여긴 없는 것 빼곤 다 있는걸요. 장롱 같은 건 너무 커서 갖다 놓을 순 없지만, 조립식 옷장도 있고…" 그러곤 갑자기 사내는 내 귀에 얼굴을 들이대고 속삭이며 말을 이었어요. "손님들이 필요하다면 약도 구해 드립죠. 흐훗, 여긴 만물상이 따로 없죠!" 난 그 약이 무언지 그땐 잘 알아듣지 못했어요. 어딘지 뻔뻔스럽게 생긴 사낸 나를 처음부터 눈여겨본 듯, "어제 이사 온 거죠? 혹시, 아름연립 201호… 거기 맞죠?" 뻐드렁니가 드러나게 웃는 사낼, 나는 멀뚱한 눈으로 쳐다본 것이었어요. "어떻게 그걸?" "여기가 콩알만 하잖아요. 거기 201호야… 흐훗, 왜 몰라요? 난 거긴 사람이 안 들어올 줄 알았어요." 실실 웃으며 사내는 계산을 했고, 나는 아령을 받아서 들고 돌아온 것이었다오.

나는 아침에 일어나면 아령도 하고, 밥도 하루 두 끼 정도는 챙겨 먹으려 했고, 누구 보란 듯이 그 '살아있음'을, 흑기사의 영혼이라도 되살아나서, 마구 채찍질이라도 해서 몰아간 느낌이라오. 난 기꺼이 채찍질을 받아들였어요. 오직 '나는 아직 죽지 않았어!', 그 맹렬한 충동질이

나를 타격하며 시험에 빠뜨린 격이었다오. 아마 운명이란 놈이 내 급소를 문 거라면, 지금에서야 떠올리는 건, 그 지점일 거라오. 또, 그 연장선상에서 일어난 일이지만, 어느 날은 중심상가로 나가 노트북 컴퓨터를 샀던 것이며, 내가 인터넷을 통해 뉴스나, 거기에 달린 댓글들을 구경하며, 말세를 외친 것도 기억난다오.

그날 이후로 난 거의 노트북 컴퓨터를 사용하지 않았어요. 하지만 나는 오랜만에 TV에서 영화를 보기도 했다오. 〈타이타닉〉이란 영화였어요. 그 영화가 한국에 들어왔던 이듬해(1999년)에, 난 직장을 떠났고, 당시엔 경황이 없어 보지 못했던 걸, 그곳 원룸에서 그제야 본 거라오. 나는 보는 내내 그 엄습해 사회를 휩쓸었던 '아이엠에프 사태'며 스스럼없는 선택으로 자신을 사지로 내몬 격이 된, 실로 어이없는 돈키호테를 떠올리기도 했다오. 호화스런 거대한 여객선이 수직으로 낙하하듯 심해로 가라앉을 때, 난 그 돈키호테의 운명보다는, 창문 밖의 벌레들이 우는 소리, 그 환청에 귀를 기울였어요. 그런 기억 외에도, 막노동 말고 내가 구직을 위해, 원룸단지에도 무가지로 뿌려지는, 생활정보지에 매달린 것도, 기이한 행동인 건 마찬가지였어요.

아침에 눈을 뜨면 두어 종의 생활정보지를 구해 와서는 방에 펼쳐놓고, 모래밭에서 바늘 찾기 식으로 온종일 그 온갖 일들을 훑는 것이었어요. 도대체 오십 대 사내를 찾는 곳도 없지만, 내가 지금 무슨 소꿉장난을 하는지 알 수 없었어요. '나이제한 無'의 경우, 틀림없는 미끼란 의구심에 나는 더 유심히 들여다보게 되고, 헌데 하나 같이 수작들이 빤해 보였어요. 또, 저 자질구레한 입들로 가득한 그 징그러움에 난 그만 질리는 거였어요. 어쨌거나, 모래밭 속에서 용케 나는 바늘을, 진주를 찾았다오! 하긴, 난 그 직전엔 다 귀찮아서 소꿉장난을 그만두려 반발하기도 했어요.

그런데 어느 날, 한 광고가 눈에 들어왔어요. 그 상호는 지금도, 내겐 그 소도시의 다른 이름이 그걸까 싶은 정도라오. 〈왕 마트〉에서 배송 기사를 모집했고, '나이제한 無'는, 특별히 고딕체로 크게 쓰여 있었어요. 사실 마트에서 직원 채용 광고를 내는 걸 보면, 보통은 나이 제한이 있기 마련이었고, 내 눈엔 좀 특이해 보였어요. 원룸에 들어간 지 보름쯤 지났을까, 드디어 난 직장을 구하기 위해 그곳으로 전화를 한 거라오. 기대도 하지 않았어요. 여직원이 받아 점장을 바꿔 주었어요. 사내의 말투는 직설적이었어요.

"배송일 경험은 있어요?"

"처음입니다."

"운전면허 있어요?"

"예, 있습니다."

"어디 살아요? 여기가 좁은 동네니까, 당장 봤으면 해서요."

"오늘 당장요?"

"하루라도 일찍 일하고 싶지 않아요? 나올 거예요, 말 거예요?"

사내는 갑자기 짜증 섞인 투였고,

"내일 아침에 가면 안 될까요?"

나는 침착하게 말했다오. 그땐 이 도시를 이미 다 알아버린 기분이었어요. 여전히 당장이라면 더 상대할 것도 없었어요.

그런데 사내는 씩씩대는 숨소리를 고르는 듯하더니,

"난 새벽에 나오니까, 아침 일곱 시에 볼 수 있어요?"

여전히 퉁명스런 어투였고, 나는 그쯤에선 내심 물러서 준 거라오.

"알겠습니다."

"난 시간 늦는 건 질색이라서…"

"시간에 맞춰 가겠습니다."

나는 다음 날 아침 일찍 시간에 맞춰 왕마트로 나갔어요. 왕마트는 생각보다 규모가 컸고, 매장 앞엔 새벽녘에 들어온 물품들이 산처럼 쌓여있고, 주차장의 진회색 스타렉스가 줄지어 서 있는 광경이 볼만했어요. 이런저런 노동을 하며 살아온, 내 몸이 반응했고, 심장이 뛰었던 게 기억난다오. 스타렉스에 배송 물품을 싣고 운전하는 나를 상상한 거라오. 직원들은 바쁘게 움직였고, 사무실은 매장 한쪽 구석진 곳에 있었어요. 곧 스포츠머리에 덩치가 황소만 한 사내가 들어왔어요. 면장갑을 낀 상태였고, 커다란 얼굴엔 땀이 배었고, 눈이 단춧구멍만 해서 역시나 좀 촌스런 인상이었어요. 나는 한눈에 점장인 걸 알아봤어요. 점장은 사십 대였고, 작은 눈을 깜박이며 나를 훑었어요. 몹시 바쁜 듯 면접을 서둘렀어요. 나는 나중에야 그가 중사로 제대한 부사관 출신인 걸 알았지만, 그는 자신이 이곳 토박이란 것과 나에겐 외지인인지, 혼사 사는지 시시콜콜한 걸 물었어요. 나는 원룸단지에서 혼자 산다고 얘기했어요. 곧 그는 뭐 상관없는 일이라면서, 역시 중요한 건 운전면허증 소지 여부인 것 같았다오. 내가 운전면허증을 꺼내 보이면서, 채용이 결정됐다오.

"어떤 일을 했든, 현재가 중요하고, 안 그려요? 성실히 일하는 사람은 난 대우해 줘요. 다 먹고 살자고 하는 일이고, 배송 일이 간단해요. 성실히 잘하실 거 같고… 자, 오늘부터 일하는 걸로 하고…"

하필 그날은 비가 내렸고, 나는 원룸을 나설 땐 잔뜩 흐리긴 했지만 굳이 우산이 필요할까 싶어, 그냥 나섰다가 소나기에 흠씬 젖은 것이었어요.

"이렇게 몸이 젖은 상태라서."

"까짓거, 일하다 보면 금방 말라요!"

담배를 꺼내 물며 점장은,

"요새 애들… 내가요, 군대 같으면 군기라도 잡지만… 쓸만한 놈을 못 봤어요. 도망가는 놈도 있고… 배송하다 중간에 차 놔두고 가버린 거요. 말이 돼요 이게? 기가 찰 일이죠! 내가 경찰에 넘기려고까지 했다니까."

나는 좀 놀랐어요. 점장은 계속해서,

"땜빵은 누군가 해야 하고… 내가 지금 몇 군데 돌아야 하는데, 준비됐어요? 금방 요령을 터득할 거니까, 어려울 거 없어요."

일어서기 직전 점장은,

"아시겠지만 출근 시간은 오전 여덟 시, 퇴근 시간은 밤 아홉 시, 일이 밀릴 때면 좀 늦어질 때도 있고요."

"알겠습니다."

"첫 달은 2백, 두 달째부터는 더 올려 줄 거고요."

나는 그날 아침부로 왕마트의 배송 기사가 된 것이었어요. 상상에도 없었던 직장을 얻은 거라오. 하긴, 척 보니 얼마나 있을는지 알 수 없었지만. 헌데 나는 곧 왕마트가 처한 상황이 생각보다 훨씬 심각하고, 절박한 상태인 걸 알게 됐다오. 한때 그곳에서 잘 나갔던 왕마트가 시대의 급격한 변화에 따라 생존의 기로에 내몰린 것이었어요. 그들은 나름 고군분투 중이었고, 무엇보다 골칫거리는 배송 기사들이 수시로 바뀌었고, 박리다매, 거기에 낡은 스타렉스와 나이 제한 무로 채용된 저 몸뚱이들을 앞세워 처절하게 맞서지만, 별 뾰족한 수가 없어 보였어요. 하루 수십 톤의 물량─공산품을 비롯해 청과류, 해산물─이 들어오지만, 그래 봐야 점장의 표현대로 '쥐뿔도 남는 게 없는 장사'란 거였어요. 배송 기사들은 근무 시간을 초과하며 일해야 하는 건 일상이었고, 제때 식사를 챙겨 먹을 겨를도 없었고, 몸이 고장 나거나 낡은 스타렉스가 퍼지기라도 하면, 당장 산더미처럼 일이 밀렸어요. 나는 그곳에서 자그마치 다섯 달을 일했다오.

하루 수십 곳을 배송하고 나면 몸은 파김치였고, 밤에 귀가할 때는 다리가 후들거려 가누기가 힘들 지경이었어요. 특히나 중심상가 업소들에서도, 나는 안마시술소들에 배송 갔던 일을 잊지 못한다오. 그곳의 속살이랄까 - 나는 마치 그 군집의 내밀한 속살을 들여다보는 기분이었어요. 부동산 여사장의 얘기처럼, 이 소도시는 숨겨진 '진주'가 맞았어요. 중심상가에는 치과병원만 네다섯 곳에 이르고, 일반 개인 병원들, 은행들, 영화관, 모텔들, 레스토랑이나 유흥주점들, 안마시술소들, 학원들, 교회들, 요가 강습소, 등등, 없는 게 없이, 오늘날의 풍요를 만끽했어요. 더욱이 그 주변 도시들에선 엄격한 '풍속영업에 관한 법률'이나 시행령 때문에도 채워 줄 수 없는 것을 그 촌닭이 응큼하게 채워주고 있었다오. 난 그 깊은 지하 주차장이며, 주문한 식자재나 물품을 손수레에 가득 싣고 엘리베이터를 타고 올라갈 때면, 인근 도시들에서도 원정 오는, 그 사내들이 배설하는, 자궁 속을 떠올리곤 했다오. 개발 바람과 인근 도시 대기업들의 하청업체들이 싼 용지를 찾아 들어와 우후죽순 격으로 생겨나면서, 자궁은 부풀었고, 저 군집은 내 눈엔 토실토실하게 부푼 자궁이었어요.

땀이 후줄근한 몸으로, 그 자궁 속을 들락거릴 때면, 나는 매번 간음이라도 하는 기분이었어요. 더욱이 안마시술소는, 하나 같이 조명이 어두웠어요. 구조들은 비슷했고, 붉은 조명 속의 복도를 지나 주방으로 가 손수레에 실린 것들을 내려놓으면, 직원이 따라붙어 배송 물품을 확인하곤 했어요. 그들은 감출 비밀이 있는 듯 보였지만, 검은 커튼 밖은 햇볕이 쨍쨍한 큰 길가였고, 엘리베이터는 학원가는 애들부터, 그 건물 안에 볼일이 있는 모두가 이용하지만, 누가 안마시술소를 가는지는 당사자들만 알뿐이라오. 시골 영감이든, 온갖 사내들이, 그 떡방앗간의 고객들이라오.

그런데 그해 여름에 내가 배송했던 한 안마시술소에서 살인 사건이 일어났다오. 전날에도 나는 그 업소에 식자재를 넣었고, 맨 안쪽의 주방이며, 바로 맞은편이 일하는 여성들 방이어서, 한 번은 바로 그 방문을 열고 나오는 여자와 마주친 적이 있다오. 붉은 조명 탓이었지만, 그녀의 얼굴은 백지장처럼 창백했어요. 봉긋한 젖무덤과 배꼽, 하얀 삼각 팬티가 드러나 보이는 얇은 가운, 짙은 눈 화장을 한 쌍꺼풀진 눈은 움푹 들어갔고, 뼈마디들이 금방이라도 우수수 쏟아질 것처럼 마른 몸이었다오. 그녀는 나를 보며 살짝 웃었는데, 언뜻 하얀 천에 싸인 길다란 뼈마디의 '미이라'가 웃는 것 같았다오.

'아저씨도 초콜릿 안마 맛 좀 볼래요?'

아무튼, 그곳에서 일하던 여성이 손님으로 들어온 남자에게 목이 꺾여 살해된 것이었고, 방송이나 신문에도 보도되지 않는 이런 사건은, 이곳에선 금방 소문으로 알려지는 것이었어요.

어쨌든 왕마트는, 박리다매나 값싼 몸뚱이들을 앞세워 버텨 보지만, 점차 다가오는 파국의 그림자와 마주하고 있었어요. 그 상황에서도 점장이란 사내는 누가 군발이 출신이 아니랄까 봐 필사적이었다오. 솔직히 이미 기진맥진한 나는, 어서 왕마트가 파산을 선언하고 문 닫기를 바랐다오. 주변엔 현대식 마트들이 연이어 들어섰고, 그건 내겐 상식과 순리의 문제였어요. 그 불도저도 멈춰 서는 날이 저만치 보였어요. 헌데 어느 날 나는, 점장의 그 무식한, 우직스러움이 순전히 애사심의 발로가 아닌, 뜻밖의 이유가 결부됐다는 걸 알게 됐다오. 나는 그만 깜박 속아 넘어간 기분이었어요. 그땐 촌사람들에게 한 방 얻어맞은 것 같았다오. 점장과 여사장이 그렇고 그런 관계라는 것이며, 동료 기사는, 내게 핀잔을 줬어요. "아니 그걸 여태껏 몰랐다는 거여? 이씨도 차―암… 두 사람이 안 보일 때가 있어. 모텔에서 한빠구리하고 있는 거야."

또 근래 들어 점장 마누라의 마트 방문이 잦았고, 출산을 얼마 남겨 놓지 않은 그 산만 한 배를 뒤뚱대며 나타날 때의 그녀의 모습은 무척이나 당당해 보였다오. 코끼리만 한 덩치는, 남편에도 뒤지지 않았고, 그렇잖아도 어서 문을 닫기를 바란 나로선, 그녀를 볼 때면 곧 무슨 일이 벌어질 것 같은 어떤 기대로 부풀게 했다오. 하긴, 동료 기사들에겐 미안한 마음도 없지 않았지만, 저 코끼리가 몸을 흔들며 날뛰는 걸 상상하는 거였어요.

그리고 그해 초여름 무렵, 드디어 내가 기대한 일이 벌어진 거라오! 두 사람이 모텔에 있다, 점장 마누라에게 발각됐다는 것이며, 난 그다음 날에야 직원들을 통해 전말을 알게 됐다오. 나는 그 지친 와중에도 그만 슬며시 웃을 뻔했다오. 나는 그 소도시를 심히 오판했던 거라오. 다른 곳에선 이젠 사어가 된 '간통사건'이나, 그 서약서 내용, 난 비로소 그들을 조금 알게 된 기분이었다오. 점장 마누라가 기막힌 타이밍에 중심상가에 있는 민들레모텔에 들이닥쳤을 때, 사장과 점장은 알몸인 상태였고, 그녀의 손엔 커다란 송곳이 들려 있었다는 것이며 – 풍선처럼 부푼 자신의 배를 펑 터뜨릴 듯 위협했고, 아무튼 10층 창밖으로 몸을 던지겠다며 길길이 날뛰었다는. 그녀의 무시무시한 발광과 위협 속에서 여사장은 겁에 질려 결국 '서약서'를 써야 했는데, 그 알려진 내용도 그곳에서나 통용될 법한 것들이었다오.

〈서약서〉

사장인 나 한OO는 하늘에 맹세코 우리 두 사람 사이가 아무 관계도 아니고, 그간에도 사장과 점장으로서 회사 일 외엔 연애는 없었음을 밝히며, 그렇더라도 오늘 이 부끄러운 일을 초래한 당사자로서 깊이 반성하며, 또 정신적 피해를 입은 박OO 씨에게 위로금으로 5천만 원을 배상하기로 한다. 이 위로금은 뉘우침과 반성에 따른 것이며, 대신 박OO 씨는 용서하는 마음으로 이 시간 이후로 아무 일도 없었던 것처럼, 배 속 아이의 이름을 걸고 입을 닫을 것을 약속하며, 위로금은 오늘은 시간상 은행이 문을 닫아, 부득이 내일 지급하는 것으로 하며, 우리 세 사람은 여기에 지장을 찍어 서약함으로써…

2018년 7월 25일
박○○
한○○
정○○

그 일을 기점으로 왕마트는 빠르게 문 닫는 수순에 접어들었고, 직원들도 하나둘 떠났고, 얼마 후 폐업했어요. 나는 폐업 직전 떠났고, 그날 점장이 굳이 막걸리를 사겠다며 붙잡았던 걸 잊을 수가 없다오. 마지막 배송을 마쳤지만, 나는 홀가분한 것보단 무척 힘든 상태였고, 어서 원룸으로 가 샤워를 하고 드러누울 생각밖엔 없었다오. 나는 그를 뿌리치고 도망갈 수가 없었어요. 곧 문 닫을 회사이니 그달 급료를 떼일 수도 있었어요. 나는 그 사내를 보면, 영악스러움보다는 '거듭난 토박이'를 보는 기분이었다오. 그 거듭난 토박이의 작은 눈빛을 굴리며 짓는 웃음이, 징그럽기만 했어요. 그는 소방서 근처의 주점으로 나를 이끌고 갔고, 단골인 듯 보였어요. 곧 해물전에, 잔은 뚝배기였고, 주전자에 막걸리를 가득 담아 나왔어요. 그는 내 뚝배기에 막걸리를 가득 부었고, 자기 잔에도 넘치도록 붓더니 잔을 들어 부딪치길 청했어요. 난 말을 섞고 싶지도 않았다오. 그는 벌컥벌컥, 단숨에 잔을 비운 후 입가를 문지르며 능글맞게 웃었고, 이런 소릴 늘어놓았어요.

"솔직히, 내가 미안허죠. 형님 같은 분이시고. 여기서 5년간 일했지만, 나도 욕 무쟈게 먹었어요. 욕먹으면 오래 산다잖어요, 핫하하! 저도 그렇게 독한 놈 아녀요. 다 먹고 살자고 하는 짓인데… 안 그려요? 다 그런 거 아니었어요? 나도 군대에서 나와서 첫 직장인데다, 성취욕도 있었고, 살아남아겄다는 생각이 강하다 보니까… 이제 뭐 마트도 시마이인 것 같고…"

그러면서도 그는 표정이 무척 밝았고, 아니 싱글벙글이었고, 연신 뚝배기를 들어 들이켰어요.

"진짜 정체가 궁금해지더라니까요. 사람이 너무 진지하고 성실해버리면… 잔머리도 좀 굴리고… 안 그려요? 사람이 어딘지 모자라 보이기도 하고… 솔직히 뭣 했던 사람일까, 진짜로요! 다들 적당히 적당히 때우는데, 나도 다 이해해요. 요새 막노동해도 그 정도는 벌어요. 다 아니까, 이해 못 할 것도 없고요. 서로 필요해서 잠시 만났다 헤어지는 거고… 솔직히 내가요 감동먹었다니까요!"

그는 어느새 불콰해진 작은 눈을 껌벅이며 넌지시 나를 쳐다보는 것이었어요. 난 눈길을 피해, 뚝배기를 들어 마셨어요. 그를 쳐다보고 싶지가 않았어요. 쓸데없는 소릴했어요.

"나도 실수한 일도 있고."

"아, 그거요? 다섯 달 일했는데. 계란 한 판 잊어먹은 거요? 그걸 또 자기 돈으로 사서 김밥집에 갖다 줬다면서요? 내가 모를 줄 알아요?"

그는 내 뚝배기에 막걸리를 가득 채우고는,

"너무 고지식하면요 인생이 고달퍼져요. 이런 말해서 그렇지만 훤히 보이더만요! 자, 한 잔 드시고요! 악연인지 몰라도 인연이라면 인연 아니겠어요? 나도 뭐 이만하면 하핫! 아쉬움도 있지만… 제가 술 한 잔 대접하고 싶어서."

나는 사내가 나름 진지한 상태란 걸 느끼며, 그 불콰한 얼굴을 쳐다봤다오. 단춧구멍엔 벙긋한 웃음이 담겼고, 다시 나는 실없는 소릴했다오.

"점장님이 내게 술 한 잔 사는 건 맞긴 하지."

"급료 걱정은 마시고요. 다른 사람들은 몰라도…"

나는 오랜만에 몸을 가누기 힘들만치 취해버린 것이라오. 뼈대가 굵고 우람한 사내의 손에 붙들려 노래방에도 갔고, 대신 거의 몸을 주체 못 하는 상태에서 노래하는 난처한 일은 벌어지지 않았다오. 사내의 독무대였고, 온갖 유행곡들을 몸을 흔들어대며 뽑는가 싶더니, 예전 팝송 서너 곡을 뽑은 것까진 기억하는데… 나는 그만 필름이 끊긴 거라오. 그런데 다음 날 눈을 떴을 땐, 나는 원룸에 누워있었고, 도대체 어떻게 들어왔는지 기억이 나지 않았어요. 나는 문득 사내가 자신을 '병림 도깨비'라고 지나는 투로 흘렸던 걸 떠올리고서야, 그 미스터리가 풀렸다오.

나는 한동안 몸살로 앓아누웠어요. 한 보름은, 거의 원룸 안에서 꼼짝도 하지 않고 뒹굴며 지냈다오. 눈을 뜬 채 온종일 누워있으면, 원룸의 비쳐드는 햇살과 희부연 한 먼지, 어디에서 나타난 파리 한 마리가 귀찮게시리 내 주위를 알짱거렸어요. 이놈아 이거나 먹어라, 담배 연기를 퐁퐁 날리면, 어디로 자취를 감추었다 다시 나타났어요. 등에 푸른 빛이 도는 파리는 내 시선을 의식하기라도 하는 것처럼, 그 어엿한 생명체로서의 몸짓을 뽐내듯이 궁둥이며 제법 요염한 날갯짓으로 다시 신경을 건드는 거였어요. 이놈아, 넌 여기 있다간 굶어 죽어. 다른 델 찾아가야지. 그러고 보니 창문은 닫혀있고, 파리도 꼼짝없이 갇혔구나 싶어, 그땐 일어나 창문을 열었고, 이왕 일어난 김에 쌀을 씻어 밥솥에 밥을 지었어요. 다시 벌렁 드러누워 나는 파리의 다음 행동을 관찰하는 거였어요. 감옥 문을 열어주었는데도, 파리는 시원스런 바깥 공기며 햇살을 쫓아 날아가기는커녕 여전히 내 주변을 알짱거렸어요. 요놈이 밥 짓는 걸 눈치챈 듯했고, 허 이놈 보게… 파리가 상(床)에 앉았을 때, 꼭 같이 밥이라도 먹자는 것 같았어요. 또, 머리며 궁둥이를 다리로 비벼대는 게, 내게 무어라 말을 거는 것도 같고, 이 감옥을 벗어날 생각이 없나 보군. 밥이 지어지고, 나는 밥 한 공기를 김치에 비우고는, 놈에게도, 작은 종지기에 밥풀과 김치 조각을 남겨 놓았다오.

아무튼 나는 최소한의 음식만 섭취하면서 뒹굴며 보냈고, 헌데 생각지도 않은 뜻밖의 일이 벌어진 것이라오. 왕마트의 계산원인 여성이 내게 전화를 한 것이었어요. 나는 그녀의 휴대폰 번호도 몰라 벨소리에도 잘못 걸려 온 것이기에 받을 일도 없거니와, 그녀일 거라곤 상상도 못했어요. 두어 차례 벨이 울린 후에, 문자가 날아 왔어요.

〈아저씨, 저 김순희인데요. 저는 아저씨 휴대폰 번호를 까먹지 않고 저장해 놓았는데. 안 받아서. ㅜㅜㅜ〉

김순희. 내가 어찌 그녀를 잊을 수 있으랴. 나는 그 이름과 문자를 봤을 때도 좀 의아했다오. 청순한 외모를 가진 그녀는, 나이 스물여섯에 애가 셋이란 이유로 왕마트에선 제법 유명했어요. '저 얼굴에 애가 셋이라니.' 나도 그녀가 세 아이 엄마란 걸 뒤늦게 알았고, 그런 그녀가 왜인지 나에겐 유독 싹싹한 얼굴로 인사하곤 했어요. 어떻게 밥을 챙겨 먹지 못하고 나온 걸 알았는지 "아저씨 힘드시죠? 이거요, 내 돈으로 산 거니까, 드시고 하세요." 배송을 나가는 내 손에 음료수나 빵을 안겨준 적도 있고, 한 번은 그녀가 편의점 도시락을 건넸을 땐, 난 부담스러운 나머지, "이건 내가 받을 수가 없어요." 했더니, 그 큰 눈망울에 눈물이 글썽일듯해서 당황했던 적이 있다오. 나는 처음부터 그런 그녀의 행동을 도시 이해할 수 없었어요. 어쨌든 그날 나는 도리없이 수염도 밀고, 양치질도 하고, 방 안에 자세를 바로잡고 앉아, 망설인 끝에 그녀에게 연락을 한 거라오. '오늘 좀 만날 수 있을까요? 아저씨, 꼬-옥요.' 그날 저녁 느지막한 시간에, 우린 약속 장소인 중심상가의 한 커피숍에서 만났어요. 나는 그녀가 무슨 일로 만나자는 건지 짚

이는 것도 없었고, 그녀는 세 아이의 엄마이자 유부녀였어요. 내가 깜박했던 게 있다면, 그곳이 병림이란 것이었어요. 먼저 와서 기다리고 있던 그녀를 본 순간 나는, 그 짙게 화장한 요염한 눈빛을 보내는 모습에 자신도 모르게 가슴이 철렁했어요. 더욱이 그녀는 내가 앉자마자 착 달라붙어 연인이라도 되는 양 술을 사달라고 졸랐어요. 나는 머리가 지끈거렸고, 사타구니에 땀이 찼고, 더럭 겁이 났던 게 사실이라오. 차부터 마시고, 술은 천천히 생각해 보는 게 어떻겠냐며 나는 그녀를 달랬고, 우린 차를 주문해 마셨다오. 그녀는, 마치 준비를 단단히 하고 나온 여자 같았다오.

"저는요, 벗어나고 싶어요."

"무슨 일 있어요? 우리 착한 순희 씨가?"

무심결에 뱉은 말이 그만 그녀의 감정에 기름을 부은 것이었어요.

"아저씨, 왜 그런 말을 하세요?"

그녀는 화를 왈칵 냈고, 눈엔 눈물이 그렁그렁해져서 이런 말을 쏟았을 땐, 나는 그만 넋 나간 사람마냥 바라만 보았다오.

"아저씨가 저를 알아요? 저는요, 하루 24시간, 살아 있는 게 무언지 몰라요. 저는 살아있는 게 아니라구요! 아저씨 눈에는 내가 살아있는 것처럼 보여요? 하루에도 수백 번… 나 같은 노예는 차라리 죽는 게 낫다, 그런 생각을 한다구요! 아저씨, 내가요, 일하면서 어떤 생각을 하는지 아세요? 마트 앞에 서 있는 은행나무 있죠? 그 은행나무가 나 같은 년보단 낫다, 일하면서 바라보면, 은행나무가 부럽다구요! 난 그 나무보다 못한 년이라구요! 이제 집에 들어가면, 시부모도, 남편도 손가락 하나 까딱 안 해요. 노예가 들어와서 다 하니까요. 밥하고, 세탁기 돌리고, 애들 챙기고, 밥 차리고, 그 새끼한테 시달리고. 아저씨한테까지 그런 말을 들으니까 서럽고 화가 더 나네요."

나는 그만 난감해졌고, 하지만 괴이쩍은 건 이런 거였어요.

"순희 씨는… 왜 하필 나 같은 사람을."

그녀는 이제 용기라도 얻은 듯 거리낌 없이 말했어요.

"아저씬 착하잖아요."

"내가? 그렇게 보였나?"

"저는요, 착한 남자가 좋아요. 책임감 있고. 우리 아빠가 그랬거든요."

"착한 남자라. 책임감, 이거 원…"

"저는 아저씨 같은 남자가 좋거든요. 처음부터요."

"마누라와 이혼하고, 애들 얼굴도 기억 못 하는 나를…"

"저는요, 보면 알아요!"

"순희 씨, 남편은 무슨 일을 해요?"

"일 안 해요. 힘든 일 하기 싫대요. 그 새긴 싹수가 노랗다니까요. 그래도 아빠 노릇은 해야잖아요."

"남편 나이가?"

"나하고 동갑이요."

"그럼 스물여섯?"

"네."

"집에서 애들은 누가 돌봐요?"

"시부모가 봐 주기는 하는데, 농사만 지었던 무식쟁이들이에요. 어린이집도 내가 보내고, 그 노인들도 나를 노예로 알아요."

"노예라."

"애도 낳고, 일만 부려 먹고… 노예가 따로 없죠!"

"지금 사는 곳은?"

"시부모 집에서 얹혀살아요. 끔찍한 지옥이에요!"

"남편하고는 언제 만났어요?"

"중학교 때요. 그 얘긴 하고 싶지도 않아요."

"연애결혼이네?"

"고등학교 때 애를 가져서, 같이 살게 되었어요."

"애 셋을 낳으며 살았으면…"

"내가 철이 없었죠. 진짜, 쓰레기거든요."

"남편이 폭력이라도 써요?"

"그러진 않지만요… 지옥을 만든 건 그 새끼죠. 책임감이란 건 손톱만큼도 없다구요. 맨날 친구들과 어울려 다니고, 술 마시고, 그 새끼가요, 휴대폰 요금만 매달 10만 원이 넘는다고요. 콱 죽여버리든지, 어디로든 도망을 가든지."

"남편도 나름 생각이 있겠지."

"아뇨, 그 새낀 아무 생각도 없어요. 싹수가 노랗다고요!"

"스물여섯이면… 내년엔 스물일곱, 순희 씨가 그렇게 고생하고, 애들이 크는 걸 보면 무언가 느끼는 게 있겠지, 왜 없겠어?"

"아저씨요, 정말 그 새끼를 잘 몰라서 그래요. 진짜, 그 새낀."

"큰 애가 몇 살이지?"

"일곱 살요."

"내년엔 학부형이네?"

"네."

"나도 애를 길러 봤지만, 애 크는 걸 보면 철이 들지."

"…"

"난 애들을 못 본 지도 오래됐어. 지금쯤 다 자랐겠지. 애 엄마가 양육권을 달래서 줘버렸거든. 속 편하게 다 줘버렸어."

"…"

"내가 착하게 보였나?"

"무, 무얼요?"

"내가 착한 남자로 보이나?"

"저는 바보가 아니거든요. 아저씬… 교양도 있고 착하잖아요. 아저씨 같은 사람이라면 나이 같은 건."

"나 같은 놈하고 연애라도 하게?"

"왜, 왜요? 못할 것도 없죠."

"이것 참, 영광이지만… 이를 어쩌나."

"아저씨도 혼자 살고 있잖아요."

"내 나이가 몇인지 알아?"

"저는요, 나이 같은 건 상관없어요."

"나란 놈을 보라구? 난 누구를 진실로 위하고 사랑한 적이 없어. 몸도 망가졌고, 그리고 당장 모텔에라도 가면, 실망부터 할 텐데?"

"저는 다 이해할 수 있어요."

"며칠도 못 견딜걸?"

나는 커다란 눈망울의 그녀가 신기해서 이죽거렸다오.

"그 새낀, 저를 몸으로 짓뭉개고, 맨날."

"불구인 남자라면 얘기가 다를걸. 이건 아주 중요한 얘기야. 난 이 순간에도 사내로서 어떤 감정도 못 느끼는걸."

"…"

"보증금 5백에 월 30만 원, 순희 씨는 원룸에서 살아 본 적이 있나?"

"…"

"나 같은 사내와 순희 씨처럼 젊고 아름다운 여자가 원룸에서 산다고 생각해 봐? 거긴 또 다른 지옥일걸."

"아저씨, 저는요. 착한 남자라면…"

그녀는 벌써 겁먹은 얼굴이었다오.

"착한 남자가 이 나이에 그런 원룸에서 살까? 나 같은 놈이야말로 교활하고도 지독한 이기주의자인지 모르지. 위험스럽기도 하고…"

"…"

"어서 집으로 돌아가요. 그 시간도 금방 지나가지. 순희 씨는 복 받을 거야. 순희 씨처럼 자길 희생하는 여자라면…"

"아저씨, 저는 아저씨가 좋아요. 처음부터 그랬거든요. 여기로 올 땐… 아저씨 마음 알았으니 일어날게요."

얼굴을 떨군 채 그녀는 도망치듯 커피숍을 빠져나갔어요. 그녀로부터 그다음 날인가, 문자가 왔었는데, 그녀는 또다시 나를 놀라게 했었다오.

아저씨, 죄송스럽고 감사해요. 오늘 어쩐 일로 남편이 애들 목욕도 시키고, 밥 먹이고 있는 거 있죠. 난생처음 있는 일이라서. 저 마니마니 울었어요. 아저씨, 건강 잘 챙기시고, 잘 지내셔야 해요.

김순희… 그 이름을 난 잊을 수 없다오. 실은 난 그녀에게서 새삼 깨달은 게 있다오. 스승이나 같은 여자라오. 그날까지 난 여자는 언제나 불가해한 존재였어요. 설령 보호 본능이 발동하는 순간에도, 역시 달라질 건 없었어요. 예전의 난 세상의 모든 여자를, 내 어머니와 같은 부류나, 그 반대편의 부류 식으로 매우 편협하고도 왜곡된 여성상을 완고하게 고집했고, 첫사랑 박꽃은, 실은 내 그 첫 희생양이었던 거라오. 박꽃이 시들었을 때, 난 모든 걸 상실한 것 같았다오. 난 시들지 않는 박꽃, 그 순결과 사랑은 절대 시들지 않는다고 믿었던 거라오. 내 심장이 찢어져 피가 철철 넘쳤을 때도 난, 그녀의 차갑게 식은 변심을 이해할 수도, 받아들일 수도 없었어요. 헌데 김순희를 만난 후로, 여러분은 비웃겠지만, 어느 날 나는, 원망한 적이 있는 그녀에게 진실로 용서를 빌었다오.

그런 김순희 탓이었는지, 어느 날 나는 몸의 피로가 여전한 상태인데도 모처럼 나들이 복장을 하고, 소방서 근처의 흰색 타일을 입힌 서점에 갔던 일, 오랜만에 외국 작가의 소설책 한 권을 샀던 게 기억난다오. 또, 그 옆에 순댓국집이 있다는 걸 알고는 두어 번 갔던 일이나, 근처의 작은 공원 벤치에 앉아 그 소설책을 펴놓고 참새들이 짹짹대는 소릴 들으며 하품했던 일도 떠오른다오. 설마 그 하품도, 의식적으로 했던 것일까. '밤은 따뜻하다. 사람들은 장난을 치고 노래를 부르면서 이리저리 어슬렁거린다.' 나는 연방 하품을 하며, 문득 펼친 소설의 어떤 문장을 읽으며, 참새들 소리에 귀를 기울였다오.

그 소설의 이런 문장도 생각난다오. '언제나 한결같이 아름다운 것과 추한 것을 똑같이 외투로 숨기고 감싸는 밤이여, 축복 있으라' 어쨌든 내 기억은 언제든 밥을 벌 수 있는, 최후의 보루였던 막노동까지도 못하기에 이른, 그 무렵 닥쳤던 사고를 향해 줄달음친다오. 그 사고로 인한 트라우마는, 아직도 내 안에 죽음이란 두려움을 일깨운다오. 나는 얼마 후 병림역 근처의 인력사무소에서 밥을 벌게 된 거라오. 새벽에 집을 나설 때면, 나는 하늘을 보며, 전날 읽은 소설의 문장들을 읊조리곤 했다오. 난 아마 누구보다 내 어머니에게 들려주려 했던 거라오. '오, 어머니, 태어난다는 것은 무슨 의미일까요? 태어난다는 것은 죽는 것이란다, 마리아 바르다라.'

나는 그 사고로 목숨을 잃을 뻔했다오. 차라리 진흙 속에서 꺼내지지 않았다면, 나는 이런 고백록 따윈 쓰고 있을 필요도 없었을 것이라오. 지금도 종종 나를 덮쳤던, 그 흙더미의 공포, 악몽이라도 꿀 때면 인간이란 게 약해빠진 짐승인 걸 깨닫는다오. 새벽에 인력사무소로 나가 일을 한 지 얼마 후에, 나는 이제 막 터잡이가 한창인 아파트 공사장으로 일을 나가게 되었어요. 대기업의 공사장은, 통제가 엄격할뿐더러 일용직 잡부들로선 일당도 비슷한데다 굳이 선호하는 작업 현장은 아니라오. 둥그렇게 패인 축구장만 한, 거대한 터잡이 공사가 한창이었고, 울창한 상수리나무와 소나무 숲이 있는, 야산이 허연 속살을 드러냈고, 유명 건설사의 고층 아파트가 들어설 참이었어요. 나는 그 거대한 공사장이, 불과 이삼 년 후 산 아래의 산뜻한 대단지 아파트로 변모할 거란 걸 상상하기보단, 하나의 입으로 보였던 게 사실이라오. 실은 나는 그 입속의 새까맣게 탄 일개미라오.

아무리 하찮은 일개미라지만, 거기에서도 자신의 몸은 자신이 잘 간수해야 한다오. 까딱하다간 일개미가 죽는 건 아무 일도 아니라는 것쯤은 누구나 아는 바라오. 이런 공사 현장에서도 눈치가 재빠른 놈이, 자신을 지키는 건 진리라오. 위험이 덜한, 또는 덜 힘든 '보직'을 차지하기 위해선, 여기서도 눈치 싸움이 치열하다오. 나는 누군가 떠넘기는 바람에, 엉겁결에 그 힘든 일을 하게 되었는데, 그 패인 드높은 흙벽을 지탱하는 토류판 작업을 보조하는 조공의 일이었어요. 일정한 간격으로 이미 녹슨 철골이 땅 깊숙이 박혔고, 철골과 철골 사이에 이제 토류판을 설치해서 든든한 '방벽'을 만드는 거였어요. 저 안에 지하 주차장이며 건물을 세우는 데 있어서 산사태나 토사를 방비하는 작업이었어요. 목수, 기술자들이 그 일을 했고, 우리 같은 조공들이야 기껏 그들을 도와 토류판을 설치할 수 있도록, 튀어나온 흙벽을 깎아내거나 공간을 조성하는 사전 작업을 했고, 토류판이 설치되면 이제 사이사이 흙이나 돌멩이로 메우는 것도 조공들의 일이었어요. 삽과 곡괭이로 하는 작업은 무척이나 힘들었고, 초현대식 아파트 공사장이지만, 우린 옛날이나 마찬가지로 삽과 곡괭이로 일을 했다오. 그 힘든 작업은 여러 날 진행됐고, 하루는 장맛비가 내리는 바람에, 덕분에 나는 온종일 원룸에서 뒹굴 수 있었어요.

비가 그친, 다음 날 공사장으로 일을 나갔을 땐 온통 진흙탕 물바

다였고, 거대한 축구장 곳곳이 흙탕물에 잠긴 거였어요. 나 같은 순진한 인간이야, 오늘 적당히 하고 끝나는 거 아녀? 김칫국부터 마신 거라오. 오, 우리 산업의 역군들은 그런 것쯤 문제가 되지 않았다오. 무엇보다 공기가 중요한, 저들에겐 저런 물바다 정도야, 여태껏 해 온 경험상 별것도 아니었어요. 양수기 십여 대가 동원돼 흙탕물을 퍼내면서 공사는 재개됐고, 별수 없이 우리 일개미들도 토류판 작업에 매달렸다오. 무릎까지 빠지는 진흙 속에서 우린 초장부터 말 그대로 악전고투였고, 몇 차례 목수가 주의를 주긴 했다오. 비 온 후라 흙벽이 무너지거나 토사가 쏟아져 덮칠 수도 있으니 조심하라는 거였어요. 염병할, 나는 그날따라 컨디션도 좋지 않았고, 그놈의 작열하는 햇볕, 흐르는 땀, 무릎까지 빠지는 진흙과 씨름해야 했고, 안경이 흘러내리는 것도 여간 고역이 아니었어요. 아뿔싸, 머리 위에서 무너진 흙더미가 덮친 건 순식간이었어요. 나는 진흙 속에서 안전화를 빼내지도 못하고, 파묻히고 말았다오. 그러고는 정신을 잃었어요. 옆의 인부들과 주변에서 작업하던 사람들이 파묻힌 나를 꺼내서 살려냈다오. 눈을 떴을 땐 병원 응급실이었어요. 보름 동안 입원했고, 나는 그 충격으로 한동안 막노동도 할 수 없는 신세였어요.

퇴원해서는, 기억나는 건 불면과 술, 지금에서야 나는 그 흑기사의 정체를 알 것 같다오. 나는 저주받은 인간이었다오. 그것도 너에 대한 심판인 걸 잊지 마라. 너는 벌을 받아도 싼 존재다. 회개해야 할 인간이 새벽하늘을 바라보며, 소설 문장들을 읊조린 것도 그렇고, 그 작가는 따뜻한 영혼을 가졌었어요. 나는 그 점에서, 그를 욕되게 한 거라오. 작가여, 나를 용서하시구려. 사고 이후로 나는 더는 그 소설을 읽지 못했다오. 반절쯤 읽었고, 어딘가에 그 부분이 접힌 채로, 여전히 나를 기다리고 있을지도 모르오. 누가 내게 찾아서 가져다준다면, 용서를 비는 마음으로 나머지를 읽을 수 있으련만. 어느 날은 눈을 뜨니, 내가 작은 호숫가에 누워있었어요! 세상에나, 밤하늘을 수놓은 별들이 작은 호수를 별빛으로 가득 채웠고, 여기가 어디란 말인가? 그날 나는 인사불성이 될 정도로 술에 취한 상태에서, 원룸을 뛰쳐나와 미친놈처럼 거리를 떠돌았던 게, 희미하게 기억났어요. 호수의 주변은 하얀 갈대숲이었어요. 나는 그 울어 재끼는 밤벌레들 소리에 그만 취한 거라오.

아니, 나는 오랜만에 단잠이라도 잔 기분이었다오. 내가 꿈을 꾸었던 것일까. 그 밤에 보았던, 그 잔잔하고 보석 같은 빛을 발산했던 아름다운 호수를 나는 다시 보지 못했다오. 여전히 그 기억은 또렷한데, 나는 어디에서도 그런 작은 호수를 찾을 수 없었다오. 나는 여전히 꿈을 꾸는 거라오. 그날 밤 어떻게 집으로 돌아온 것까지도 희미하게나마 기억에 남았다오. 중심상가의 불빛을 향해 농경지 사잇길을 걸어 나왔던 것이나, 불빛 아래에서 보니, 내 신발이나 옷은 흙투성이였던 것이나. 그래도 나는 용케 도깨비마냥 원룸을 찾아서 들어온 거라오.

그런 나를 누군가 반겼어요! 나는 이쯤에서 그녀 –'토끼 눈'을 등장시켜야 한다오. 내게 그녀는 언제나 '토끼 눈'이었고, 세상에는 창녀로 알려졌지만, 눈이 똥그란 '토끼 눈'이라오. 내가 원룸을 얻은 이후로 거의 매일 유일한 방문객인 양 찾아온 그녀라오. 누구인지는 모르지만, 내 원룸 출입문엔 언제나 그 여성 사진을 입힌 '명함'을 그러니까 전단지를 꽂아놓곤 했어요. 꼭 토끼 눈을 닮은 여성 사진이었고, 전화번호와 함께, '여대생과의 황홀한 만남!!' 이렇게 쓰여 있었다오.

나는 명함 전단지를 볼 때면 밖으로 버리곤 했지만, 그 검고 똥그란 눈, 살짝 윙크하는 '토끼 눈'은 어김없이 나를 찾아왔다오. 어느 날이었던가, 어쩌다 집안까지 들어와 신발장 밑에 떨어져 있는 '토끼 눈'을 주워서 나는 그때도 밖에 버릴까 망설이다, 싱크대 서랍에 넣어둔 적이 있다오. 내가 왜 그런 행동을 했는지 모른다오.

그 밤에, 원룸 문을 밀치고 들어선 나는 그때도 발밑의 그 '토끼 눈'을 보고는 화들짝 놀랐고, 생긋 웃는 윙크하는 여인을 보는듯했다오! 그 작은 호수를 떠올려 봐도, 난 그날의 기억은 언제나 꿈속에 있는 기분이라오. 그녀는 나를 올려다보며 말하는 듯했어요. '이젠 나를 불러 줘요. 그렇게 보고만 있을 거예요?'

사실 누가, 언제, 소리도 없이 그런 명함 전단지를 문틈에 꽂아놓는지 나는 알지 못한다오. 건물을 드나들려면 비밀번호를 알아야 하는데, 그는 아마 아름연립을 비롯한 원룸단지를 훤히 꿰고 있는 것만은 분명했고, 부단히 노크하는 수고를 아끼지 않는 것만은 확실했어요. 그 밤이후로 '토끼 눈'은 더욱 애절한 그 까만 눈망울로 나를 유혹하곤 했다오. '저를 안아 줘요. 최고의 서비스로 황홀한 밤을 선사해 줄께요.'

나는 그녀를 애태울 마음은 추호도 없었다오. 아마 내가 건강한 사내였다면, 그 애절한 눈망울 때문에도 한 번쯤은 흔들렸을 거라오. 헌데 나는 창녀와 자는 건 평생 한 번으로 족했다오. 더욱이 난 사내구실도 할 수 없는 상태라오. '아가씨 여긴 번지수를 잘못 찾아도 한참 잘못 찾은 거라오. 그 시간에 다른 사낼 찾아가야지.' 하지만 그녀는 이제, 어엿이 매일 나를 반기는 존재였다오. 어느 땐 나는 그 까만 눈망울에 눈물이 가득 고인 그녀를 달래주기까지 했어요.

거인(巨人)

　어느 날인가 나는 불쑥, 처음으로 유서를 쓰려 했던 기억이 떠오른다오. 분명 박 선생을 만나기 전이었고, 까맣게 잊었던 기억이라오. 결행하지 못한 걸 보면, 어쩐지 예행연습이랄까. 그 무렵 내 곁엔 언제나 '죽음'이란 단어가 있었어요. 그게 어느 때일런가, 나는 그놈을 담담히 맞이할 준비를 해야 했어요. '…저를 발견한다면, 통장에 약간의 돈이 있어요. 비밀번호는 뒷면에 적어 놓았습니다. 그걸 찾아서 깨끗이 처리해 주면 고맙겠습니다. 폐를 끼쳐드려 죄송합니다.'

　한 번은 곡기를 끊고, 며칠을 버텨 본 적도 있다오. 나흘째 되는 밤이었다오. 방 안으로 들치는 가냘픈 달빛을 바라보았어요. 무슨 소린가 들렸어요. 희미하게 들려오던 소리가 점차 징징 울리듯 귓가에 되살아났어요. 밤벌레들 소리였다오! 나는 엉금엉금 기어가다시피 싱크대로 가 물을 몇 모금 마셨어요. 넌 참 징그런 놈이로구나! 그래, 약속하마! 네 숨소리, 심장 소리가 뛰게 해 주마!

　어쩌면 나는, 순전히 저 밤벌레들 울음소리를 더 듣고 싶었는지도 모른다오. 몸이 만신창이였지만, 어느 날부터 나는 눈을 뜨면 다시 생활 정보지들을 가져와 펼치면서도, 곧 절레절레 머리를 젓곤 했다오. 그 펼쳐진 온갖 징그런 입들 위에 나는 벌렁 드러눕곤 했고, 그땐 사막에서 오아시스를 찾아 헤매는 꿈을 꾸곤 했다오.

　꿈에서 나는 '부랑자'의 몰골로 사막을 헤맸다오. 또, 무슨 죄를 짓고

도망쳐 왔는지 부랑자를 잡기 위해 사막 곳곳엔 부비트랩이 숨겨져 있고, 나는 이젠 죽을 지경에 이르러 타는 듯한 햇볕과 모래와 자갈밖에 없는 사막을 헤매는 거였어요.

사나운 전갈들이 거대한 집게발을 딱딱거리며 쓰러진 내 몸뚱이로 몰려들었을 때, 비명을 지르다 눈을 뜬 나는, 방 안의 그 가득한 햇살을 보며 가슴을 쓸어내렸다오. 문득 눈에 들어오는 게 있었다오, 나는 눈을 껌벅이며 그 온갖 입들에서도 어느 봉긋한 입을 바라보았어요. 그 입이 열리며 말했다오. 나는 토씨 하나 빠뜨리지 않고 기억한다오.

〈대리기사 대(大) 모집〉

운전면허 소지자면 누구나 지원 가능. 한 달 수입 250~300만 원. 나이 제한 없음. 실업급여 받는 자, 신용불량자, 모두 가능. 교육 후 곧장 일을 나갈 수 있고, 투잡도 가능. 특히 정년 퇴임한 분들, 야간에 잠깐 나와 운동 삼아 일하면 건강에도 좋고, 일석이조가 따로 없음. 놀면 뭐하나, 돈을 벌어야죠!

무엇보다 업체 이름도 내 눈길을 사로잡았다오! 〈부엉이대리운전〉. 나는 그날 이후로 밤에는 부엉이가 우는 소리라도 들리는 양 귀를 기울였다오. 아무튼 나는 망설인 끝에 다음 날 아침, 업체로 전화를 걸었고, 모처럼 샤워도 하고, 수염도 깎고, 얼굴엔 로션도 발랐고, 원룸을 나서 대리회사를 찾아간 것이라오. 그리 멀지 않은, 중심상가 뒤편이었고, 일 년 내내 서늘한 그늘 속에 있는 것 같은 낡은 5층 건물이었어요. 대리회사는 4층에 있었고, 무슨 채권 추심 전문이나 그 벽면에 큼지막한 금속 명판으로 새긴 환경신문사도 보였고, 어떤 성씨 종친회사무실 간판을 지나, 405호, 〈부엉이대리운전〉 사무실에 이른 것이었어요. 그런데 하얗게 썬팅된 유리문에, '방문자는 벨을 눌러 주세요'라고, 친절하게 써 붙여 놨고, 난 좀 망설이다 벨을 눌렀다오. 안에서 인터폰으로 방문자를 확인했어요. 아침에 전화를 받은 사내였어요.

"어떻게 오셨어요?"

"아침에 광고 보고 전화했던 사람입니다."

방문자의 신분을 확인하기라도 한 듯, 문이 열렸고, 사무실 안엔 두 사내만 있었어요. 책상들이 줄지어 있고, 부스처럼 칸막이가 된 위에는 전화기가 놓여있는 게 보였어요. 나는 당시엔 잘 몰랐지만, 대리회사의 콜 업무는 오후 늦게부터 시작된다오. 헌데 말쑥한 양복을 빼입은 데다, 키도 훤칠한 그 인상이 멀끔한 사내들이 나로선 좀 의외였다오. 또, 벽에 걸린 커다란 벽걸이 텔레비전엔 내셔널 지오그래픽 채널의 깨끗한 영상이 펼쳐지고 있었어요. 다이버들이 물거품을 뿜어 올리며 바닷속 가오리를 뒤따르며 유영하는 중이었어요. 두 사내 중 나이가 서너 살 더 들어 보이는 사내가 나를 안내했다오.

사무실 한쪽의 소파에 우린 마주 앉았다오. 나는 좀 긴장한 상태였어요.

"대리기사는 처음이시죠?"

사내는 웃으며 물었어요.

"예."

"운전만 하실 줄 알면 누구나 할 수 있는 일입니다."

싹싹한 얼굴로 말을 이었어요.

"그런 수입을 올릴 수 있느냐, 그게 궁금하시죠? 다들 궁금해 하십니다."

"그렇기도 하고…"

나는 물끄러미 사내를 지켜봤다오.

"이 일도 며칠하면 익숙해집니다. 연세가 있으신 분들은 휴대폰에 프로그램 앱을 설치해서 일을 하는 거니까, 그것만 익숙해지면 다른 어려움은 없을 겁니다. 그것도 우리가 지원해 드리니까 걱정할 필요는 없는 거구요. 쓰시는 폰 가져오셨죠? 줘 보세요."

망설이는 것도 그래서, 나는 휴대폰을 꺼내 건넸어요.

그때 다른 사내가 종이컵에 믹스커피를 타 왔어요. 나는 믹스커피를 마시며 휴대폰을 받아 살피는 사내를 지켜봤어요. 인상들도 멀끔한데다, 어딘지 성실해 보였고, 나는 마음을 굳힌 거라오. 실제 벌이가 어떻든 간에.

"이걸로는 안 되겠는데요."

"십 년 동안 쓴 것이니."

"뭐 걱정할 건 없고요. 운전면허증 가져오셨어요? 약정서를 작성하려면, 면허증이 필요하거든요."

나는 그땐 망설이지 않고 지갑에서 면허증을 꺼내 건넸어요. 사내는 곧 면허증을 복사해서 사본을 챙기고는 자리로 돌아와 돌려주었어요. 그리고 A4 용지 크기의 '약정서'를 꺼내 탁자 위로 내게 내밀었어요.

"읽어 보시고 사인하시면 됩니다."

나는 약정서 내용을 눈으로 대충 읽었어요. 나는 일을 해야 했고, 예전 같으면 꼼꼼하게 읽었을 것을, 그땐 다른 생각을 할 겨를이 없었다오. 언뜻 약정서엔 (갑)이라는 '부엉이대리'와 (을)이라는 대리기사 간의 몇 가지 준수 사항이 나열돼 있었고, 주로 (갑)이 (을)에게 요구하는 내용들이었다오. 그렇더라도 상관없었고, 나는 서둘러 서명을 한 것이었어요.

만족스러운 듯 사내는, 활짝 웃어 보였어요.

"사장님은 오늘부로 저희 부엉이대리 소속이 되신 겁니다. 이제부터 일을 하실 수 있도록 하나하나 진행해 드릴 겁니다.”

그러더니 사내는 자리에서 일어나 어딘가에서 휴대폰 두 대를 가지고 왔다오.

“지금 쓰는 휴대폰은 용량도 작고, 일을 원활히 하려면 이걸로 쓰셔야 합니다.”

“두 대가 필요한 거예요?”

“프로그램 하나에 한 대씩, 초보에겐 일하기 쉽고 이게 편합니다.”

그러면서, 이런 말도 덧붙였어요.

“한 대를 쓰면, 프로그램을 나눠야 하니까, 초보에겐 불편합니다.”

“그게 그렇군요.”

“이제 프로그램 앱을 설치해 드릴거구요. 일단 두 개 사 프로그램을 설치해드릴게요. 로지 에이(A), 아이콘, 이 지역에선 콜이 가장 많이 올라와요. 초보는 이 두 개만 사용해도 충분합니다. 익숙해지면 콜마너나 카카오대리를 추가하면 됩니다. 그리고… 일하다 보면 이런저런 헛소문도 들을 거예요. 저희 회사가 어떻다는 둥. 이 바닥이 워낙 경쟁이 심하거든요. 우린 그런 사람들은 아예 상대도 안 합니다. 내부 방침이기도 하고요. 일이 중요하잖아요. 그 시간에 돈을 버셔야죠.”

다른 사내가 두 대의 휴대폰에 프로그램 앱을 설치하는 동안, 사내의 안내로 대리기사 보험에 가입했고, 그런 작업들은 일사천리로 진행됐어요.

나는 어딘지 좀 투박해 보이는 두 대의 휴대폰을 건네받았어요.

“다 되셨고요, 원하시면 오늘 저녁부터라도 교육에 들어가도록 하죠. 대부분 한두 번 교육 받으면 되더라고요.”

“나로서야 당장 급한 처지라서…”

“그럼 오늘 저녁 여덟 시에 중심상가 사거리, 국민은행 앞 아시죠?”

“예. 압니다.”

"제가 차를 가지고 나갈 테니까, 거기서 뵙죠."

"알겠습니다."

원룸으로 돌아온 나는, 이미 지친 상태였고, 방 안에 세 대의 휴대폰을 꺼내 놓았고, 그때서야 매일 그걸 지니고 일을 해야 한다는 게 당황스러웠어요. 비용은?, 거기에 생각이 미쳤을 땐, 계약서에 휴대폰과 관련된 내용이 불현듯 뇌리를 스쳤어요. 의무사용 기간이나, 그만둘 시 다른 대리기사 지망자에게 넘기는 방법 외엔 없다는 식의 (갑)의 우월적 권리가 기억났을 때… 머리가 지끈거렸어요.

모기라도 목덜미에 달라붙은 듯 따끔거렸어요. 휴대폰을 앞에 두고, 줄담배를 피우고 있는데, 마침 계약서를 작성한, '교육국장'이란 사내에게서 연락이 왔어요. 갑작스런 일이 생겨 다음 날로 교육 일정이 변경됐다는 것이었어요. 그리고 다음 날, 하필 그날은 종일 하늘이 흐리더니 저녁 무렵부터 빗방울이 떨어지기 시작했어요. 내가 약속 장소인 중심상가 사거리 국민은행 앞에 섰을 땐, 빗줄기는 제법 굵어져 있었어요. 얼마쯤 기다렸을까, 검은색 승용차가 길가에 서더니, 문이 열리며, 그 사내가 얼굴을 내밀었어요.

"사장님, 타세요!"

나는 운전석에 올랐고, 사내는 빗속을 달리며 말했어요.

"이 지역이 대리기사들에게 인기가 좋은 지역이란 거 아세요? 삼용전자 후광 빨이기도 하지만, 용탄 신도시, 수원, 오천, 용인. 여기선 거리 좋고, 가격 좋고, 어떤 사람들은 서울에서 이사를 온다니까요. 우리 회사에 소속된 대리기사 중에도 그런 분이 있어요. 대리기사를 하려는 단 한 가지 이유로요!"

어두워지는 빗속에서 교육을 받을 수나 있을지 나는 내심 걱정이었어요. 어느새 흙탕물이 번지고 있는 공터의 빼곡한 차량들 틈에 사내는 핸들을 부드럽게 꺾으며 거침없고도 정확하게 파킹했어요. 나는 여전히 목이 따끔거렸고, 그땐 그들이 휴대폰 매장도 운영한다는 걸, 내 아둔한 머리로는 거기까지 상상력이 미치질 못한 거라오. 구형 휴대폰을, 그들은 대리기사들에게 그렇게 팔아먹는 거였어요.

하긴, 그들의 장사 수법은 그리 욕먹을 수준은 아니라오. 대리기사들은 구형 폰도 필요했고, 일 잘하는 이들은 여러 앱을 설치하느라 세 대를 쓰기도 했어요.

"여기서 기다리죠."

그는 내게서 휴대폰을 건네받아 능숙한 손놀림으로 대리 프로그램 앱을 실행했고, 그것도 교육과정인 셈이었지만, 이른 저녁 시간인데도 비가 내려서인지 콜들이 속속 올라왔어요. 거리 설정을 하자, 깨끗이 사라졌지만.

이제 주변에서 콜이 뜨면 잡는 법을 배울 차례였어요. 거세진 빗줄기 속에서 사위는 금세 어두워졌고, 업소들의 현란한 불빛이 차창 밖으로 넘실대듯 차올랐을 때, 콜들이 하나둘 보이는가 싶더니 갑자기 쏟아지듯 올라왔어요.

"오늘은 삥바리(소액 콜) 두 개를 탈 거예요. 비도 오고, 2인 일조로 움직여야 하니까요. 가까운 데로 잡는 게 나을 거예요."

그러던 사내가 재빠르게 콜을 낚아채듯 잡은 것이었어요.

"순발력이 중요해요. 좋은 콜 놓치지 않으려면… 이런 식으로 하시면 됩니다. 삥바리도 대여섯 콜 타면, 하룻밤 벌이는 하시는 겁니다. 이제 손님과 통화하고, 그곳으로 이동하는 것이고요."

그리고 사내는 손님과 통화하는 것도 시범적으로 보여 주었어요. 깍듯한 어조로 인사부터 하는 것이나, 어디로 모시러 갈까요?, 등등.

우린 공터를 빠져 나와 빗물이 번들거리는 차도로 나와 달렸다오.

"여기가 다 콜 밭으로 보시면 됩니다. 저 업소들 잘 봐 두면 도움이 될 겁니다. 어느 업소가 어디에 있는지, 하긴 뭐 일을 하다 보면 알게 되죠."

빗길인데도 사내는 쏜살같이 달렸었고, 어느 횡단보도 앞에서 갑자기 급브레이크를 밟으며 멈춰 선 것이었어요.

"아이, 씨발!… 저 영감탱이, 이런 날은 고물상 개집에나 박혀있던지!"

나도 놀라 녹색 신호인데도 종이박스를 가득 실은 리어카가 횡단보도를 건너는 걸 바라봤다오. 차량들이 일제히 클랙슨을 울려댔어요. 언뜻 보니 노인이었어요. 귀가 멀었는지 노인은 천천히 길을 건넜고, 주름진 깡마른 얼굴이며 언뜻 머리를 돌려 우릴 바라봤을 때 움푹 들어간 눈엔 반딧불이 반짝이는 것 같았다오.

"정신이 오락가락하는 영감이거든요."

사내는 자신이 무심결에 내뱉은 심한 말이 좀 그랬던지 변명하듯 늘어놓다 입을 다물었어요. 나는 사내의 말 중에서, 고물상 개 집… '저 노인이 설마 개가 사는 그 개집에서 산다는 말은 아니겠지.' 그런 상상을 할 겨를도 없이, 노인이 길을 건넌 것과 동시에 때마침 지축을 뒤흔드는 것 같은 천둥 번개가 쳤고, 왜인지 무시무시한 불벼락이 머리 위로 번쩍 떨어지는 것 같았다오.

그 밤에 난 어쩌면 더욱 깊숙이 자궁 속으로 빨려들었던 거라오. 그땐 목덜미의 따끔대던 모기도 떨어져 나간 듯했어요.

어느 순간부터 나는 사내의 얼굴을 보지 않았어요. 우린 약간 외진 지역 아파트 단지 앞에 이르렀고, 길 건너엔 농경지와 〈꽃〉 간판을 내건 비닐하우스들이 보였어요.

손님은 아파트 상가 횟집에 있었는데, 거기서부터 사내는 내게 맡겼어요. 나는 횟집으로 들어가 손님을 만났고, 인상이 점잖은 신사였다오. 우린 주차장으로 가 차에 올랐어요. 나는 운전석에 앉아서야, 손님의 목적지가 용탄 신도시란 걸 알았어요.

사내가 가까운 곳이어서 잡아 준 걸, 내가 미처 확인하지 못한 거였어요. 난 시동을 걸다 말고, 운전대를 잡은 채 멍 때린 놈처럼 앉아 있었어요. 한참 동안이나. 무슨 일이냐고, 그 젊은 신사가 물었고, 그때서야 나는 정신을 차렸어요.

"이 일이 처음이라서…"

나는 도리없이 그런 변명을 했어요.

"그러시군요."

안타까운 듯한 표정으로 그가 차량에 장착된 내비게이션을 켜 주었어요.

"이거… 죄송합니다."

"아닙니다. 천천히 가주세요."

나는 그때 처음으로 용탄 신도시를 들어간 거였어요. 무사히 한 아파트 단지의 주차장에 승용차를 주차하는 것까지, 마친 거였어요.

손님은 내게 팁을 얹어 2만 원을 주었어요. 나는 쑥스러웠고, 고맙다는 말도 못 하고 아파트 단지를 도망치듯 빠져나왔다오. 아파트 정문으로 걸어 나왔을 때 사내가 나를 기다리고 있었고, 내가 차에 오르자 소리쳤어요.

"화이팅! 그렇게 하시면 됩니다! 오늘 만점 드리겠습니다!"

사내가 한 콜 더 타자는 걸, 나는 몸을 가눌 수 없을 정도로 피곤했던 터라, 다음 날 하자며 병림으로 돌아와 굳이 중심상가 근처에서 내린 것이라오. 비에 흠씬 젖으며 나는 원룸단지로 걸어서 들어왔고, 세대의 휴대폰을 방 윗목에 꺼내 놓고는, 젖은 옷을 벗는 것도 잊은 채 무너지듯 드러누웠어요.

방 안에 물이 흥건했고, 결국 난 일어나 옷을 벗어 베란다 옷걸이에 걸고는 소주 두 병을 비운 것까진 기억이 난다오. 눈을 떴을 땐 다음 날 아침이었고, 몸은 불덩이 같았고, 목이 타고, 숨을 쉴 수가 없었어요. 난 사나흘을 죽을 듯이 몸살을 앓았어요.

사내에게서 연락이 왔지만, 난 더는 그들을 보지 않았어요. 몸살을 앓고 나자 그래도 기운이 살아났어요. 나는 어느 날부터 쌍권총을 든 건맨마냥 밤거리로 나선 거라오. 헌데 나는 예기치 못한 광경과 맞닥 뜨렸고, 중심상가 근처의 그 목을 뺀 채 까마귀 떼처럼 웅숭그린 사람들이 다 대리기사란 걸 알았다오. 중심상가 지역은 대리기사들의 본거지나 같았고, 초저녁이면 어디선가 하나둘 모여들어 떼 지어 진을 치는 것이었어요.

그들은 담배 연기를 날리며, "오늘도 똥콜만 보이네, 씨부럴…" "아 똥콜도 똥콜 나름이여. 된똥도 있고, 물똥도 있고." "흐흣, 허긴 그러네잉." "똥콜이 어딨어? 일당만 벌어가면 되는 거여!" 그 투박하면서도, 간절하고도 초조한 눈빛들, 이크! 그럭저럭 갈만한 콜이라도 잡을라치면, 등줄기에 땀나게 종종대듯 뛰어가는 것이었어요.

건장한 체격이든, 왜소한 체구든, 나이가 들었든, 젊었든 어쨌든 그 휘황한 불빛만이 그들의 존재 이유를 설명해 주는 듯했어요. 휘황한 불빛 속의 실루엣 같은 존재들, 나도 어느새 한 조각 실루엣인 양, 그 가난한 영혼들에 섞인 것이라오.

첫날은, 뺑바리 둘, 둘째 날은 뺑바리 셋… 어쨌든 나는 용케도 그 일에 적응해 갔고, 목표는 비교적 뚜렷했어요. 난, 그곳을 사수해야 했어요. 그 거리에서 박 선생을 만난 일은, 내겐 언제나 '좋은 꿈'이라도 꾼 기분이랄까. 그가 그런 식으로 세상을 등졌는데도, 그 기분이 어떤 손상도 입지 않는 것도 희한하다오.

그 일을 시작한 지 일, 이 주일쯤 됐을 때였어요. 나는 그날도 어느 편의점 한 귀퉁이에 자리를 잡았고, 아마 한 시간은 족히 죽치고 앉아 있었던 것 같아요. 그 때 지어 앉아 있는 밤새들 속에서도 군계일학이랄까. 훤칠한 키에 각진 얼굴의 중년 사내는, 그날도 눈에 띄었어요. 언뜻 봐도 강렬한 포스가 느껴졌어요.

헌데 그런 그가 성큼성큼 내 쪽을 향해 걸어왔어요. 난 그가 내게로 걸어올 거란 건 상상도 못 했다오. 그의 신장은 1미터 88센티였고, 몸무게는 95kg, 그런 그가 내 앞에 섰을 땐, 그 몸집보다는 언뜻 쏘아 보는 눈빛에 압도된 기분이었달까.

"우리 어디서 본 적이 있죠?"

"저, 말인가요?"

난 주위를 둘러보며 그가 사람을 착각한 게 틀림없다고 생각했어요. 나는 그를 빤히 올려다본 것이라오. 멋스런 양복 차림이었어요. 한 눈에도 값이 좀 나가는 양복에, 청색 와이셔츠, 내 눈에 그는 이미 미스터리한 존재였어요. 그 강렬한 풍모도, 병림이나 그 밤거리와는 어딘지 어울리지 않았어요.

"형씨도, 원룸단지에 살아요?"

그쯤에서야 나도 좀 놀라며 그를 다시 본 거라오.

"예, 그렇습니다만."

박 선생과의 첫 만남은 그렇게 이뤄졌다오. 하지만 나는 원룸단지에서든, 어디에서든 그 왕년의 농구 선수라도 했을 법한 덩치에, 범상치 않은 강렬한 포스, 시니컬한 눈빛의 중년 사내를 본 기억이 없었어요.

"아름연립, 거기 살죠?"

"그걸 어떻게?"

"나도 거기 살아요."

"아… 그러시군요."

나는 얼떨떨한 표정으로, 아니 그땐 흥미로운 눈길로 상대를 훑었다오. 나로선 도무지 본 기억도 없는 데다, 어쨌든 설사, 같은 원룸 건물에 산다 하기로서니 밤거리에서 그런 식으로 말을 걸어오는 것도 나로선 성격적으로도 낯설기는 마찬가지였다오.

박 선생은 담배를 꺼내 불을 붙였고, 연기를 후후 내뿜으며, 그 특유의 시니컬한 눈웃음을 지으며 물었어요.

"대리 일해요?"

"예. 보시다시피."

"얼마나 됐어요?"

"이제 뭐, 초보인 걸요."

"나도 대리기사요."

"…"

"할만해요?"

"아직은 배우는 중이에요."

"낚시해 봤어요?"

"낚시요?"

박 선생은 뜬금없이 낚시 얘기를 꺼냈다오.

"이 일을 하다 보면, 어느 날부터 이 밤거리가 강이나 바다로 보여요."

"…"

"낚싯줄을 드리운 강태공들… 저 대리기사들, 다 시간을 낚는 강태공들이지. 서두른다고 잘되는 것도 아니고, 몸만 고생하고 진상만 걸리고… 잘 되는 날이 있으면, 맹탕인 날도 있고… 어디선가 본 얼굴인 거야. 내가 사람 얼굴 하나는 잘 기억하거든. 형씨는 모자를 너무 눌러 썼어. 이 일도 엄연히 서비스업인데…"

박 선생은, 나를 유심히 바라보았어요. 그러더니, 피우던 담배꽁초를 길바닥에 버리고는 또 보자며 그 큰 보폭으로 금세 사라져 갔다오.

그리고 얼마 후 안개가 짙게 끼었던 날, 중심상가는 그 뿌연 안개와 불빛이 어우러져 마치 어둠의 마왕이 빚어놓은 '환상의 성'이 그럴까, 그때는 그 가난한 영혼들도 제법 운치 있어 보였고, 그 성을 지키는 병정들 같았어요. 헌데 안개는 좀체 물러가지 않았고, 그 병정놀이는 이어졌었고, 그런데 그 성의 성주 같은, 머리통 하나는 더 커 보이는 거인이 나타났다오. 박 선생이었고, 나는 무척 반가워 다가간 것이라오.

일전의 고마움이랄까, 사실 나는 그날 이후 그 미스터리한 인물을 떠올리곤 했다오. 박 선생도 나는 알아보고는 반갑게 악수를 나눴어요. 그날 박 선생은 나를 조용한 곳으로 이끌었고, 자리를 잡고 앉아, 우린 담배를 피우며 얘길 나눴어요.

"저는 안 보이셔서."

"나야 용탄 신도시에서 일을 시작하니까."

"아, 그러시군요."

박 선생은 그날도 진회색의 멋진 양복에 노타이 차림이었고,

"오늘은 모자를 덜 눌러 썼구먼."

하며 씩 웃었어요.

"이 일도 엄연히 서비스업인지라."

나도 모처럼 웃으며 말했어요.

"맞지. 서비스업이지."

나는 박 선생의 끽연을 하는 옆모습을 바라봤다오. 난 그 밤에 누구와 같이 앉아 있는 게 기분이 묘했어요. 그 도시에서 누굴 만날 거라곤 상상도 못 한 일이었어요. 우린 처음부터 어떤 부분이 서로를 알아본 것이었어요. 하지만 난, 그 순간에도 박 선생은 바라볼수록 안개 낀 밤의 성주처럼 미스터리한 존재였다오. 풍기는 분위기만으로도, 그는 귀족으로 살아온 게 보였어요. 어쩌다 여기에 있는 것일까.

"그곳에서 일을 시작하는 이유라도?"

"이 일도 맞는 지역이 있거든."

"맞는 지역이요?"

"그런 거 있잖어. 잘 맞는 데가 있지."

"듣고 보니, 그럴 것도 같군요."

"병림 콜이 뜨더라구. 가격이 괜찮아서 잡고 들어왔어."

"벌써 한 콜 탔군요."

"이거, 안개가 너무 끼었어."

"그러게 말입니다."

"어서 빠져나가야지."

"이렇게 조용하니."

"우리 통성명을 안 했구먼. 난 박용안이요. 63년생이고…"

"저는 이삼일입니다. 66년생이고."

그때 박 선생이 이런 얘길 했어요.

"이 형이 원룸단지로 들어온 날 말야, 실은 내가 그 앞 승용차 안에 있었어. 그 빨간색 모닝에서 아가씨와 내리길래, 연인들인가 했어."

"허헛 참, 연인이요?"

"아가씨랑 금방 고깃배에서라도 내린 것 같은 나이 먹은 사내랑… 원룸단지란 데가 술집 나가는 애들도 있고… 손만 잡지 않았지, 그림이 그래 보이더만."

난 박 선생의 눈썰미에 놀랐다오. 고깃배란 말도 잊지 못한다오.

"가방 하나 둘러멘 모습이… 방랑객 같았어."

"일 년 가까이 고깃배를 탔어요."

"내가 제대로 본 것 같군!"

우리 앞으로 하나같이 늘씬한 앳된 아가씨들이, 선두에서 인솔하는 사내를 따라 행인들에게 업소 명함을 나눠 주기도 하며 거리 행진을 했어요. 안개 때문에도 그녀들은, 그 환상의 성 선녀들답게 아름다운 몸매를 뽐내며 웃음을 뿌렸다오.

"참 재밌는 곳이야."

"이곳에 사신 지 얼마나 됐어요?"

"재작년 겨울부터니까…"

"백인 미녀들이 오는군요."

나는 안개 속에서도 금발에 푸른 눈의 여성들이 다가오는 것을 보며 말했어요. 러시아 미녀들의 거리행진이었어요. 그녀들은 더 적극적으로 행인들에게 다가갔고, 사탕이 든 작은 봉지며 업소 전단지를 건넸어요. 전단지에는 '러시아 미녀들, 드디어 병림에 상륙!' 그런 문구들이 적혀있었어요.

우리에게도 전단지를 건네며 그녀들은 하얀 얼굴과 푸른 눈으로 윙크를 했다오. 한 여성은 박 선생의 손안에 사탕 봉지를 쥐어 주기도 했어요.

박 선생이 멀어져가는 그녀들을 보며 말했어요.

"톨스토이의 나라에서."

나도 맞장구쳤다오.

"푸시킨의 나라에서."

"저 애들이 오늘 인류의 모습이지. 우리 모습이기도 하고."

나는 박 선생을 다시 보게 됐다오.

박 선생은 계속해서 이런 얘기를 했어요.

"어떤 놈이 그러더라구. 대리일 하는 놈인데, 원룸에서 여잘 불렀는데 러시아 미녀가 나타났다는 거야."

"허헛, 그래요?"

"밑구멍 털도 하얗더라나. 내가 이 일하면서 질린 건, 뻥쟁이들이 좀 많아야지. 무용수로 들어와서 몸 팔던 애인데, 얼마 후에 자살했다나 어쨌다나."

"뻥치곤… 비극적 스토리군요."

그때 박 선생에게 갈만한 콜이 올라왔고, 우린 헤어진 것이라오. 그리고는 우린 얼마 동안 보지 못했어요. 갑자기 내 안엔, 한 사람의 존재가 자리한 것이었고, 어느 날 낮에는 내가 불쑥 그 술 취한 밤에 보았던, '작은 호수'를 찾아 나섰던 일도 떠오른다오. 러시아 무용수나, 자살 같은. 왜인지, 늘 그 밤의 기억과 함께, 낯설게 떠오르는 기억이라오.

나는 그곳엔 애초 그런 호수가 없다는 걸 뻔히 알면서도, 어떤 충동에 이끌려 밖으로 나갔어요. 그 밤의 기억을 더듬으며, 중심상가에서 가까운 들녘으로 나 있는 밭둑길을 따라 걸어 들어갔다오. 한가롭게 펼쳐진 농경지엔 가을이 무르익었고, 나는 들녘을 가르는 듯 나 있는 개울을 만났다오.

개울은 마른 듯 보였지만, 제법 깊은 바닥엔 돌들 틈으로 물이 흘렀어요. 군데군데 커다란 둠벙처럼 물이 고여 있는 곳도 있었다오. 뿌연 물 빛깔과 허연 거품들, 누런 갈대숲 주변 논들은 텅 비었고, 채소며 고구마 넝쿨로 뒤덮인 밭들, 들국화가 흐드러지게 핀 그 길을 나는 더 걸을 수 없었다오.

그런데 그 개울에서 나는 잿빛의 늙은 왜가리 한 마리가 서 있는 걸 보았고, 거기에도 물고기가 있다는 게 희한했어요. 먹이가 없다면 왜가리가 거기에 있을 리 만무했어요.

어쨌든 난, 여러 날 그 개울에서 풍겼던 퀴퀴한 냄새를 잊을 수 없었다오. 그런 일 외에도 당시 난 이젠 고질적인 음주나 또 매일 밤 나가는 일이 힘겨워졌어요. 금주를 시도해 보지만, 작심삼일이었고, 술병은 이미 깊어진 상태였어요.

어느 날 나는 박 선생의 전화번호를 알아놓지 않은 게 몹시 후회가 되었어요. 우린 한 달 가까이 만나지 못했고, 나는 밤거리에 나서면, 우선 그를 찾게 되는 거였어요. 하긴 그는 용탄 신도시에서 일을 시작했고, 몇 시에 원룸을 나서는지, 아니 몇 호에 사는지조차 모른다는 걸 나는 뼈저리게 느끼곤 했어요.

그렇더라도, 우린 곧 그 밤거리에서 만나게 되어있었다오.

나는 그 밤거리에 서면, 깊은 자궁 속에 있는 걸 절감하곤 했어요. 한 번은 그 모여 있는 밤새들이 짖어댔고, 나는 귀를 기울이는 거였어요. 한 주점에서 일어난 살인 사건이 화제였고, 콜도 곧잘 올라오는 주점이었어요. 하필 회도 나오는 곳이라, 손님들끼리 시비가 붙었을 때 마침 눈에 띈 주방의 칼이 흉기가 됐다는.

이날 밤새들은 방앗간의 참새들마냥 쉴 새 없이 짖어댔어요.

"그럼 두 놈이 죽은 거여?"

"한 놈은 숨이 간당간당 했다메?"

"다 하청업체 애들이라며?"

"얼마 전에도, 술 처먹다 지들끼리 싸움이 붙어 한 놈 죽었잖어. 고기 자르는 가위로 목을 찌른 거야. 내가 하필 그 식당 뒤편에 있었거든."

"아, 그 사건?… 빈정 상해서 찔러부렀다는."

"내가 이 지역에서만 대리 5년째 하는데, 이런 사건이 어디 한두 번이여? 일 년에 두세 건은 꼭 일어나다만."

"잊을 만하면 염병 지랄들이지."

"술병으로 머리통 깨고, 칼로 찌르고, 고기 자르는 가위야, 이젠 살인 무기랑게. 흐흐, 쓰벌."

"겁나서 난 어디 들어가 술도 못 마시겠드라구."

"빡 돌면, 인정사정없이 찔러부니까."

"눈앞에서 데굴데굴 구르는데, 난 그 인간이 간질병환잔 줄 알았어. 뛰쳐나와 뒤진 건데… 피가 그냥 길바닥에 흥건해… 곧 축 늘어지더라구."

나는 문득, 그 거리가 그땐 자궁보다는 하나의 거대한 '제단'으로 보였다오. 휘황한 불빛은 핏빛이 되었고, 산화하는 인간 제물의 타는 냄새며, 광신도들이 모두 몰려나와 먹고 마셔대며 노래를 부르고, 그 온갖 배설물을 쏟아냈다오. 나는 그만 질린 눈으로 저들의 낙원을 바라봤다오. 어느 순간 제단은, 저 배부른 광신도들을 가득 실은 유령선이 되었다오.

나는 그 유령선에서 달아나야 했어요. 하긴, 내가 달아날 곳은 없었어요. 그 밤엔 좀체 갈만한 콜이 보이지 않았고, 인기 있는 용탄 신도시 콜은 그때도, 잡는 일은 없었어요. 나는 힘겹게 걷다, 용케 콜을 잡았고, 그곳을 벗어난 것이었다오.

어느 날 새벽 무렵에, 지친 몸으로 그래도 용케도 귀가 콜을 타고 병림으로 돌아왔을 땐 밤새들이 떠나버린 거리는 텅 빈 듯했어요. 난 몹시 지친 상태였고, 어서 들어가 뻗을 생각으로 간절했어요. 그런데 저만치 한 눈에도 멋진 양복 차림의 거인이 성큼성큼 걷는 게 보였다오. 난 눈이 번쩍 뜨였고, 한걸음에 다가간 것이었어요.

"박 선생님 아닙니까?!"

"어, 이형, 이거 얼마만이여?"

우린 절친마냥 반갑게 악수를 나눴어요. 난 피곤함조차 잊은 거라오. 박 선생은 잠시 망설이는 듯하더니,

"이왕 본 김에 술이나 한잔할까?"

"저야 좋습니다만…"

"진작 한잔했어야 하는데."

"그러게 말입니다."

"차가 용탄 신도시에 있어. 셔틀을 기다리자면 시간이 걸릴 것 같고…"

"저는 여기서 기다릴까요?"

"내가 택시 타고 들어가서, 금방 올 테니."

박 선생은 그 덩치에도 민첩하게 움직였고, 택시를 잡아 사라지더니, 곧 청색 제네시스가 내 앞에 나타났다오. 우린 원룸단지로 들어왔고, 그 시간 단지 안엔 주차할 자리가 없어 박 선생은 익숙하게 근처 보도

위에 주차했어요. 우린 편의점으로 가, 맥주와 소주, 마른안주를 사서 들어왔고, 박 선생이 자신의 원룸으로 가자고 했어요. 나는 그를 올려 보내고, 들어가 샤워를 하고 뒤따라 올라간 것이었어요.

박 선생도 샤워하고, 그땐 편한 추리닝 차림으로 나를 맞았어요. 방 안은 먼지 하나 없이 깨끗해 보였고, 난 좀 당황스러웠다오. 우선 벽엔 세탁소에서 막 찾아온 듯한 여벌의 양복이 가지런히 걸려있는 게 눈에 들어왔어요. 그리고 벽에 걸린 한 폭의 유채화며, 텔레비전 옆에 놓인 사진 액자들, 살풋한 향내.

박 선생은 벌써 작은 탁자 위에 술병과 유리 술잔, 안주를 올려놓았다오. 나는 자리에 앉으면서도, 벽 한쪽 붙어 있는 하얀 종이들에 시선을 주고 있었어요. 한 종이에는, 커다랗게 한자로 '純念'이라고 적혀있었어요. 그리고 옆의 다른 종이는 시간표였어요. 방 안에 앉았을 때야, 글씨가 또렷이 보였어요. 편지 쓰기(10~11시), 아침 식사(11~12시), 운동하기(12~14시), 낮잠 자기(14~15시), 명상하기(15~16시) 등등.

난 그 강렬한 인상과는 다른 한 인간의 지극히 내밀한 어떤 것들을 훔쳐보는 기분이었어요. 얼굴이 그만 화끈 달아오른 건 사실이라오. 도대체 편지 쓰기라니! 요즘 세상에 편지를 쓰는 인간이 있다면, 더욱이 시간표까지 작성해 가며, 매일 편지라도 쓴단 말인가. 난 저런 감상적인 인간을 근래엔 본 적이 없다오.

그때 난 당황한 나머지 처음 보았을 때부터 그 미스터리한 사내, 자신이 보는 게 어떤 힌트가 되리란 걸 당시엔 떠올리지 못했다오. 어쨌든 난 당황한 상태에서 박 선생과 마주 앉은 거라오. 그날 나는 한동안 금주 상태였던 걸 까맣게 잊을 만치, 빗장이 풀어진 흔연한 감정에 젖어 술을 마신 것이었어요. 우린 처음에 사 갔던 걸 금세 비워버렸어요. 박 선생도 아쉬운 듯 보였고, 내가 나가서 술을 더 사 왔어요.

우린 날이 환히 밝아올 때까지 마신 것이라오. 몸은 퍼져갔지만, 우린 취기도 잊은 듯 시간 가는 줄도 몰랐어요. 우린 불콰한 얼굴로 낄낄 대며 농담을 즐겼고, 그런 유치한 얘기나 대화는 내 생전엔 처음이었다오. 그래도 우린 수준 있는 인격자들인 양, 고독한 산 위의 방랑객들인 양, 서로의 눈을 바라보며 그런 시시껄렁한 농담을 즐긴 거였어요. 서로의 지적 능력과 살아온 삶, 영혼을 시험해 보는 기분이었다오.

다행히 우린 어딘지 죽이 맞았어요. 박 선생은 건달풍이면서도, 그의 농담엔 퍽 진지한 주제랄까, 일부러는 아닐지라도, 내겐 그의 냉소를 담은 입담이 촌철살인의 대가쯤으로 보였다오. 박 선생이 먼저, 이런 얘길 입에 올렸어요. 대리기사 일을 한 지 얼마 지나지 않아, 손님으로 만난 여자 얘기였어요.

디올 백에, 까르띠에 목걸이, 온갖 명품으로 도배한 졸부 마누라였는데, 못생긴 데다 골 빈 여편네가 들이대는 게 가관이었다는 거예요.

"남편이란 놈은 바람피우고, 그 배신감과 울화증… 이 여편네가 일부종사에 익숙하고 은근히 순진한 데가 있었어. 그만 화병이 생길 즈음, 나를 만난 거야. 만만한 대리기사를 데리고 놀아 볼 심산이었지."

"유혹에 그만 넘어갔군요."

"내가 그런 여자들은 잘 알거든. 졸부 마누라들 말야. 돈 말고 뭐가 있어? 대가리 속에 든 게 그것밖에 더 있어? 하긴 뭐 그게 어디 그 여자의 문제겠어? 몸을 주는 것도 돈 자랑이거든. 내가 널 가지고 놀 수 있어, 이 돈독이란 게…"

"흐훗, 그래서 연애라도 했어요?"

"연애는 무슨… 처음 만났던 날, 옆 조수석에 앉더라구. 포장해 봐야 볼 게 없는 여자야. 얼굴이나 반반하면 눈길이라도 주지만, 내 성격이 그래. 이년이 나긋나긋한 목소리로, 아저씬 무슨 일을 했어요? 술 한잔 할래요? 내가 심쿵했다니까! 내가 그런 도발을 좋아하거든. 안 그러겠어? 시시껄렁한 얘길 나누며 즐겁게 운행을 한 거지."

"연애 감정이란 게 그렇게 시작되는 게 아닌가요, 흐흣."

"이년이 강남 삼성동에 살더라구. 운행을 마칠 즈음, 아쉽잖어. 휴대폰 번호를 교환했지. 다음 날, 곧바로 전화가 오더라고. 밖에서 만날 수 있냐고. 목소리를 들으니까, 안달이 났어. 내 장난기가 발동한 거지. 나도 먹고살라고 이런 일 한다, 만나면 하루를 공치는데, 어떡하면 좋으냐. 그랬더니, 얼마면 되겠냐. 백만 원을 불렀지. 연애를 하자는 건데, 안 그래? 이년이 오케이래."

"능력자시군요, 흐흣."

"뭐 두세 번 어울렸나. 바람피운 건 처음이래. 이 여자가 바람 맛을 안 거야. 순진한 년이 바람이 났으니 어떻게 되겠어? 온종일 몸이 달아서 외간 남자 생각뿐인 거지. 장난으로 시작한 거지만, 은근히 신경 쓰이더라구."

"여자의 본능을 깨워났으니."

"남자 놈 때문에도, 내가 깨워났지. 어느 날은 논현동에 있는 호텔 방을 예약했다는 거야. 내 생일날이었거든. 이년이 선물까지 준비했다면서. 나를 사랑한다나. 그땐 골치가 아파오는 거지. 순진한 여잘 잘못 건들면… 나야 시작할 때부터 대비를 하지."

"그녀의 불붙은 사랑을… 끄러 나갔군요.

"생일 선물로 차를 뽑아주겠다는 거야. 더 나갔다간, 안 되겠더라고. 옷을 벗는 여자에게, 그 자리에서 받은 돈을 돌려줬어. 집을 나갈 때 챙겨간 거지. 그러고는, 우리 서로 빚진 게 없다, 그간 즐긴 건 추억으로 간직하자… 심하긴 했지. 졸부 마누라 자존심을, 돈의 위력을 짓밟아 놨으니, 어떻게 됐겠어? 미친 듯이 날뛰는데… 온갖 욕설과 저주를 퍼붓는 거야. 건달 같은 놈이 자길 가지고 놀았다나 어쨌다나. 쓰레기 같은 놈, 사고나 나서 죽어라, 대리기사나 하다 죽어라… 십 년 감수했어. 그래도 정신 차렸는지 그 이후론 전화하지 않더라구."

그날 박 선생이 과장스레 설파한 그 '대리기사론'이나, '심판론'도 내겐 꽤나 흥미롭기는 마찬가지였다오. 그날 이후로 내 머릿속에 유령이란 말이 각인된 거지만, 저 밤거리의 파편화된 인간들이 유령이 아니고 뭐냔 거였어요. "잉여 인간도 사치스런 얘기 아냐? 예전 룸펜들이야 한가롭게 비빌 데라도 있었지. 요즘 그런 게 어딨어. 저 내몰린, 각자도생의 유령들, 저들에게 일상이 있어, 내일이 있어? 관계가 있어? 그야말로 파편 쪼가리들이지. 몸 쓰는 인력으로 치면야, 고급 인력 아냐? 배울 만큼 배우고, 건장한 사내들이, 고작 술꾼들 운전으로 소비되고 사장되잖아. 매일 밤 수만 명의 인력이, 잘 산다는 나라에서 말야. 유럽 선진국, 어림없어! 그 나라들은 사람을 개똥 취급하진 않거든. 누군가 저 유령들을 보며, 사회개조, 혁명을 외쳐야 하는 거 아냐? 싹 뒤집어서, 뭐가 문제인가 새로 시작하자. 흐흐, 그런 눈으로 보니까, 내가 사회주의자 같아? 나야말로 이 나이까지 타락한 부르주아로 살았어. 저 유령들에 문제의식이 없는 사회엔 내일이 없다는 거야. 한국 사회는 이미 심판 속에 있어. 심판받았어. 이곳에서만 하루 평균 두어 명이 자살한다더만. 이 작은 도시에서. 낮의 유령꽃들이 피고 지지."

나는 술잔을 털어 넣으며 박 선생의 얘기에 그만 심취한 것이었어요. 나는 뜬금없이 불쑥 물었어요.

"박 선생님도 이혼했어요?"

"몇 년 됐어. 같은 처지인 것 같은데?"

"저도 십여 년 됐어요."

"나야 다시 합쳐야지."

"이유라도?"

"이유라… 내 남은 유일한 로망이지."

박 선생은, 그 시니컬한 웃음을 지었어요.

"로망이요?"

"로망의 원래 뜻이 뭔지 알아?"

담배를 꺼내서 피우며 박 선생은 한참이나 상념에 잠긴 모습이었어요.

"저 액자 속 사진."

박 선생은 내 말에 어떤 반응도 보이지 않았어요. 그 붉게 일그러진 얼굴은 더욱 굳어져서, 홀로 별이라도 바라보는 것 같았다오.

내 시선은 그 액자 속 하얀 백합 같은 청초한 얼굴의 여인을 보는 거였어요. 박 선생이 불쑥 입을 열었어요.

"어떤 결론일지 나도 몰라."

"그래서 매일 편지를?"

"일종의 창작이지."

"창작이라…"

"연애 소설. 유일한 독자, 그게 헤어진 마누라라면 재밌잖어?"

박 선생은 이런 말도 했어요.

"우린 운명적으로 만났어."

난 벽에 기대 잠이 들었어요. 이미 창밖은 환하게 밝았고, 내가 눈을 떴을 땐 박 선생은 바람 쐬러 나갔는지 보이지 않았어요. 나도 일어나 그의 원룸을 빠져나온 거라오.

악동의 고백(告白)

얼마 후, 우린 다시 박 선생의 원룸에서 술자리를 가진 것이었어요. 그땐 깊어진 술병도 술병이지만, 밤거리에서 넘어져 엉치뼈를 다치는 바람에, 나는 한동안 정형외과를 드나들었다오. 대리기사 일이란 게 무단 횡단이며 뛰어다니는 건, 그 일의 특성상 피할 수 없고, 결국 대가를 치른 것이었다오. 헌데 그 병원을 떠올리는 건, 여전히 내겐 하얀 가운을 입은 유령들이랄까, 끔찍스런 악몽이라오. 여직원들의 반짝거리는 눈과 입가의 벙긋한 웃음, 고통스럽지만 걸을 수 있는데도 나를 굳이 환자용 보행기에 태워 '진상품'을 대령하듯 원장실로 데려갔어요. 나는 한동안 약을 복용하며 물리치료를 받아야 했다오. 어쨌든 나는 다행히도 점차 금간 엉치뼈가 아물면서 얼마 후부터 불편한 다리를 이끌고 일을 나갈 수 있었다오.

박 선생과는 몇 차례 문자를 주고받았고, 그날 만남도 박 선생의 제안으로 이뤄졌다오. 그해 가을이 깊어갈 무렵이었어요. 나는 그날은 대충 일을 마치고 감내해야 하는 위통 따윈 까맣게 잊은 듯 안중에도 없었고, 약속 시간에 맞춰 찾아간 것이었어요. 박 선생이 문자로, 술과 안주는 준비돼 있으니 그냥 오라고 했어요. 어느새 우린 허물없는 친구 같았다오. 방 안엔 박 선생이 늦게까지 영업하는 가게에서 사 온 치킨 냄새가 진동했어요. 우린 치킨부터 먹으며 주거니 받거니 술잔을 기울였고, 그날따라 그 입담 좋은 박 선생은 별말이 없었어요. 말주변도 없는 나로선, 때론 상대를 위해서도 침묵이 '금언'이란 것 정도는 알았어요. 우린 말 없이 치킨을 다 먹은 거였어요. 끽연을 하면서도, 우린 거의 말이 없었어요. 그러던 박 선생이 예전 대학생 시절 선교 여행을 갔던 남태평양의 어떤 섬 얘기를 입에 올렸을 땐, 나로선 드디어 그 미스터리한 사내의 자기 고백처럼 들렸다오.

이런 얘기였다오.

"거긴 지상 낙원 같은 섬이었어. 에메랄드빛 바다, 야자수, 구리 빛의 가난한 사람들. 지상 낙원에 우리가 선교 여행을 간 거지. 애초 말이 안 되잖아? 인간의 종교란 게 늘 그랬지만. 우리로 인해 더럽혀진 거지. 눈빛만으로 느낄 수 있었어. 작열하는 태양, 그 순박한 사람들 말야. 왜 이 순간 그 시절이 떠오르는지 모르겠어. 하긴, 이형 앞에서의 고백이지만… 거기에서 흑인 여자애를 만났었거든. 내가 그곳을 밟은 순간…"

"…"

"그 땅은 더럽혀진 거지. 내가 그 애를 따먹었거든. 야자수 그늘 아래로 데리고 가서는. 난 그 전에 벌써 수많은 만행을 저질렀어. 내겐 말이 선교 여행이지, 늘 목적은 따로 있었거든. 신앙에 취한 순진한 여자애들 말야."

박 선생의 다분히 자학적인, 그 고백은 길게 이어졌다오.

"내가 어릴 적부터 악동이었어. 양친이 큰 교회 장로이자 권사님이셨거든. 어린 시절부터 부족한 거 없이 자랐어. 내게 그 시절은… 집안도, 교회도… 그런 낙원이 없었으니까. 정말이지, 하나도 부족한 걸 못 느꼈으니까. 사랑이라는, 그 추상적인 것까지도 모두 포함해서지만. 우리 아버지가 잘나가는 회사를 운영했었거든. 어느 날 보니까, 내가 그 낙원의 왕자인 거야. 소문난 악동이었지."

어느 순간 박 선생은 마치 그 시절로 돌아간 듯, 회한과 냉소로 일그러진 얼굴은, 언뜻 그 시절을 몹시도 그리워하는 것 같았다오.

"그걸 설명해도 알아듣지 못할 거야, 이형은. 종교 안에서나 가능한 일이니까. 나란 인간이, 그 안에선 누가 봐도 신의 축복과 은총을 한 몸에 받은 존재인 거야. 내가 악동이었던 건, 남들이 나를 그렇게 우러러본다는 걸, 여자들이 그렇게 바라본다는 걸 훤히 알았거든. 여자를 만나면 며칠 안에 옷을 벗겼지. 그런데… 한 여자를 만난 거지."

박 선생은 다시 상념에 잠긴 거였어요.

별수 없이, 나로서도 박 선생의 그 진지한 고백에 화답하듯 얘길 꺼냈어요. 사실 나로선 여자 얘기라면 별로 해줄 만한 이야깃거리도 없었지만.

"저는 여자라면… 평생 두 여자를 안아 본 거지요."

그런 박 선생이 내 얘기에 상당한 관심을 보였어요.

"두 여자라… 평생을?"

"하난 떠난 전처이고, 다른 하나는. 군대에서 만난 여자였죠."

"군대에서?"

그때 나는 누구에게도 털어놓은 적이 없는, 아련한 기억 속의 언제나 수치스런 상처로 남아있는 '추억'을 기꺼이 박 선생 앞에서 회상했다오.

"군대에서 행정반 근무를 했어요. 80년대 중반, 논산 훈련소에서 자대 배치를 받고 더플백을 둘러메고 동료 하나와 완행열차를 탔을 때만 해도, 전방이 아닌 최후방에 위치한 부대여서 부러움을 샀던 기억이 납니다만… 거기가 수송부대였어요. 웬걸요, 수시로 가해지는 빠따에, 한따까리에… 뭐 그런 건 그래도 견딜 수 있었습니다만, 행정반의 내 선임이란 놈이 부대에서도 소문난 바람둥이였어요. 그땐 말년 병장인데다… 그놈 별명이 꼬질대였어요. 꼬질대 알죠?"

"꼬질대… 알지."

"부대 앞 사창가에서 그놈이 맨날 구멍만 후벼댄다는 뜻이었죠. 나를 비롯하여, 행정반 졸병들은, 그놈의 가련한 희생양들이었죠. 첫 경험도 없는 나를 그곳으로 끌고 간 것도 그놈이었으니까. 악랄하기 짝이 없는 놈이니까, 까라면 깔 수밖에요."

"창녀에게 동정을 바쳤구먼."

"정확히는… 겁탈을 당한 거지요. 저로선 사창가는 그게 처음이자 마지막이었습니다만, 그놈이 우릴 데려다 창녀들에게 바친 꼴이었으니까. 내가 첫 경험이란 걸 알고는, 이불 위에 가랑이를 벌리고 누운 그녀는 곧 사정해버린 날 안고 등을 토닥여주는 거예요. 맥주도 한 잔 따라주면서. 그 창녀의 해맑게 웃던 눈빛이, 아직도 잊혀지지 않아요. 저는 그날 이후 그놈에게 당하면서도 더는 사창가에 끌려가지 않았어요. 결국엔 그놈이 두 손을 들고 말더군요."

어쨌든 나로선 누구에게도 얘기한 적이 없는 쓰디쓴 고백이었고, 기대하는 바가 없지 않았어요. 박 선생의 고백을 더 듣고 싶었어요. 그런데 내 기대와는 달리 그날 박 선생은, 그 만났다는 '한 여자'에 대해 끝내 얘기하지 않았다오. 다만, 자신의 그 화려했던 악동 시절의 얘기를 길게 이어갔다오.

"어릴 적부터 나는 발육이 남달랐거든. 몽정을 국민학교 일학년 때 했으니까. 하룻밤 자고 나면 키가 훌쩍 자란 걸 느낄 정도였어. 부모님이 걱정했지. 또래 아이들에 비해 머리 하나가 더 컸거든. 그 덕분에 국민학교 때부터 배구, 농구 선수를 했어. 대학도 원래는 체육 특기 장학생으로 들어갔지. 곧 철학과로 전과하긴 했지만. 내가 이래봬도 어릴 적부터 책을 열심히 읽었어. 무식한 놈이 되긴 싫었거든. 문학 쪽에도 관심이 많았고. 중학교 일학년 때 첫 연애편지를 썼지. 같은 교회에 다녔던 눈이 초롱초롱한 애였거든. 내 첫사랑이었지. 우린 얼마 후 겁 없이 뜨거웠어."

"그 나이에 설마?"

"착하고 겁이 많았던 애를 내가 망쳐놨어. 그게 시작이었지만. 그 시절에도 내 눈엔 훤히 보였거든. 우리 부모들, 주변 사람들, 종교란 게 우스운 거야. 두렵지도 않았고. 지금도 잠자리에 누우면, 그런 광경들이 떠오르곤 해. 우리 아버지도 덩치도 크고, 그 우렁찬 목소리로 예배당을 가득 채운 성도들 앞에서 기도할 때의 모습… 그럴 때면 내가 벌받은 놈이란 걸 느끼지."

"…"

"그 양반이 매년 서울 한복판의 호텔에서 성대하게 무슨 성서연구회를 열기도 했어. 유명 목사들, 신학자들을 초빙해서는… 그 샹들리에 불빛 아래서, 하나님의 아들 예수, 바울의 신학. 유명 가수들이 찬송가를 부르고, 산해진미에… 그 사랑이 넘치는 친교에, 내가 우리 아버지 피를 물려받았어. 주변의 여자들을 그냥 두고 못 봤거든. 그런데 여비서를, 구원받게 한답시고 그녀를 교회로 끌어들였어. 본인이 타락시킨 여자를 말야. 자긴 구원받았으니까 이제 그녀도 구원받게 하려는 거였지. 가족들, 그 여비서도 앉아 있는, 저 높은 단상에 올라가서… 이제 대표 기도를 하는 거지. 오, 만군의 내 주시여… 아버지의 그 정신세계가 어린 나이에도 도무지 이해 불가였거든. 지금도 슬며시 웃음 짓게 하는 거지."

"…"

"이형, 이게 나란 놈이야. 이를테면 내 자화상이지. 내가 박 장로님에게 자식으로서 못 할 짓도 참 많이 했지. 어릴 적부터 경찰서에도 들락거렸고, 학교에서 짱이니까, 기어오르려는 놈들이 있을 거 아냐. 머리통을 깨 놓기도 하고, 팔을 분질러 놓기도 하고… 여자 문제로도 속을 무던히도 썩였어. 그런데 한 번도 나무란 적이 없었어. 그저 자식 장래 걱정하느라 기도로 눈물로… 마지막까지 속을 썩인 셈이었으니까."

나는 문득 궁금해서 물은 것이었어요.

"부모님은 아직 살아계신가요?"

"우리 박 장로님은 돌아가셨어. 재작년 봄에. 나한텐 연락도 안 했어. 연락하고 싶지도 않았겠지. 난 뒤늦게 알았어."

"…."

"잊히질 않아. 고등학생 때였어. 양친이 나 대학 보내려고 무진 애를 썼거든. 그 중요한 시기에 사고치고 경찰서에 들어가 있는 걸… 아버지가 나를 차에 태우고 한강변으로 데려가더라고. 그때도 단 한마디도 않더라고. 차에서 내리더니 저녁 무렵이었는데, 산책하는 사람들도 있었고. 무릎을 꿇어. 자식 앞에서. 눈물을 뚝뚝 흘리면서. 나는 지나가는 사람들이 보는 게 창피한 거지."

"…."

"내가 운동을 열심히 한 것도 아니고, 공부를 잘하는 편도 아니었어. 체육 특기 장학생으로 들어간 것도, 뭐 돈 쓰고 연줄로 그렇게 간 거지. 그렇게 들어가긴 했어도, 철학에 흥미를 느껴서, 전과도 했고… 내가 철학 서적을 끼고 다녔거든. 집안 분위기나 종교의 영향도 있었고, 나로선 반항의 일종이었지."

"악동이 철학도가 된 셈이로군요."

"철학은 무슨… 그래도 내가 그나마 사람다워졌던 시절이지. 대학을 졸업하고도 여전히 건달이지 뭐. 우리 가족이 운영했던 학교에 들어가 일했지만. 아이엠에프 때, 잘 나갔던 아버지 회사가 하필 사업을 확장했다 도산했어. 그 양반도 같이 쓰러지더라고. 난 그때도 속을 썩였었지."

"그땐 모두들 어려움을 겪었죠."

"그래도 학교 법인은 넘어가지 않았어. 내가 행정실장, 사십 대 이후론 이사장을 맡았거든. 외제차 몰면서."

"이사장을요?"

"나야 몇 년 전까지 거기에 있었지. 그들 말대로 악동에게 신의 심판이 내려진 거지. 평생 그 버릇을 못 고쳤으니까."

어디까지 믿어야 할지, 나로선 좀 납득이 가지 않는 부분도 없지 않았고, 아이엠에프 얘기가 나온 김에, 나도 자신이 겪은 일을 입에 올렸어요.

"저도 아이엠에프 전까지 대기업에 있었어요."

"대기업이라면, 어느 회사에?"

박 선생은 좀 놀란 표정이었어요.

"감원 바람이 불었을 때… 자리를 지키려면 지킬 수도 있었죠. 오너 때문에 그 전부터 고민도 있었고. 환멸에 휩싸인 나로선 견디기 힘들었어요. 마침 감원 대상에 오른 입사 동기 놈이 같은 부서였어요. 당시 가정적으로 어려움을 겪던 친구였죠. 인사과 부장을 찾아가 부탁했어요. 내가 대신 나갈 테니 그놈은 있게 해달라고. 미련 없이 나온 거죠."

박 선생이 내 빈 잔에 술을 넘치게 부었어요. 그리고 그 심판받은 악동의 뜻 모를 웃음이며, 벌겋게 상기된 얼굴로 엉뚱한 걸 물었다오.

"이 형은… 어떻게 해결해?"

"무얼 말인가요?"

"섹스!"

"전처와 헤어진 이후로는."

"그건 좀 무책임하지."

"못 느끼는걸요."

"방치하면 더 깊어져. 난 한 달에 두 번은 해."

"여자를 불러서요?"

"부르기도 하고… 잘 관리해야지."

"관리해요?"

"살아있는 것이기도 하고."

"살아있다."

"더 심각해지기 전에… 불구가 될 수 있어."

"난 이미 불구인 걸요."

"…"

그날도 우린 밤을 꼬박 새운 것이었고, 나는 어느 순간부터 박 선생을 형님처럼 깍듯이 존대했고, 술이 부족해 박 선생이 몇 병을 더 사온 것이었어요. 우린 그것까지 잔을 주거니 받거니 남김없이 다 비워버렸어요.

이제 우린 방 가운데 있는 탁자에서 떨어져 벽에 기댄 상태였고, 박 선생은 졸고 있었고, 나는 오히려 정신이 말짱했다오. 벽에 기대앉은 채로 나는 눈을 껌벅이며 방 안의 그 '장식'들을 하나하나 찬찬히 훑어보는 것이었어요.

내 시선은 아무래도, 그 텔레비전 옆이나 방 윗목에 세워놓은 사진 액자들을 바라보았고, 아니 다가가 배를 깔고 누워 그 사진 속 얼굴들을 들여다보는 것이었어요. 그 사진들에서도 단연 박 선생의 전처, 그녀에게 시선이 갔고, 언뜻 봐도 기품 있는 자태랄까, 갸름한 얼굴, 초롱한 눈매. 유난히 하얀 얼굴.

한 사진엔 학사모를 쓴 박 선생의 청년 적 모습과 그 어깨높이의 키에, 역시 학사모를 쓴 앳된 얼굴의 그녀가 서로 다정하게 팔을 낀 채 웃고 있었어요. 또, 박 선생의 부모인 듯한 노부부의 활짝 웃는 사진도 있었고, 가족이 유럽의 어느 여행지에서 찍은 것도 있었고.

또, 아들과 딸로 보이는, 박 선생의 눈과 이마를 빼닮은 사내와 갸름한 얼굴과 눈매가 어머니와 판박이인 숙녀도 보였어요.

내 눈길은 이제 방바닥에 등을 대고 누워 그 벽에 걸린 추상화처럼 보이는 유채화를 멀뚱한 눈으로 바라보는 거였어요. 어딘지 구성이 단순하고도 강렬한 채색, 그 덧칠된 표면은 투박할만치 해와 달, 별들, 초가와 풍뎅이, 나비를 새긴 것 같았고, 문외한의 눈으로도 우주와 자연의 어떤 조화를 그런 식으로 표현한 것 같았어요.

그리고 그 벽면 아래쪽에 붙은 시간표를 바라보다 눈이 감긴 것이었고, 어느결에 잠이 든 것이었어요.

눈을 떴을 땐 아침이었고, 방 안은 깨끗하게 치워진 상태였고, 박 선생은 탁자 앞에 앉아 무언가를 쓰고 있었어요. 나는 조심스레 일어나 박 선생이 편지 쓰는데 몰두해 있는 걸 보며 살며시 문을 열고 밖으로 나온 것이었어요.

그리고 나는 그 밤의 기억과 함께 한걸음에 달려오는 '토끼 눈'-아니 이름이 아영이라오. 손아영- 그녀와의 만남을 떠올린다오. 심장이 뛰고, 내 몸엔 아직도 그녀의 짙은 체취가 고스란히 남아있는 듯하다오. 그 눈망울도. 도대체 그날의 기억은 언제나 나를 혼란에 빠뜨리는 건 사실이라오. 매일 전단지로 나를 찾아왔던 '토끼 눈'이, 드디어 그 현실의 '맨얼굴'로 내 원룸으로 뛰어든 거라니! 기억을 더듬는 이 순간에도, 난 납득되지 않는 부분이 많다오. 어쨌거나, 현실에서 벌어진 일이라오. 어쩌면 '토끼 눈'을 안으로 들였던 순간부터, 그날 일은 이미 운명적으로 예고됐던 셈이라오. 내 안의 어떤 무의식은, 부단히 그날을 도모했는지 모른다오.

오, 이 순간 나는 그 푸른 자궁 속의 붉은 꽃을 바라본다오. 이슬에 젖은 달맞이꽃! 여러분은 달맞이꽃의 향기를 맡아본 적이 있나요? 밤에만 피는 그 꽃의 꽃말이나 전설을 들어본 적이 있나요? 내 안엔 이젠 빨간 달맞이꽃이 핀다오. 장미보다 더 빨간, 꽃이라오. 이 감옥조차도 붉게 물들이고 마는 꽃이라오. 성마른 사내의 뜨거운 애욕과 하얀 폭죽 속의 성희, 내 가난한 방의 흰 여체는 여신 아프로디테의 강림보다 더 눈부셨다오! 그녀는 죽은 살덩이 같은 내 몸을 마법을 불어넣어 살려낸 거라오. 그때 내 영혼은, 이젠 두 여인을 향하여 있는 듯했다오. 그 구원을 베푼 여신과 자식을 위해 눈물로 기도하는 여인이라오. 나는 내 여신에게 저 기도 소린 우리의 사랑을 더럽힐 뿐이라고 이르곤 했어요.

내 기억엔 늘 박 선생과 술 마신 바로 다음 날 같지만, 사나흘 앓아누웠던 걸 감안하면, 아마 그 후의 일이었어요. 그날이 금요일이었던 건, 뚜렷이 기억난다오. 금요일은, '불금'으로 불리는 콜이 많은 날이라서, 나는 일을 나가야 했다오. 아직 월세가 밀릴 정도는 아니었지만, 그날 정오쯤 되어선 결심이 선 상태였어요. 일어나 김치에 밥 한 공기를 어렵사리 비우고는, 나는 다시 그만 뻗고 말았다오. 그때였어요. 갑자기 밖에서 남녀가 다투는 듯한 소리가 들려왔어요. 그러고는 후다닥 위층에서 내려오는 발소리며, 여자의 비명. 난 놀라 벌떡 일어나 앉은 거라오. 그리고 내가 거의 무의식적으로 일어나 문을 발칵 열어젖힌 것도 희한한 일이었어요. 순식간에 벌어진 일이었고, 여성이 내 원룸으로 뛰어든 거였어요. 속옷 차림에 용케 옷과 백을 든 채였고, 뒤쫓아 온 사내도 웃통은 벗은 채 반바지 차림이었어요. 그녀는 내 등 뒤로 숨어 거친 숨을 할딱였어요.

나는 지금도 그 상황이 납득이 가지 않는다오. 무엇보다 내가 문을 열었고, 더욱이 뛰어들던 그녀의 모습이라니.

사내는 뻔뻔스런 얼굴로 문 앞에 버티어 섰어요.

"너 이리 못 나와!"

"이 변태 새끼야!"

나는 갑자기 난감한 상황에 처한 형국이었어요. 사내의 기세등등함으로 보아 한 걸음도 물러설 것 같지 않았어요.

알고 보니, 사내의 지갑에서 그녀가 돈을 꺼내 도망쳤다는 건데, 사내는 훔쳤다고 하고, 그녀는 마땅한 '화대'라고 맞섰어요.

"도둑년, 경찰을 부를 수도 있어!"

"변태 오빠, 불러 봐! 진짜 재밌겠네!"

난 그만 졸지에 그들의 중재자가 된 거라오. 둘의 주장으론 솔로몬의 지혜를 빌려와도 해결될 것 같지 않았어요. 그들의 살벌한 대치 상태를 푸는 해결책은 두 가지밖에 없는 듯했어요. 경찰을 부르든가, 누군가 저 더 뻔뻔스런 놈에게 돈을 주든가.

스무 살쯤 되었을까. 앳되어 보이는 그녀도 호락호락 돈을 내놓을 것 같지 않았어요. 이미 자신은 그 돈보다 더한 서비스를 베풀었다는 것이었어요.

결국 졸지에 원룸의 평화를 빼앗긴 내가, 그녀를 대신해 돈을 사내에게 준 거라오. 나로선 어쩔 수 없는 고육지책이었다오. 경찰을 부를까 잠시 생각도 했지만, 그러자면 난 그 대치 상태를 그만큼 더 견뎌야 했어요. 또, 투캅스의 등장까지 떠올렸을 땐 골머리가 아팠다오. 돈을 받아 든 사내는 징그러운 낯짝으로 실실 웃으며,

"아저씨, 잘해 보셔!"

뒤꽁무니를 빼 물러갔어요. 여전히 문은 열린 채였고, 나는 그 살벌한 바깥 공기와 함께 뛰어 들어온 그녀가 어서 나가길 바랐어요. 돈은 돌려받을 기대조차 하지 않았어요. 어쨌거나 그녀로선 정당한 화대를 챙긴 거였으니.

살결이 희고 둥근 이마며 초롱한 큰 눈을 가진 그녀는 좀 머쓱한 표정으로 나를 빤히 쳐다봤다오. 몸 파는 애치고는 어딘지 수줍게 움츠린 모습이었어요. 불현듯 난 그녀가 토끼 눈을 빼닮은 걸 깨달았어요. 그리고 그녀 눈가의 작은 반점도 토끼 눈의 눈가에도 있는 양, 그땐 당황해서 바라본 거였어요.

그녀는 갑자기 마음이 바뀌었는지 백에서 돈을 꺼내 내게 건넸어요. 그러고는 천연스레 스타킹이며 옷을 입었고, 나서려던 그녀가 말했어요. 그땐 생긋 웃으면서.

"내 번호 줄까요? 아님, 아찌 번호 주면…"

나는 무엇에 홀린 듯 휴대폰 번호를 불러 주었어요. 그녀는 그 자리에서 내 번호를 자기 휴대폰에 입력하고는, 눌러서 확인까지 하며 생긋 웃었어요. 난 아찔한 현기증과 함께 심장이 마구 뛰었던 걸 기억한다오. 무언가 내 심장에 쏴 박히는 것 같았어요. 지금 생각해 보면, 저 운명이란 놈이 사납게 달려들던 순간이었어요.

다만 내 안엔, 그 운명을 맞아들일 준비가 되어있지 않았어요. 하지만 그 아인, 나로선 절대 거부할 수 없는 아이였다오. 그녀가 토끼 눈으로 보인 것만으로 충분했다오.

그날 이후로 나는 종종 그녀 꿈을 꾸곤 했어요. 어느 날 꿈속에선 그녀가 내 원룸 문을 열고 들어왔는데 그땐 실오라기도 걸치지 않은 채였어요. 그녀의 생긋 웃는, 싱싱하고 탐스런 알몸을 보며 나는 어찌할 줄 몰라, 쩔쩔맸다오. 나는 이런 말을 했어요.

'왜 나란 놈을 찾아왔지? 나는 너를 안을 수도 없어.'

어느 날부터는 그녀가 전화할까, 아니 전화하지 않는 걸 포함해서지만, 내 초조함과 '두려움'은 커져만 갔다오. 하루하루가 흘러갈수록, 그 침묵이 길어질수록 내 불안감과 두려움은, 오히려 그 다가올 운명을 간절히 바랐던 셈이라오.

나는 그 심판대에 서야만 했다오. 박 선생의 표현을 빌리면, 난 이미 생명력을 상실한 놈이었어요. 발기불능의 철저하게 망가지고 피폐해진, 내 육신과 영혼은 그 아일 어쩌자고 간절히 원한 것이었어요!

도깨비 영감

나는 이제 객석에 앉은 관객마냥, 느긋이 저 무대 위의 꼼짝없이 낚인 존재인 쩔쩔매는 사낼 바라본다오. 고자인 사내여, 제발 관객들에게 웃픔보다는 웃음을, 광대의 열연을 선사해다오! 오직 자궁이란 무대, 그 썩 걸맞은 배역을 용케도 거머쥔, 억수로 운 좋은 사낼 연기해다오! 그대들에게, 이 소극의 극적 전개의 포인트는, 아침에 눈을 떴을 때, 사내는 담배를 꺼내 물면서도, 이제 방 안에 고여 있는 그녀의 체취며 꿈속에서 본 싱싱하고 탐스런 하얀 여체를 상상한 거라오. 대관절 그런 가쁜 숨이 터져 나온 게 얼마 만이던가. 십 수 년, 아니 수십 년만이었다 해도 과언이 아니라오. 또, 이런 골똘한 상념에 잠긴 것도 부인할 수 없는 사실이라오. 우린 다시 만나게 될까… 난 섹스를 할 수도 없지. 그럼 창녀를 만나서 섹스를 할 수도 없다면, 우린 무얼 할까. 사내는, 허탈한 웃음을 지으면서도, 자신 안의 그 맹렬하게 달려들어 자궁의 깊은 골짜기로 내모는 놈을 반기는 거였어요. 우린 만나게 될 거야. '너는 그 아이의 발가벗은 싱싱한 알몸 앞에서 벌 받은 고자로 서야 마땅한 인간이다!' 헌데 문득, 그 연놈이 자신에게 무슨 수작이라도 벌인 양 고자인 주인공은 문을 열어 그녀를 맞았던 날이 왠지 석연찮은 게 사실이라오. 혹여 한패인 그들이 백날 문을 두드려도 열릴 기미가 안 보이자 꽤 리얼한 쇼라도 벌인 걸까?, 만에 하나 그렇더라도 무슨 상관인가.

이건 그대들 관객들의 판단에 맡긴다오. 이때 객석의 웅성거림, 누군가 참다못해 조롱 섞인 투로, 아니 저 인간은 언제 적 얘길 하는 거야? 이제 고자가 없는 세상인 걸 아직도 모르나? 그러자, 옆 관객이 호응, 저 사람 살아온 걸 보면 모르오? 아 박꽃도 그렇고, 저런 청맹과니가 없어요! 주인공은, 객석을 바라보며 항변한다오. 여러분, 난 오늘날의 과학이, 세상의 모든 고자에게 은총을 베풀었다는 걸 까맣게 몰랐다오. 더욱이 내가 그런 은총을 입게 될 줄은… 잠시만 기다려 줘요!

그땐 일을 나가면, 나는 그 밤거리의 선녀들 속에 그녀가 있는 것만 같았어요. 아니 그 거리의 화장을 한 아가씨들이, 모두 그녀로 보일 정도였다오. 나는 하나같이 닮은 그녀들을 보며 이젠 눈가의 반점을 찾는 거였어요. 그러던 어느 날이었다오. 편의점 앞 의자에 앉아, 그날따라 콜이 올라오지 않아 사뭇 초조한 상태에서도, 난 아가씨들이 지나갈 때면 유심히 살피는 거였어요. 혹여 그녀를 만난대도, 도대체 어쩌자는 건가? 그러던 내 눈길은, 마침 편의점 앞을 지나가는, 리어카에 종이박스를 산처럼 쌓아 올린 그 깡마른 노인을 바라보았다오. 문득 난 '개집'을 떠올렸고, 그날 번갯불에 비쳤던 어떤 몰골을 떠올리고 있었어요. 헌데 짧게 깎은 흰머리, 깡마른 작은 체구, 눈은 쉼 없이 주변을 훑으며 멀어져 가는 모습은, 여느 거리에서나 보는 종이 줍는 평범한 노인 같았어요.

그런데 나는 그날 그곳에서 편의점 여주인과 동네 여자가 그 노인에 관해 얘길 나누는 걸 듣게 되었다오. 누가 공짜로 자리에 앉아있나 은근히 눈치를 주는 여사장이라, 난 일찌감치 천 원짜리 캔 커피를 산 것이었어요. 주말에는 어딘지 꽉 막힌 인상의 오십 대로 보이는 남편이 나와서 가게를 보는 것 같았어요. 반짝반짝, 금방 세차한 듯한 검은색 승용차가, 편의점 옆 보도 위에 칼처럼 주차돼 있으면, 나는 벌써 한

주가 지나갔다는 걸 알았어요. 어쨌든 그날은 평일이었고, 나는 그 노인이 설마 '개집'에서야 자겠어? 그런 상상을 잠시 했던 것 같지만, 탈만 한 콜이 올라오나, 어서 그곳을 빠져나가야 했어요. 편의점 문이 열려 있는 상태에서, 그녀들은 얘기를 나누는 것이었어요.

"저 노인네, 오늘도 나왔네. 쯧쯧쯧."

"다 지 팔자인 걸요."

여사장은 다시 혀를 찼어요.

"이 대명천지에… 아, 바보 천치도 아니고."

"머리가 약간 돌아버린 것도 같아요."

"아니여. 정신은 멀쩡한 것 같아."

이웃 여자는 손사래 치며 말했어요.

"남이 참견해 봐야, 우리가 어쩌게요?"

"자식들이 몇인데… 천벌을 받을 거여."

"천벌요?, 아 잘만 살던데요?"

"하늘이 다 내려다보고 있어."

"내일 나올 거죠? 거기서도 그 집안사람들 볼 텐데."

"난 꼴도 보기 싫어! 모임이사 나가야지."

"그럼 낼 빼요."

이웃 여자는 편의점을 나와 거리로 사라졌어요. 난 갑자기 그 노인의, 번갯불에 비쳤던 그 몰골을 다시 떠올리고 있었어요. 그런데 내 바로 옆엔 술 냄새를 풍기는 두 사내가 앉아서 음료수를 마시고 있었어요. 그들도 그녀들이 나눈 얘기를 들었는지, 이마가 훌렁 벗겨진, 삼십대 후반쯤 돼 보이는 사내가 동료에게 말했어요.

"야, 너 쫌 전에 종이박스 싣고 지나간 그 노인 있잖아? 우리 은행 건물 말야, 그 건물 주인이 그 노인 아들이래."

"그게 정말이야?"

흰 와이셔츠의 얼굴이 길쭉한 사내는 사뭇 놀란 표정이었어요.

"우리 부지점장님이 이곳에서만 십몇 년째거든. 병림이 워낙 좁다 보니까, 아주 빠꼼이야. 내가 들은 얘긴데…"

"대단한 집안이네!"

음료수를 쭉 들이켜고는, 벗겨진 이마며 커다란 얼굴만큼이나 배가 튀어나온 사내는, 끄억ㅡ! 트림을 하고는 말을 이었어요.

"콩가루보단 막장 드라마야. 지금도 재산 상속 문제로, 자식들끼리 박 터지게 싸우나 보더라고. 법원에서 소송 중이래. 거기까진 뭐 흔한 일이니까 그렇다 치고… 근데 말야, 저 노인이 한동안 사라져버렸다는 거야."

"가만… 사라졌다고?"

"행방불명. 뭐 그런 거지. 여기가 개발될 때 땅 보상금을 받고, 부자가 된 노인이. 그 사이 은행에 예치된 돈은 큰아들이 차지했고… 형제들이 원수가 된 거지."

"어떻게 된 건데? 야, 씨발…"

"평생 농사만 지었던 노인이래."

"사라진 영감이 돌아온 거여?"

"어디에 처넣어졌던 노인이 도망쳐 나왔다는 설도 있고. 어느 말이 맞는지도 모른데. 큰아들이 브이아이피 고객이니까. 우리 부지점장이 접대 겸 골프도 치고, 몇 번 술을 먹은 적이 있대. 정치력도 있고, 수완이 아주 좋댄다. 먹을려고 작정하면, 무슨 수든 썼을 인간이라는 거야. 그래도 상속법상 있을 수 없는 일이잖아? 당시 그가 아버지의 유언장 비슷한 걸 가지고 있었대나. 그걸 남기고 노인네가 사라진 셈이니까. 이곳에선 아주 유명한 사건이래. 자식들이 여섯인데…"

"유언장? 그게 말이 돼?"

"내가 유언장 비슷한 거랬잖아. 흐흣, 이곳에선 말이 돼! 암튼 3년 전 어느 날 사라졌던 노인네가 짜잔-! 나타난 거야."

"야- 이거 진짜 드라마네!"

"병림이 한동안 떠들썩했었다나. 그랬을 거 아냐."

"어쨌든, 뭐가 밝혀진 거야?"

"근데 말야 묵비권, 묵비권을 행사했단다."

"묵비권?"

"노인이 경찰에서 조사도 받고 그랬을 거 아냐. 일체 말을 않는 단다."

"왜 말을 않는 거지?"

"그거야 모르지."

"아예 안 한다는 거야?"

"입을 열지 않는대. 누구하고도."

"진실은… 모르는 거네?"

"모르지."

"그래도 소송 중이니까, 뭔가 밝혀지겠지."

"여기가 재밌는 곳이야. 유명한 초등학교가 있어."

"초등학교?"

"국회의원, 법조인을 여럿 배출했대. 큰아들이 동창회 회장이란다. 사 람들은 그가 돈을 내놓을 일은 절대 없을 거라고 장담한단다."

"설마. 지금이 어떤 세상인데."

"그 노인네 다 뺏기고 저렇게 살잖아?"

"그거야 입을 열지 않으니까."

"여긴 희한한 곳이야. 암튼 돈을 뺏긴 자식들은 원한에 차 있고… 이 것도 소문일 뿐이지만, 큰아들이 아버지를 모시려 했단다. 노인이 자기 집으로도 안 들어가고, 저렇게 살아간다는 거야."

"어디 살어?"

"사람들 말이, 고물상 개집 같은 곳에서 먹고 잔다나."

"야 씨발, 난 이해가 안 된다."

"꼭 도깨비, 도깨비래."

"도깨비라."

"종이박스도 밤에만 줍는대."

"밤에만?"

"모르지, 왜 밤에만 나오는지."

"그걸로 생계가 가능해?"

"벌레 수준이겠지."

"허, 벌레 맞네."

"밤에만 슬슬 기어 나오는."

"병림의."

"그 노인네 눈 봤어? 난 말야, 그 노인네를 보면 어떤 소설에서 읽은 이 단어가 떠오르더라구. 야광충!"

"야광충?"

그들은 담배 연기를 후후 날리며 써늘하게 웃었어요.

"어쩐지 으스스한데."

"이 지역이 예전엔 뽕나무밭과 밀밭이 많았대."

"뽕나무밭, 밀밭이라."

흰 와이셔츠가 담배꽁초를 던지고, 침을 칙 뱉으며 일어났어요.

"나한테 그런 땅 천 평만 있었어도…"

"자고로 부모를 잘 만나야 돼!"

"자, 친구야, 출장 잘 다녀와라. 그땐 내가 분위기 좋은 데서 쏜다."

"좋지, 기대하지!"

"베이징에 도착하면,"

"그래, 연락하고!"

두 사내는 발걸음을 옮겨 사라져 갔어요. 그날 밤 이후, 난 좀체 일이 손에 잡히지 않았다오. 어이없는 일이 자꾸 일어났다오. 일부러 그런 콜을 잡는 것도 아닌데, 외진 마을에 들어가 있곤 했어요. 어느 날부터 그 푸른 자궁은 도깨비 불빛이 가득한, 어떤 유령의 호수─왜 자꾸 '유령의 호수'가 눈앞에 가득히 펼쳐지는지. 나는 그 유령의 호숫가를 거니는 기분이었다오. 밤벌레들의 소리는, 그 도깨비 불빛들과 어울려 슬프고도 기묘한 하모니를 이루며 나를 반기는 듯했다오. 나는 도깨비에라도 홀린 영혼마냥, 무엇에 사로잡혀 자꾸 그 벽과도 같은 암울한 밤길에 내몰려 허우적대곤 했다오. 그땐 일이래야 하룻밤 뺑바리 서너 개를 타는 게 고작이었지만, 시골길은 깜깜했고, 하지만 어느 길에서나 온갖 벌레들이 울어재끼는 것이었어요. 하얀 갈대숲이며 달빛 아래서 난 그만 길을 잃었고, 정신이 몽롱할 지경이었다오. 어느 순간이었어요. 내 입에서 예기치 못한, 그 창자를 뱉어낼 듯이 비통한 소리가 흘러나온 건.

"어머니, 어머니─!"

내 입에서 어쩌다 그 소리가 튀어나왔는지 모른다오. 나는 걸으며 달 밝은 하늘을 올려다보곤 했다오. 그날도 나는 아마 등과 발바닥에 땀이 배도록 그 깜깜한 밤길을 헤매었고, 넘어지기까지 했어요. 그 길에서, '도깨비 노인'과 딱 마주친 것이었어요. 가을이 깊어 밤공기는 차가웠고, 이미 버스도 끊긴 시간이라, 나는 어디에 정류장이 있나 찾아볼 생각도 없이 저 멀리 불야성을 이룬 병림을 보며 길을 따라 걷던 중이었어요. 작은 마을을 지나, 얼마쯤 걸었을까, 병림이 멀지 않았지만, 그래도 아직 갈 길은 멀었다오. 논밭 사이로 난 그 희끄무레한 길에서, 저만치 무언가 움직이는 게 보였고, 난 종이박스를 가득 실은 리어카가 나타났을 때, 그 노인인 걸 알았어요. 노인은 그 시간에 고물상으로 돌아가는 것 같았어요.

나는 그만 목석처럼 굳은 채 노인을 바라보고 있었어요. 그는 나를 보지 못한 것 같았고, 하염없는 눈길로 하늘을 올려다보며 무슨 곡조를 흥얼대며 리어카를 끌고 있었어요. 묵비권, 아니 벙어리 노인의 입에서 흘러나오는 소리를 나는 넋 놓고 바라보았다오! 옆에 사람이 있는 것도 모르고 지나쳐 가는 노인을 바라보다, 불쑥 나는 그 뒤를 밟듯 따른 것이었어요. 고물상과 그가 생활한다는 그 '개집'을 눈으로 확인해 봐야겠다는 심산인 듯싶었지만, 나는 좀 전 내가 거쳐 온 그 어둠에 잠긴 마을과 붉은 십자가 불빛, 노인이 그곳으로 사라지는 걸 지켜보다 돌아선 것이었어요.

내 기억은, 이제 그 유령의 호수며 도깨비 노인과 더불어 그즈음 있었던 박 선생과의 '최후의 만찬'을 향해 달려간다오. 하긴, 술자리가 한 번 더 남아있는 셈이지만, 나는 그날을 언제나 '최후의 만찬'으로 기억한다오. 우린 가까워진 것 같지만, 종종 문자를 주고받거나 실은 그 두 번의 술자리가 전부였다오. 언제라도 다시 만나겠거니, 나나 박 선생이나 아마 같은 심정이었을 거라오. 당시 난 술병이 깊어져, 병원 신세까지 진 마당이었어요. 그날도 난, 보름 만에 금주를 깨버린 셈이지만, 방 안에 누워있다 저녁 무렵에 박 선생의 문자를 받았다오. 안주며 술은 자신이 준비할 테니 한잔하자고. 나는 몸이 좀 걱정이긴 했어요. 하지만 나는 곧 말짱하게 되살아나서는 올라간 거라오. 난 그만 눈이 휘둥그레졌다오. 탁자 위엔 생선회며 닭백숙이 차려졌고,
"오늘 산타클로스를 만났지!"
박 선생이 활짝 웃으며 반겼어요.
"산타클로스요?"
"웬 건달 놈한테 팁을 받았어."
"건달 덕에 만찬이로군요."

박 선생이 워낙 대식가인 데다, 우린 소맥에 좋은 안주에, 시간 가는 줄 모르고, 그것들을 깨끗이 먹어치울 만치 만찬을 즐긴 거라오. 오랜만에 난 포식을 했다오. 또 걱정했던 것과는 달리 몸도 술을 잘 받아서 술술 넘어가는 바람에, 술병에 시달리며 며칠 앓아누울 거란 건 안중에도 없이 들이부은 거라오. 박 선생이 그날은 술도 넉넉하게 준비해 둔 상태라서, 중간에 나가 사 올 일도 없었고, 우린 시시껄렁한 대화를 나누며 밤을 새운 거라오. 우선, 그 산타클로스 얘기를 박 선생이 들려주었다오.

　"용인 들어갔다, 그 수지구청에서 한 시간 죽치고 있었나… 서울 장안동 가는 콜을 잡아탄 거야. 중고자동차 시장이 있는 장안평 근처더라구. 거기서도 괜찮은 콜은 안 올라오고 똥콜만 보이고. 안되는 날인가 싶더라구. 면목동으로 들어가는 걸 잡았어. 이놈이 딱 보니 건달이야. 헌데 요놈이 가방을 안고 조수석에 앉더라구. 뒷자리에 앉으면 편할 텐데. 제법 큰 가방이야. 이놈이, 기사님 이 차는 사고가 나면 안 되니까 안전 운전 부탁드립니다, 이러네? 웃기는 짬뽕이다 싶은 거지. 아니 어떤 차는 사고 내고 싶어 내냔 말야. 그래도 말투가 아주 싹수가 노란 놈은 아닌 것 같아서, 잘 알겠다고 했지. 얼마쯤 달리는데 이놈이 또 이러네. 오늘 산타클로스를 만난 겁니다. 뭐 이런 개뼈다귀가 있나… 실실 쪼개면서 말야. 차도 중고 아반떼에, 내 눈엔 쥐뿔도 없는 건달인데. 그래도 자기가 산타클로스라는데 어쩌겠어. 그런데 이놈이 무릎 위의 가방은 꼭 안고 있는 거야. 궁금해지는 거지. 저 가방 안에 뭐가 들어 있을까. 뭐였을 것 같애?"

　"산타클로스라니까…"

　"낡은 연립 주택들만 보이는, 가난한 동네야. 골목 길가에 차를 댔어. 그런데 이놈이, 사장님도 이런 날도 있어야죠, 그러면서 자랑하듯 가방을 열어 보이는 거야. 오만 원권 뭉치가 가득하드라구."

"허헛, 그렇게 된 거군요. 노름꾼?"

"돈다발 하나를 꺼내더니 잡히는 대로 몇 장을 뽑아주는 거야."

"산타클로스가 맞네!"

"골목을 나오면서, 불빛 아래서 세 보니까, 열두 장."

"며칠 일할 걸 번거군요."

"노름꾼이었어. 기분 좀 낸 거지. 이 형하고 맛있게 술 한잔하고 싶더라고."

"오늘 일찍 마친 거군요."

"거기서 끝냈지. 택시 타고 들어왔어."

술자리가 무르익었을 때, 나는 늘 궁금한 악동 시절 만났다는 그 '한 여자'에 관해 물으려 했지만, 박 선생의 이어졌던 여러 얘기 속에서 그만 까맣게 잊은 것이었어요. 그날도 박 선생은 이런저런 얘기를 늘어놓았어요. 잔뜩 불쾌한 얼굴로.

"이 형을 보면, 내 대학 동기 놈 하나가 생각나. 내가 그놈 얘긴 꺼내고 싶지도 않지만… 종종 생각나지."

"어떤 친구였는데요?"

"대학 다닐 때 우린 거의 매일 붙어 다녔어. 그 시절 그놈은 내 눈엔 순수 자체였거든."

"그것참… 저를 오해하신 거예요."

"여튼 뭐… 기독교 신앙에서 구원론이란 게 있어. 죄인인 인간이 어떻게 신앙 안에서 구원을 얻는가. 내가 구원받았다는 순교자, 성인들에 관한 책도 구해서 많이 읽었어. 대표적인 성인으로 추앙받는 성프란체스코를 비롯해서. 그 시절 내가 고뇌했던 건… 교회 가면 모두가 구원받았다는 거야. 얼마나 웃겨? 웃기는 거지. 입으로 정답, 교리를 달달 외우는 거 말고… 그 진정한 신앙 말야. 신이 인정하는. 신으로부터 구원받은 중생한 사람의 모습이랄까… 또, 그런 신앙이나 구원이 인간에게 가능하고 실제로 존재하는가… 뭐 그런 거였지. 내겐 꽤나 심각했어. 헌데 그 친구는 종교를 갖지 않았는데도 내가 구원받았다고 느꼈으니까."

"지금 그 친구하고는…?"

"멀어졌지."

"그런 친구와 어쩌다."

"사람이 변하더라고."

"실망했군요."

"이 형은 종교를 가진 적 있어?"

"언제나 명백한 건 있었죠."

"명백한 거?"

"내겐, 어릴 적부터 그랬어요."

"…"

"투명할만치 또렷했죠."

"난 그런 적이 없어."

"다 지난날의 얘기죠. 부질없는."

"자연스레 멀어졌지."

"그 순수가… 친구 사이를 갈랐군요."

"그놈이 대학을 졸업하고, 제대로 철학을 공부해 보겠다는 포부도 있었고, 미국으로 유학을 갔어. 박사 학위를 따서 돌아와 교수가 됐어. 서울에 있는 대학에 교수가 됐으니 성공한 거지. 우리가 두어 번 만났나. 더 못 봤지."

"…"

"속물이 됐더라구. 처가 집 덕에 강남에 살면서, 만났던 날 자기 자랑을 늘어놓더라구. 실망했지. 난 그놈은 무언가 다를 줄 알았어. 세상에 물들지 않는, 소금 같은. 대학에서 철학을 가르친다는 놈이 말야."

"흐흣, 철학이 밥 먹여 주나요."

"그놈한테 밥값, 술값… 등록금까지 대준 걸 생각하면… 삼양동이라고, 그 언덕배기에 자취방이 있었거든."

"…."

"난 그 친구와 만나면, 가보고 싶은 곳이 있었어. 우리가 거의 매일 갔던 곳."

그날따라 박 선생은 잔뜩 상기된 얼굴로, 이런 얘기도 입에 올렸다오. 나도 불콰하게 취한 얼굴로 빨려들 듯 들은 거라오.

"이 형도 들어가 봤을걸? 서언리(書彦理)라고."

"서언리요?"

"옛날 서원(書院)이 있었다는, 그 외진 동네."

"아, 향교마을 아파트단지?"

"난 그곳은 여러 번 들어가 봤지. 일부러도 들어가고. 지난봄엔 이런 일이 있었어. 거긴 밤길이라도 꽃들이 피고, 달빛도 환하고."

"벌레들이 우짖고."

"호젓하지. 그래도 봄꽃들이 핀 그 길을 걷노라면. 소쩍새 울음소리, 길엔 살찐 벌레들이 달려 다니고."

"저도 매일 밤…"

"주변이 산이고 밭이니까… 길에 벌레들 천지지. 그 길에 앉아서 벌레들을 구경하는 거지. 사마귀부터 박쥐나방, 송장벌레, 사슴풍뎅이… 그 길에서 방귀벌레도 봤어."

"방귀벌레요?"

"예전에 그쪽으로 공부 좀 했거든. 마누라가 전원생활을 꿈꿨거든. 그 덕분에 공부를 좀 했지. 그 시절 곤충 농원 같은 걸 구상하기도 했었고. 방귀벌레… 이놈이, 학명이 참 재밌다고. 폭탄먼지벌레라고."

"처음 들어보네요."

"이놈은, 잡으면 방귀를 뀌거든. 붙어서 흘레하는 놈들도 봤어. 이 도시에 들어와 살면서 거기에서 봄을 느끼는 거지. 그 길이 호젓하기도 하지만, 묘지도 보이고, 걸어 나오다 보면… 산 아래에 낡은 컨테이너들이 있어. 난 공사장 숙소인 줄 알았어. 거기에도 사람이 살더라고. 난 그 길을 다니면서도 생각도 못 했거든. 그날 비가 내렸어. 우산을 쓰고 걸어 나오던 차였지. 새벽 한 시쯤 됐을까. 한 컨테이너에서 하얀 옷차림이야. 그 밤에 내가 귀신을 보는가 했어. 오싹한 거야. 헌데 귀신은 아닌 것 같고, 사람 육감이란 게 있잖아. 산으로 올라가는데… 그 걸어가는 모습이 여자가 얼이 빠진 거 같아. 꼭 그런 모습인 거지. 그 여자 뒤를 따라 나도 산으로 걸어 들어간 거지. 여자가 얼마쯤 들어가더니 소나무에 줄을 매달더라고. 처음엔 저 여자가 뭐 하나 숨어서 지켜봤지. 목을 매려고 줄을 매단 거야. 내가 다가가자 여자가 까무러치게 놀라. 내가 저승사자인 줄 알았대. 키도 장대처럼 크고, 인상도 무서웠다나. 설사 그렇더라도, 저승사자면 반겨야 할 게 아냐? 왜 방해하냐고, 화를 내는 거야. 얼굴도 그 정도면 반반하게 생겼어. 삼십 대 후반쯤 돼 보이고. 비를 맞으면서, 그 산속에서, 왜 죽으려고 하느냐, 물어봤지. 가정이 있는 여자야. 남편 사업이 망하고 산짐승처럼 울더라구. 내가 달랬지. 그 비를 쫄딱 다 맞은 거야. 달래서 산을 내려왔지. 컨테이너를 개조한 집이야. 차라도 마시고 가라는데… 젖은 옷도 그렇고, 들어갈 마음이 생기겠어? 그래도 그냥 가는 것도 마음이 불편해서 들어간 거지. 꼭 부엉이 새끼들 같아. 서너 살쯤 된 애 둘이, 이불 속에서 머리통만 내밀고, 내가 들어가니까 겁먹은 얼굴이야. 가스레인지에 불을 켜고 물을 끓여 커피를 타 주는데, 목구멍으로 넘어가질 않는 거지. 커피 마시고, 그날 번 걸 탈탈 털어 내놓고는 나왔지. 헌데 그 여자 말야… 자살을 해도 왜 나무에 목을 맬 생각을 했을까. 다른 방법도 많잖아? 하긴, 집이 아니라면 그 방법도 비용 덜 들고 간단하긴 하지."

박 선생은 그런 얘기 외에도,

"이곳에서 매년 효 행사가 열리는 거 알아?"

"효 행사요?"

"두어 번 가봤어. 구경도 할 겸."

"그런 행사가 있어요?"

"효의 고장이라고 거리에도 나붙은 걸 못 봤어?"

"효의 고장이라."

"정조대왕과 사조 세자 왕릉이 이 근처에 있어. 정조대왕 효성이야 역사적으로 워낙 유명하잖어."

"여기가 전통 있는 곳이군요."

"난 왕릉도 몇 번 가 봤어. 지금은 관광지가 됐지. 옛날엔 말야, 이 병림이란 곳이… 떡전거리로 불렸대. 말 그대로 떡하고 전을 부쳐서 길손들에게 팔았다 해서 붙여진 이름이라나. 조선 시대 한양으로 과거시험을 보러 가던, 길손들도 중간에 쉬어가던 곳이기도 하고. 정조대왕이 아버지 사도세자를 이곳으로 이장한 후로는, 시제를 지낼 때면 한양 창덕궁을 출발한 어가 행렬이 이곳까지 왔었다는 거야. 이 고장 사람들은, 그날은 모두 일손을 놓고 구경을 나왔다는 거지. 남녀노소 할 거 없이. 길가에 구름떼처럼 모인 구경꾼들을 위해 행상들은 밤을 새워가며 준비한 술과 음식을 팔았고, 지금은 일 번 국도가 된 들녘 길을 따라 풍악을 울리며 임금의 어가 행렬이 들어오는 거지. 앞장선 군관들과 수백 개의 깃발을 펄럭이며, 말과 가마가 줄지어 들어오는 그 왕의 행차란, 그 시절 이곳 사람들에겐 태어나 그만한 구경거리도 없었겠지.

내가 작년 여름에, 왕릉에서 하룻밤을 잔 거야. 술김에 들어간 거지만. 왕릉 숲이 아늑하거든. 정조 대왕이 찾은 명당자리라니까. 일 마치고 혼자 술을 마셨는데, 덥기도 하고. 잠이 올 것 같지도 않고. 미친놈이지. 그 밤에 말야. 음주 운전해 가면서, 왕릉으로 간 거야. 트렁크에 돗자리도 있으니까, 그걸 꺼내서는 몰래 들어간 거지. 왕릉 잔디밭에 돗자리를 펴고 누웠지. 나무숲 위로 보이는 별들이 쏟아질 것 같아. 소쩍새 울음소리, 부엉이 울음소리를 자장가 삼아 잠을 잔 거지. 눈을 떠보니, 새벽인데 별들이 총총해. 담배를 한 개비 피우고는, 일어나 돗자리를 챙겨서 왕릉을 빠져나왔지."

그리고 우린 다시 동면이라도 든 듯 얼굴을 보지도 못했다오. 문자도 뜸했고, 더욱이 나는, 그 겨우내 시름시름 앓았다오. 몸은 만신창이였고, 돌이켜 보면 나나 박 선생이나 '내상'은 깊어질 대로 깊어져, 그럴 겨를조차 없었던 셈이라오. 이듬해 초봄, 그 낯선 곳 밤거리에서 박 선생을 보게 될 줄이야! 밤거리에서 본 건, 그게 마지막이었지만, 어쨌든 그 밤을 떠올리면, 그의 죽음과 겹쳐지면서 나로선 묘한 기분을 떨칠 수가 없다오. 그날 나는 어이없게도 행선지를 잘못 보고 콜을 잡는 바람에, 장거리 운행을 했다오. 콜을 취소할 수도 있었지만, 난 그날까지 그래 본 적이 없었어요. 실수로 잡았더라도, 난 기꺼이 들어가는 거였어요. 병림에서 멀지 않은 도시 이름과 비슷한, 거리로는 수십 킬로나 차이가 나는 이천이란 도시에 속한 소읍을 들어가게 된 거라오. 오비이락이란 말이 있지만, 안개가 낀, 밤이지만 전원도시 같은 그 낯설고도 한적한 거리에서, 박 선생을 만난 건, 이게 단지 우연일런가.

그때 난 몹시도 힘든 상태였어요. 길 잃은 나그네나 진배없었어요. 난 한 인간의, 죽음을 목전에 둔, 어쩌면 마음을 정리하려 거기에 있었다는, 지금에야 그런 강한 확신을 지울 수가 없다오. 헌데도 난, 당시엔 그의 모습에서 어떤 낌새도 못 느낄 정도로 아둔한 인간이었다오. 하긴, 박 선생이 평소와 달라 보이긴 했었지만. 어쨌든 안개와 상가의 휘황한 불빛들, 난 그곳에서도, 여전히 유령의 호숫가를 힘겹게 걸었어요. 난 그만 그곳에 오도 가도 못 하고 꼼짝없이 갇힌 거였다오. 버스도 일찍 끊겨 인근 도시로 빠져나가려면, 택시를 타는 것밖엔 달리 방법이 없었어요.

콜이 뜰 리도 없지만, 나는 그래도 혹시 몰라 휴대폰에 눈길을 주지만, 그림자도 비치지도 않았다오. 나는 이미 지쳐서 그 거리를 터덜터덜 걸었다오. 혹여 대리기사라도 만나면, 정보를 얻을 수 있으련만. 결국엔 난 기진맥진한 나머지 어느 텅 빈 버스 정류장에 주저앉은 것이었어요. 오늘 밤을 이곳에서 새울 것인지, 택시를 탈 것인지, 밤은 깊어가고 있었어요.

나는 그 유령의 호숫가, 아니 하얀 강줄기에 기대앉은 양, 헌데 몸 상태가 나빠서 체력은 이미 고갈됐고, 발바닥도 쑤시고 아려왔어요. 이 밤을 넘겨야 하는 게 막막했던 차에, 문득 그곳에서 콜이 뜬 것이었어요. 헌데 목적지가 '군부대 막사'여서, 도대체 군부대 막사라면 어디란 건지. 아무리 다급한 상태라지만, 그런 콜을 냉큼 물었다간 피박을 쓰는 건, 대리기사 초짜들도 익히 아는 바였어요. 외진 곳을 탈출하려다, 더 깊은 산중 군부대에 떨어질 수 있는 일이었어요. 역시나, 누구도 거들떠보지도 않는 듯 콜은 그대로 있었어요. 내 몸 상태에선, 어서 택시를 잡아타고 이천의 번화가로 빠져나가, 어떻게든 셔틀을 갈아타며 귀가하는 게 상책이었어요. 헌데 그만 그 콜이 나를 데려가 줄 다른 콜이 올라올지도 모른다는, 한 가닥 희망을 갖게 한 거라오. 밤은 깊어 갔고, 근처 어디에선가 줄곧 예전 팝송이 그 하얀 강줄기 너머로 들려왔어요. 나는 줄담배를 피우며, 그놈의 희망을 붙잡고, 버티는 거였어요. 그런데 저만치, 몸집이 커다란 사람이 걸어가는 게 눈에 들어왔어요. 어딘지 걸음걸이가 눈에 익었어요! 나는 거의 반사적으로 일어나, 한걸음에 그에게 다가갔어요. 안개 속에서도 그 멋스런 양복을 빼입은, 활기찬 걸음걸이며, 박 선생이 맞았어요!

"아니, 박 선생님이 여길!"

반가워 어쩔 줄 모르는 나를 바라보며, 그도 무척 놀란 듯 눈이 휘둥그레졌어요.

"이 형이 여기를!"

우린 손부터 잡았고,

"저도 문자라도 드린다는 걸…"

"나도 그랬어."

"경력자가 어떻게 이런 외진 곳에…"

"오늘 여기 들어오는 게 아니었어."

박 선생은 자책하듯 말했어요.

"저는 처음 와 본 곳이라…"

"난 처음은 아니고,"

"그래요? 꼼짝없이 갇혔어요."

"운 좋으면 여기도 뜨지."

어쨌든 나는 구세주 같은 원군을 만난 셈이었어요. 헌데 박 선생은 어딘지 경황이 없어 보였고, 내 눈엔 그 모습이 생경할만치 낯설었어요.

"얼마나 됐어?"

"두세 시간 죽치고 있었나. 같이 택시 타고 나가죠."

"우리 해장국이나 먹을까? 지금 시간이, 거긴 늦게까지 해."

"해장국이요?"

"근처야. 오래된 식당인데…"

"그래요?"

박 선생은 그곳을 잘 아는 듯했어요.

"이곳을 잘 아시네요?"

"몇 번 와 본 곳이기도 하고."

박 선생은 앞장서 나를 근처에 있는 한 식당으로 데려갔어요. 나는 별로 식욕이 나지도 않았지만, 어렵사리 따뜻한 국물에 배를 채우는 동안 그 대식가가 식사를 하는 둥 마는 둥 일어나는 걸 보고서야, 그의 눈에 띄게 초췌해진 낯빛을 바라보았어요. 언제나 에너지로 넘치는, 혈색도 좋은 양반이.

우린 밖으로 나와 담배를 피우며, 걸었어요. 아무튼 나로선 한시름 덜었고, 박 선생을 따라 움직일 생각이었다오. 박 선생이 혼잣말처럼 얘기했어요.

"좀 외진 곳이긴 해도, 살기 좋은 곳이지."

"이곳을 잘 아시네요?"

"조금 알지."

"많이 아는 것 같은데요."

내가 짓궂게 반문하듯 말한 건, 순전히 그저 박 선생 때문이었어요.

"예전에… 몇 번 왔었거든."

"…."

"저 아래 유명한 교회가 있어. 외국 선교사들이 세웠다니까."

"전원 같은 곳이에요."

"여긴 여전해."

박 선생이, 화제를 돌리려는 게 눈에 빤히 보였어요.

"대리비는 얼마나 받았고?"

"병림에서… 3만 원에요."

"5만 원은 받아야지. 낚인 거구면."

"행선지를 잘못 보는 바람에…"

박 선생은 어이없는 듯 웃었어요.

"이 형답구면."

아직도 초보 수준을 못 벗어났다는 핀잔이었어요.

"여기서 몇 킬로 나가면 이천 하이닉스야."

"하이닉스요?"

"택시를 타더라도, 하이닉스 정문으로 가면 돼."

"…"

"거기 가면 셔틀도 있고, 이천에선 유명해. 운 좋으면 귀가 콜을 탈 수도 있는 게고."

"그렇군요."

우린 그런저런 얘길 나누며 '하얀 강줄기'를 따라 걸었어요. 난 박 선생에 붙어 걷는 것이었고, 걷다 보니 내가 앉았던 버스 정류장이 나왔어요. 우린 그곳을 지나쳐, 얼마쯤 걸었고, '안개꽃 찻집'이란 간판이 걸린 주점에 이른 거였어요. 알고 보니, 들려오는 팝송은 그 업소 밖에 설치된 스피커에서 흘러나오고 있었어요.

손님들이 나와 담배를 피우도록 마련된 공간이 있어서, 우린 운 좋게도 텅 비어 있는 그곳의 의자에 기대앉았어요. 밤이 깊어가면서 기온은 더욱 떨어진 상태였지만, 거긴 그나마 반쯤 차단막이 처져있어 안온한 느낌이었어요.

우린 끽연하며, 누구도 잡지 않아 떠 있는 '군부대 막사' 콜에 대해서 얘길 나눌 법도 했지만, 말없이 그 '하얀 강줄기'를 바라보거나 흐르는 예전 팝송을 듣는 거였어요. 어쩌면 나는, 박 선생이 무슨 말인가 꺼내길 기다렸던 것 같아요. 그답지 않게, 어딘지 당황스러워하는 기색도 내겐 낯설었어요. 어색한 침묵은, 순전히 박 선생 때문이었어요.

박 선생이 결국, 이런 얘길 꺼냈어요.

"오래전 일이지. 대학생 시절… 여자 친구하고 처음으로 이곳에 왔었어. 삼십여 년 전 일이니까… 그녀의 외가가 여기에 있었거든. 삼촌이 농장을 했고. 대학에서 농학을 가르치는 교수님이 농장을 운영하셨어. 우린 주로 봄이나 여름에 왔었지. 나를 아들처럼 여겼어. 뭐 다 지난 일이지만. 하필 오늘도 여기 들어오는 콜이 보이더라구. 타고 들어온 거지."

“…”

“여긴 변하지가 않아. 그대로야. 내가 착각하는 건지.”

그때 박 선생에게 내겐 보이지도 않는 콜이 뜬 것이었어요. 그 인근 마을로 들어가는 콜이었는데, 매정하게도 그는 굳이 콜을 잡고 일어났어요.

“난 이곳 지리를 좀 아니까…”

“갈만한 콜인가요?”

담배를 길게 빨고는 박 선생은 꽁초를 강줄기를 향해 던지며 말했어요.

“떠날 사람은 떠나야지!”

“나만 남겨 두고… 수고하세요.”

“조만간 보자구!”

박 선생은 손을 들어 보이며 그 큰 보폭으로 멀어져 갔어요.

나는 졸지에 다시 혼자가 된 거였어요. 그땐 자리를 털고 일어나 택시라도 타야 했어요. 헌데 택시나 있을라나. 어쨌든 시간상으로도 더 머뭇거릴 수가 없었다오. 더욱이 몸은, 이젠 의자에 앉아 있는 것도 힘들 지경이었어요. 난 이를 앙다물고, 십 분 더 기다린다, 십 분! 혹시 알아? 그놈의 희망 고문은, 실은 그 일을 하는 대리기사에겐 일상이나 같다오. 도리없이 줄담배를 피웠고, 스피커에선 이번엔 바브라 스트라이샌드의 〈우먼 인 러브〉가 흘러나왔어요. 난 어이없게도 여러 세기는 지난 것 같은, 아련한 추억에 잠기는 거였어요. 박꽃이 팝송을 좋아해서, 우리 곁엔 언제나 팝송이 있었던 것 하며, 같이 손잡고 거리를 걸을 때, 어디에서 팝송이 들려 올 때면 우린 걸음을 멈추고 한참이나 듣는 거였어요. 또, 회사 수련회 때 한강 모래밭에서의 그 캠프파이어며, 울려 퍼지는 팝송과 모두들 행복해하였던, 그토록 희망에 부풀기도 했던… 또 그 시절, 친하게 어울렸던 직장 동료들, 개 중 몇과는 형제처럼 지내기도 했고, 종종 언론을 통해서 보는 나이 들어 중년이 된 그들의 모습이 뇌리를 스쳤어요.

어느 순간 나는 자리를 박차고 일어났다오. 담배꽁초를 던지고는, 비틀대며 걸었어요. 택시는 잡을 수 있으려나. 그때 '군부대 막사' 콜이, 가격을 두 배로 올렸어요. 만 5천 원에서 3만 원으로. 이거야말로 낚시 콜인 걸 ―내가 그곳에 앉아 있는 걸, 대리회사에선 위치 정보를 통해 빤히 지켜보고 있다오. 초보가 물어 주길 바라지만, 물지 않고 버티는 걸로 보아, 요놈 만만찮네! 그래도 넌 결국 물게 될 거야. 헌데 택시라도 타고 빠져나가면 어쩐다, 이크! 초보가 움직이는 걸 보고 재빨리 가격을 올린 거였어요. 자, 이래도 안 물 거야?, 이젠 물어야지! 난 지쳐 판단력도 흐려진데다, 그걸 잡으면, 택시비라도 건지지 않을까? 결국 걸려든 거였어요. 근처의 생맥주 가게에 손님이 있었어요. 새벽 한 시가 넘은 시간이었고, 가게 주인과 종업원들, 중사 계급장을 단 군인이 난롯가에 모여 있다 들어서는 나를 바라보았어요. 종업원들의 표정만으로도, 진작 문을 닫을 수 있었음에도 그 손님 때문에 붙잡혀 있는 것 같았어요. 후회해 봤자, 난 이미 콜을 잡은 상태였어요. 다만, 제발 깊은 산골짜기만은 아니기를…

나와 중사는 밖으로 나와 길거리 한쪽에 세워놓은 승용차로 갔어요. 오랫동안 세차를 안 해 지저분한, 승용차 문을 열고 나는 운전석에 오른 것이었어요. 와이퍼로 몇 번 씻어내려야 했고, 우린 출발했어요. 중사는 조수석에 앉아 팔짱을 낀 채 말이 없었고, 나는 그것만으로도 일단 고마웠어요. 내비게이션은 그 '하얀 강줄기'를 따라 인도했고, 금방 소읍을 빠져나가는가 싶더니, 절망스럽게도 산속 길을 타고 올랐어요. 망할 놈의 내비게이션! 안개가 더욱 짙게 낀, 산속 길을 따라, 나는 엉금엉금 기어가듯 나아갔고, 금방 등에 땀이 찼어요. 불과 4킬로 거리였는데도, 십여 킬로는 들어간 기분이었어요. 내비게이션이 다 왔다고 알렸을 때야, 난 군부대 앞인 걸 알았어요. 중사는 지갑을 꺼내 대리비를 지불하면서 내게 퉁명스런 어투로 말했어요.

"이 일, 얼마 안 됐죠?"

나는 그의 얼굴을 보기도 싫었고, 외면한 채 짜증을 냈어요.

"그런 건 왜요?"

"여긴 나가기가 힘든 곳인데…"

중사는 대리비에 더해서, 5천 원을 더 얹어 주는 거였어요.

난 사내를 다시 보았다오. 고마웠어요.

"이거 고, 고맙습니다."

"택시를 불러야 할 텐데… 오늘 같은 날은."

"그래도 불러 봐야죠."

중사는 차를 몰고 부대 안으로 들어갔고, 나는 우선 지역 호출 택시부터 신청했어요. 역시나 반 시간가량 기다렸지만, 감감무소식이었어요. 이제 기대할 건 그 시간에 택시가 군인 손님을 태우고 들어오는 것인데, 그건 희망 고문 정도가 아니라 기적이라도 바라야 할 처지였다오. 헌데 아무래도 그런 기적은 일어날 것 같지 않았고, 그 산중에서 나는 꼼짝없이 밤을 지새워야 할 것 같았다오. 그런데 그때 저만치 차량 불빛이 들어오는 게 보였어요! 나는 벌떡 일어나면서도, 그게 택시인지도 알 수 없고, 그런 행운이 왠지 자신에게 베풀어질 것 같지가 않았다오. 헌데 택시가 군인을 태우고 들어온 것이었어요. 나는 한걸음에 막아서듯, 택시 문을 열고 올라앉았다오.

"감사합니다, 기사님!"

"아, 예! 대리기사세요?"

택시기사는 놀라면서도 내가 대리기사란 걸 한눈에 알아봤어요.

"예, 맞아요."

"여긴 들어올 곳이 못 되는데…"

"그렇게 됐습니다."

"어디로 가실까요? 이천 시내나, 하이닉스나…"

"예, 하이닉스 정문으로요!"

"거기 먹자골목이요?"

"아, 예, 예!"

나와 비슷한 연배의 택시기사는 그래도 그곳 지리에 익숙해서인지 안개 낀 산길도 거침없이 내달렸고, 그 와중에도 좀 안쓰러워 보였는지 이런저런 위로의 말을 건네는 것이었어요. 개인 택시기사로 25년째인데, 택시비도 대리비도 너무 싸다는 것이며, 자기들도 일이 고달프기는 마찬가지라는. 그리고 자긴 외진 지역에 갇히거나 밤길에서 대리기사들을 보면 모른 척 지나가지 않고 '셔틀' 비용으로 꼭 태워 준다는 것이었어요. 대리기사만을 태워 나르는 셔틀, 승합차는 거리에 따라 차이는 있지만, 어쨌든 그 비용에 견주면, 택시비 걱정은 덜었다 싶었고, 난 고맙기 그지없었다오. 그런데 하이닉스 정문 근처 먹자골목에 도착했을 때 그는 자신이 지껄인 선행은 까맣게 잊거나 주워 담아 버린 듯, 시치미를 뗀 얼굴로 미터기의 요금을 다 받았어요.

야박하다 싶었지만, 공교롭게도 택시비가 그 받은 대리비와 같았어요. 어찌됐든, 군부대 콜을 타서 그곳까지 나오는 택시비를 번 셈이었어요. 이미 시간이 늦어 귀가 콜은 꿈도 꿀 수 없었고, 어느덧 새벽 2시가 넘은 시간이라, 셔틀 타는 곳부터 알아봐야 했어요. 셔틀을 타더라도, 몇 차례 갈아타야 하고, 잘하면 새벽 4시경에나 귀가할 수 있을런가. 자칫, 중간에 셔틀이 끊겨 아침 버스를 타야 하는 암담한 상황을 맞을 수도 있었어요. 난 그곳에도 어딘가에 어김없이 떼 지어 앉아 있을 대리기사들을 찾아 헤맸어요. 발바닥도 부르튼 듯 아파왔고, 몹시 지친 상태였지만, 바삐 움직이지 않으면 안 되었어요.

나는 곧 익숙한 풍경, 택시들이 줄지어 서 있는 대로 옆 계단과 빌딩 주변에 옹숭그린 사람들을 발견했어요. 대리기사들이었어요. 이미 파장 분위기라, 그들도 셔틀을 기다리는 중이었다오. 나는 한걸음에 다가갔고, 계단에 앉아 있는, 한 눈에도 경력자로 보이는 사십 대의 사내를 붙잡고, 병림으로 가자면 셔틀을 어디에서 갈아타야 하는지, '코치'를 받은 것이었어요. 어설픈 설명이나 조언은 초보에게 큰 낭패를 안기리란 걸 잘 아는 듯, 그는 또박또박 설명해 주었어요.

난 그제야 계단 한쪽에 파김치가 된 몸을 기대어 앉혔어요. 온 삭신이 아려왔어요. 잠시 눈을 감았다 계단 아래로 굴러떨어질 뻔했어요. 졸지에 변을 당할까 두려워 난, 눈을 부릅뜨고 쏟아질 것 같은 육신과 졸음을 물리치려 안간힘을 썼어요. 또, 한눈을 팔았다간 셔틀을 못 탈 것 같았어요. 대리기사들 숫자가 너무 많았고, 그중 상당수는 다음 셔틀을 타야 했어요. 어디에선가, 나로서도 이젠 익숙한, 그 잡초 같은 생명력의 경탄스러운 입심 좋은 어떤 사내의 능청스런 목소리가 들려왔어요.

"아, 그 성님이사 십팔 년 됐으니까 도사지라! 거기 들어가믄 이런 콜, 저런 콜이 뜬다, 틀림없드만! 어뜬 사장 새끼 만날 확률이 구십구 프로인디 깜죽 죽는 시늉을 하믄, 팁 만 원을 줄 것이다, 예언가 수준이걸랑! 라떼는 이랬다, 썰을 풀어불면 펼쳐지는 대리기사 역사지라! 나도 오 년 됐지만 그 성님 따라갈라믄 한참 멀었어요. 허훗 차ー암 나, 인간적으로 증말 내가 좋아하는 성인데, 오늘도 한 잔 빨고 있당께요! 웃음도 안 나오는 게, 그 성님이 원래 융통성이라곤 없걸랑. 담배꽁초도 못 버리는 사람이걸랑. 오해하덜 말고 들어야 하고요. 내가 같은 천막에서 일을 시작하는데, 이거 과장 아니라, 진짜 일 년 삼백육십오일, 비가 오나 눈이 오나, 오후 여섯 시믄, 땡! 하고 울리는 종이라니까. 하룻밤에 그 돈 생겨부니까, 아 보름 뺑이 칠 걸 번 거니까! 내가 그 집안을 쪼깐 아는데, 부부가 그런 부창부수가 없당께로. 천생연분이걸랑!

얼굴도 비스므리하고, 그 성수(형수)도 마트에서 하루 열두 시간 일하는데… 부부가 생각 자체가 같아부니까! 그 성님도 머릿속이 뭐냐하믄, 오직 하늘이 무너져도 오늘 일당은 번다! 내가요, 첨엔 진짜 그 성님 문자 받고, 먼 큰일이 생겼구나, 싶더랑게요. 사람도 과부하 걸리면 맛이 가불기도 하잖아요. 진짜 내가 놀래서 심장이 떨어진 줄 알았어요! 나 오늘 쉰다, 다음 문자가 먼지 알아요? 밑도 끝도 없이, 니 부럽제? 이거 진짜, 이 성님이 돌았구나… 로봇도 고장 날 때가 있잖아? 근데 허훗, 차-암나… 알고 보니께 이번엔 진짜 도사로 등극한 거라! 내가요, 그때 느낀 게 뭐냐하믄, 하여튼 이 사람이란 동물은 진짜 발전이 한계가 없구나, 새삼 깨달았당게요! 골 때리는 게, 난 그 성님한테 그런 면모가 숨어 있을 줄은, 상상도 못 했걸랑! 그 양반이 소주 한잔할 때믄 진짜 찔찔 짜거덩! 인생사 어쩌고저쩌고. 그 성님이사 자식들 중 하난 스카이 나와서 직장 잘 댕기고, 그만하면 잘 됐거덩. 사람이 양반이고, 원래 순둥이 같은 양반이걸랑. 지난 토요일, 접촉 사고 난 게, 부천 상동 사거리였어요.

　그 성님이 운행한 차는 케이 파이브, 상대는 제네시스 구공였다더만. 단순 접촉 사고였으니께, 뭐 첨엔 길가에 대고 서로 보험처리하믄 그만 아니겠어요. 근데 그 성님이 개코 걸랑! 흐훗, 하여튼 방귀 냄새에도 신분 초월해서 좀 민감한 양반이걸랑. 제네시스 새끼가 얘길 하는 걸 보니까 그 성님이 술 냄새를 맡어버린 거요! 나 목도 뻐근하고, 구급차 불러, 경찰 부르자, 난리부르스를 춘 모양이라! 제네시스 새끼가 똥줄이 안 탔겠어요? 그 성님 덕에 차 주인도 한몫 챙기고, 그 성님한테도 첨엔 백을 주겠다는 걸, 거절해부렀어요. 너 잘 걸렸다, 오늘 디져부렀어! 제네시스 새끼가 그 자리에서 백오십을 계좌로 쐈다니깐! 그 자리에서… 오늘 같은 날, 니미럴… 나도 그런 새끼나 하나 걸리면, 그 성님처럼 한 잔 빨고 있을 건데…"

누군가 맞장구쳤어요.

"순둥이 양반을… 흐흐 사람 배래났네."

"아니지러! 그간 당해 온 걸 돌려받은 거지러."

"그나저나 셔틀은 안 오는가?"

"사고라도 났나?"

갑자기 대리기사들이 우르르 일어났고, 나도 번쩍 눈을 뜨면서 반사적으로 일어났고, 쥐가 난 한쪽 다리를 질질 끌다시피 차도로 뛰어 내려갔어요. 비상등을 깜빡이며 셔틀이 길가에 섰고, 이미 반쯤 채워진 차 안으로, 몇 명이 포개지듯 올라탔어요. 나도 용케 올라탄 것이었고, 한발 늦은 몇은 차 안으로 몸을 들이밀어 보지만 이미 꽉 차서 포기하는 수밖에 없었어요. 셔틀 사장이 차 문이 닫히지 않자, 냉정한 어투로 명령하듯 소리쳤어요.

"매달리면 사고 나요! 다음 차 타세요!"

결국 서넛은 걸쳤던 다리며 붙잡았던 손을 빼내 차에서 떨어지자, 셔틀은 만차의 깃발을 휘날리듯이 신호등도 무시하며 내달리는 것이었어요. 덜컹거릴 때면 짐짝처럼 쏠리면서도, 그 와중에도 모두 휴대폰에서 시선을 못 거두는 것이었어요. 혹시 행운의 콜이 뜰까. 나는 반쯤 잠이 든 거였어요. 한참을 달려 눈을 떴을 땐 어느 전철역 부근이었고, 대리기사들이 우르르 내렸고, 나는 언뜻 들은, 수원 방향이라는, 안경을 쓴 사내의 뒤꽁무니를 필사적으로 놓치지 않고 따랐어요. 셔틀을 갈아타며 졸다 깨곤 하면서 병림까지 들어왔을 땐, 새벽 네 시가 훌쩍 넘은 시간이었어요.

토끼 눈과 사랑을 나누다

　지난 일 년 동안, 나는 단 한 글자도 쓸 수 없었다오. 어느 순간 나는 나뭇가쟁이처럼 똑 꺾이고 말았다오. 난 숫제 잠을 자지 못했어요. 며칠씩 뜬눈으로 지샌 적도 있고, '그 밤'이 다가올수록, 점차 이런 의구심에 시달렸다오. 과연 그 밤이 나를 반겨 줄까. 살인자를, 그 참혹한 광기의 살인마를 고스란히 보여 줄런가. 나는 갑작스런 발작과 경련을 일으킨 후로, 잠이 달아나버린 거라오. 그땐 그 밤의 기억을 까맣게 덧칠해 놓은 내 안의 악마를 떠올리곤 했다오. 나를 매일 시험하는 악마라오. 허깨비가 아닌 살인자를 심판대에 세우고자 하는 것을, 악마는 비웃는 거였어요. 결국 너는 빈손일 것이다, 이런 따위 무의미한 짓을 왜 하나? 아아, 나는 드디어 정신이 돌아버린 거라오. 미친놈은 어느 날 짐승처럼 울부짖었어요. 창자를 토해낼 듯이 울었어요. 감방에선 이미 난 미친놈이었고, 두어 달 동안 정신과 치료까지 받았다오.

　나는 어느 날 다시 고백록과 마주했다오. 하염없는 눈물이 뺨을 타고 흘러내렸다오. 감방 안의 수도승마냥, 어느덧 빛바랜 노트와 마주한 거라오. 문득 박 선생의 마지막 모습을 떠올렸을 땐, 다시 눈물이 내 뺨을 타고 흘러내렸다오. 그 술자리가 이토록 선명하게 떠오르는 건, 어인 일인지. 나는 어리둥절할 지경이라오! 그 밤엔 부슬비가 내렸어요. 우린 소맥에 마른안주를 씹었어요. 그날은 내가 사간 술과 안주가 전부였어요. 죽음을 결심한 사람이 이제 술자리가 파하면 원룸을 정돈하고, 이미 단단히 준비한 것을 실행할 인간이 어쩌면 그리도 천연 덕스럽고 능청스러웠던지. 그의 완벽한 연기에, 난 꼼짝없이 놀아난 거 였어요. 속수무책으로. 이생에서의 마지막 시간을, 박 선생은 한 자발 스런 사내를 입에 올리며 웃었어요. 또, 식당을 하는 어떤 이혼녀 얘기 도, 문득 난, 이런 의구심을 지울 수가 없다오. 오로지, 그 밤이 여상히 보여야 한다.

그러고 보니, 불현듯 그 외진 곳에서 만난 것까지 내 상상력을 부채 질하는 건 사실이라오. 설마하니 그 유일한 독자, 이미 수백 통의 편지 로도 마음을 돌리는 데 실패했고, 그땐 소재도 고갈됐고, 마지막, 마지 막으로 기댈 그 소재를 위해… 이건 어디까지나 내 상상일 뿐이라오. 박 선생, 이런 내 상상을 용서하시오. 헌데 그 전처의 처음이자 마지막 편지의 한 영혼에 가했을 타격을 감안하더라도, 내가 도시 이해가 안 가는 건, 로망은 로망으로 끝나야 하는 게 아닌가. 어쨌든, 그는 시종 입가에 가벼운 웃음을 머금은 채로, 그 자발스런 사내 얘길 안줏감으 로 삼았다오.

"내가 그놈을 싫어했어. 입만 열면 하나부터 열까지 뻥이거든. 일종의 병인데, 가족력일 듯도 싶고, 치유불능이지."

"그놈 뻥에 당한 사람이 한둘이 아냐. 나도 두어 번 당했어. 그놈 뻥 을 믿었다가, 삼수갑산, 삼천포를 다녀온 적이 있어. 어디 가면 콜이 둥 둥 떠 있고, 골라서 탄다는 식이지. 그런 식으로 자긴 하루 이십만 원 은 기본이라고."

"한 번은 내가 그놈 싸대기를 올렸어. 소용없더라구. 구제 불능인 걸 알았어. 내가 초보들한텐 저 뻥쟁이 말을 믿지 말라고 신신당부했을 정 도니까. 대리 천막에 뻥쟁이 하나 없으면 재미도 없잖어?"

박 선생은 그 사내론 부족했던지 이혼녀 얘기를 길게 늘어놓기도 했었고, 나도 그녀에 대한 소문은 익히 들어온 터였어요.

"그 식당이 돌판 삼겹살 구이가 먹을 만하거든. 돌판에 삼겹살을 구워 먹는 건, 이 지역에선 그 식당이 처음이었어. 내가 잘 알거든. 곁들여 나오는 음식도 푸짐한 데다 맛깔스럽고. 밤늦게까지 장사를 하니까, 일을 마친 대리기사들이 많이 찾아. 바삭하게 굽는 고소한 삼겹살에, 소주가 잘 맞아. 일품이야."

"여자가 애가 딸렸다지만, 이 형도 그 식당을 가 봤으면 알걸? 그만하면 얼굴도 괜찮고, 능력도 있겠다, 독수공방하는 사내들이 몸이 달을 만도 하잖아? 한 여자를 놓고, 가진 거라곤 몸뚱이뿐인 사내놈들이. 대리기사들이, 치사하고 졸렬한 구애 방식으로 들이대니까, 여자가 얼마나 힘들겠어."

"어떤 모자란 놈은, 내가 그놈을 쫌 알거든. 그 여잘 좋아해서 삔질나게 드나드는데, 삐지면 한두 달은 나타나지 않는다는 거야. 여잔 단골이 안 보이니 자신이 무얼 잘못했나 애를 태우는 거지. 식당 문을 닫지 않으려면, 구애를 받아들일 듯 말 듯 웃음으로, 또 그게 수위 조절을 잘못했다간, 어떤 놈이 오해해서 일이 커지니까."

"안 그러겠어? 치사한 사내놈들이 지들끼리 치고받고 싸운 적도 여러 번이고. 구애를 안 받아 준다고 술 먹고 행패를 부리기도 하고. 얼마 전 그녀가 나를 붙들고 힘들다며 펑펑 울더라고."

"며칠 전에 그녀에게 이형 얘길 했어. 쓸만한 남자가 곁에 있으면. 같이 식당일 도우면서… 여자가 볼수록 괜찮아. 한번 가봐."

나는 못 들은 척, 그날 일하며 만난 어떤 새파란 진상손님에 대한 시답잖은 얘기를 늘어놓았어요. 헌데 그날의 기억에서 내가 보인 아둔함의 극치랄까, 박 선생이 보낸 문자 내용을 까맣게 잊은 거였어요. '답장을 받았다오. 오늘은 쉰다오. 찾아와 준다면야, 나야 고맙지…' 그로선 나에 대한 배려였던 셈이고, 정작 난 술자리 막판까지도 그의 흉중을 헤아리질 못했다오.

밑도 끝도 없이 그가 "홀가분해. 이런 기분 처음이야." 나는 그때서야 퍼뜩 문자 내용을 떠올린 거라오.

"답장을 받으셨다 했죠? 축하드립니다."

나는 진실로 박 선생이 전처와 다시 맺어지길 바랐어요. 더 묻지도 않았고, 우린 날이 밝아 올 즈음 헤어졌어요. 나는 원룸에 돌아와 누워서도, 두 사람이 다정하게 찍은 사진을 떠올렸고, 그 뜻밖의 외로움에 떨었던 걸 기억한다오.

나는 여러 날 해를 바라보지 못했다오. 수치심이 격렬하게 몰아칠 때면, 나는 질겁한 나머지 얼굴을 숨기고 싶을 지경이라오. 파렴치한 낯가죽을, 저 햇볕 아래 드러낸 것마냥, 나는 어느 구석이든 숨는 거라오. 하지만 나는, 고백록을 쓰고 있는 영혼으로서 간절히 기도하곤 한다오. 지금 이 순간, 신이 존재한다면 나는 매달리고 싶은 심정이라오. 오로지 그 밤의 기억을 숨김없이 보여 주시기를… 그런 은총을 베풀어 주시기를 간절히 바라고 바란다오. 오, 나는 그 반짝반짝 빛났던 청색 수레를, 멋진 수레였다오. 나는 부지불식간 그 운명에 올라탄 격이라오. 그녀의 생긋 웃는 얼굴이 떠오르고… 우린 얼마 후 재회한 거라오! 그녀가 찾아오기 직전, 나는 공교롭게도 그 밤에 만난, 이번엔 병림의 진짜 도깨비를 회상하는 게 맞는 순서임을 느낀다오. 찬찬히, 찬찬히 나는 그 밤, 광장의 열기며 탁한 공기, 나를 내려다보는 하늘의 슬픈 눈을 느낀다오.

여인이여, 너무 슬퍼하지 말아요. 이미 내 운명은 되돌릴 수 없다오. 하늘에서라도 이젠 그런 기도는 말아 주오. 살인자, 살인마를 낳은 여인이여, 영혼을 찢는 많은 눈물을 흘렸지만 여전히 나는 그 기도 소리는 듣고 싶지 않아요. 나를 빚은 당신들의 살과 뼈와 성정, 목소리가 오늘처럼 내 안에서 꿈틀대며 숨 쉬는 걸 느낀 적 없다오. 어쩌면 나는, 또 다른 당신들의 삶을 산 거예요. 엄마의 품에 안겨 젖을 빠는 아이, 말똥말똥한 눈망울, 나를 안고 기뻐하였을 아버지. 아버지-!

　나는 참회의 감정을 뒤로 한 채, 광장의 밤공기를 들이킨다오. 도대체 용탄 북광장으로 나가 일을 한 것도, 무엇엔가 홀린 기분이라오. 나는 지금도 그 상황이 납득이 가지 않는다오. 나는 거의 일을 못 했어요. 몸 상태도 최악이었고, 대리 천막에 앉아 있다 그냥 들어오는 날이 많았다오. 불면증에, 그 만성적 음주는 '죽음'을 달고 사는 것처럼, 거기에 나가 앉아 있는 것도 힘겨워서, 시간만 보내다 귀가하곤 했어요. 그날 콜도 순전히 사람들 눈치도 보이고, 병림 인근 마을이라 잡은 거였어요.

　나는 그 콜이 운명의 부름인 걸, 아니 절묘하게도 '천사'와의 만남을 주선한 걸 깨닫는다오. 만약 그날도 일을 하지 않고 원룸으로 돌아왔으면 어쨌을까. 그 도깨비를 만나지 않았다면, 어떻게 되었을까. 모텔과 유흥업들이 많은 광장에서도 일명 '풀코스'로 유명한 업소로 올라갔을 땐, 난 그만 후회막급이었다오. 포기하고 돌아갈까 망설였어요. 업소 출입문 옆에서 십 분쯤 대기했고, 손님을 만날 수 있었다오.

　밤색 양복에 하얀 중절모를 쓴 촌로였고, 배가 튀어나온 땅딸막한 체구, 커다란 땀구멍의 딸기코며 기름기가 번들거리는 검붉게 탄 얼굴, 아가씨 둘이 그를 배웅했고, 헌데 영감은 힘이 장사였어요.

　영감은 술에 취한 상태였고, 그의 억센 손에 붙들려 아가씨들도 함께 엘리베이터에 올랐고, 우린 지하 3층 주차장까지 내려간 것이었어요. 검은색 벤츠에 이르러, 그녀들은 드럼통 같은 영감을 차에 태우려 했어요.

　나는 운전석에 오른 상태였고, 영감은 비틀거리면서도, 그녀들을 두 팔로 끌어안고 입을 맞추고 엉덩이를 주물럭댔어요. 그녀들은 바둥

거리고.

"사장니ー임! 대리기사가 기다린다구요. 어서 타셔요."

어떻게든 드럼통 같은 영감을 승용차에 밀어 넣으려는 그녀들은 안간힘을 쓰며 같이 비틀거렸어요.

"어어, 넘어지겠어요. 어서 타세요!"

"으ー허ー! 취해서리."

"사장니ー임ー, 내일 또 오시면 되죠."

그녀들은 도저히 안 되겠는지 휴대폰으로 연락을 취했고, 사내 직원이 엘리베이터를 타고 내려왔고, 셋이 영감을 뒷좌석에 밀어 넣었어요.

"안녕히 가세요, 사장님!"

그들은 지체 높은 단골고객이라도 배웅하듯 깍듯이 인사를 했어요. 난 그 영감을 넋 놓고 바라보았어요. 촌로인 것 같으면서도, 도대체 뭐 하는 사람인지.

대리기사는 그가 사는 곳을 가게 되면 대략 짐작할 수 있다오.

"기사님, 잘 좀 모셔 주세요!"

그런데 사내가 나를 향해 눈을 찡긋하며 웃는 거였어요. 나는 왠지 그 눈짓이 불길했고, 뒷좌석에 태워진 후로 곧 영감은 드르렁대며 코를 골았어요. 나는 배부른 똥돼지처럼 입을 벌린 채 널브러져 있는 영감을 룸미러로 힐끗 보았어요.

나는 불길했지만, 내비게이션에 주소를 입력해 안내를 받으며 출발했다오. 지하 주차장을 빠져나왔을 땐, 콜을 취소하지 않은 자신을 자책했어요. 일에 대한 환멸을 느낀 데다, 무엇보다 몸이 쏟아져 내릴 것처럼 좋지 않았어요.

그래도 운전대를 잡은 이상, 어떻게든 운행은 마쳐야 했어요. 용탄 신도시를 빠져나와 비교적 한적한 도로로 접어들 즈음, 잠든 줄 알았던 영감의 객쩍은 목소리가 들렸어요.

"옛날 같으면 다 종들이지 뭐여? 쌍놈들이지. 억울하면 돈을 벌든 가⋯ 먼 수로? 떼쓰고, 기어들고 말여⋯"

그러는가 싶더니 버럭 고함을 질러댔고,

"천천히 못 몰아!⋯ 요 새끼, 내 말⋯ 말이 안 들려?⋯ 쌔리 밟으니 까⋯ 인마 천천히⋯ 요노무 새끼!⋯ 으엉? 니가 어쩔 건데!"

그러더니 갑자기 노랫가락을 흥얼대는 거였어요. 악취가 풍겨왔어요.

"휘영청 달밤에⋯ 뽕 따러 가는 내 누이야⋯ 누이야. 크─억!⋯ 어─ 내가 취해서리. 미안하구마. 이년들!⋯ 다 어디 갔어? 줄 서 봐라!"

다시 조용해져서 나는 잠이 든 걸로 알았는데,

"차, 차 세워!⋯ 요 새끼!⋯ 운전을⋯ 차 세우래도! 이 차가 말이야. 인마, 운전을 이따우로 하고 말야!"

이번엔 발딱 일어나 소릴 질러댔어요. 난 룸미러로 늙은 돼지가 앉아 서 꽥꽥거리는 걸 힐끗 보며 그만 질린 거였어요.

내 머릿속에 불쑥 '병립의 도깨비'가 떠올랐고, 그땐 진짜 도깨비를 만난 기분이었다오. 나는 뒤에서 주먹질이 날아올까 겁이 나서 차를 길 가에 세웠어요.

나는 그쯤에선, 저 도깨빌 내버려 두고 차에서 내릴 생각도 했지만, 헌데 왠지 궁금해지는 것이었어요. 도대체 뭐하는 영감탱이인지, 어디에 사는지.

그런데 어느 순간 도깨비가 축지법을 쓴 건지, 아니 요술이라도 부린 것마냥, 조수석 문을 열고 쓱 들어왔을 땐 나는 소스라치게 놀랐다오. 소름이 쫙 돋았대도, 과장이 아니라오.

"오라이! 출발⋯"

머리통을 자기 무릎으로 떨군 채 영감은 소릴 지르고는, 다시 곯아 떨어진 듯 보였고, 내비게이션은 이젠 시골 들녘을 가로지르며 내 불안 감을 증폭시켰다오. 산길로 접어들었을 즈음, 악취와 함께 영감이 다시 객쩍은 소릴 씨부리는 거였어요.

"내가 우습제이? 우습겠지."

머리통을 여전히 무릎에 박은 채였고,

"이노무 새끼… 쥐알만 한 게… 너는 말야. 으… 한주먹감이야! 인생으 말야… 인생으, 크흐… 수, 술이, 미안, 하…"

그러던 영감이 머리통을 들어 반쯤 감긴 실눈을 꿈벅대더니,

"예−엣따… 이놈아!"

억센 손이 내 오른쪽 무릎에 툭 치듯 무언가를 얹어놓고는, 다시 머리를 처박고는 잠잠해진 거였어요. 그 후론 영감은 실신한 것처럼 잠에 떨어진 거였어요.

산속 길을 따라 들어가자 환한 수은등 불빛, 높은 담장과 멋스럽게 지어진 단독 주택이 나타났어요. 숲속 저 앞에는 어둠 속에서도 저수지가 펼쳐졌고, 호반 위로 달과 별들이 영롱하게 반사되어 비추는 게 뚜렷이 보였다오.

주택 주변은, 농장이었고, 비닐하우스들도 보였고, 철제 대문 앞에 이르렀을 때는 노부인이 어떻게 알았는지 나와 있었어요. 나는 벤츠를 차고 안으로 넣었고, 그녀의 부탁으로 영감을 등에 업고 마당도 넓은 집 안으로 들어간 것이었어요.

마루에 뉘었을 때도 영감은 곯아떨어진 상태였고, 나는 거의 기진맥진한 상태였다오. 노부인은 익숙한 일인 듯 내게 대리비를 물어 준비한 돈에서 건넸어요. 나는 그곳을 내려가는 것도 막막하게 느껴졌다오. 나는 그 산길을 한참을 걸어 내려왔어요. 부엉이, 소쩍새 우는 소리, 밤벌레들 소리로 가득한 길을 따라 땀나게 걸었어요.

유독 한 벌레의 우는 소리가, 줄곧 내 등 뒤를 따라왔어요. 제 소릴 들어 달라는 듯 그놈은 줄기차게 울어재끼며, 내 주변을 맴도는 것 같았어요.

나는, 그때 이런 생각을 했다오. 밤벌레가 사람을 따라오며 울기도 하는가? 마치 나를 알아보며 울어재끼는 것 같구나.

저만치 마을의 불빛이 보이는 차도에 이르렀을 땐, 내 몸은 땀으로 후줄근했어요. 아직 버스가 다니는 시간이어서, 나는 마침 인적도 드문 정류장에 걸터앉은 것이었어요. 도깨비에게서 겨우 빠져나온 것마냥 나는 여전히 거친 숨을 헐떡였어요.

나는 불현듯 영감이 무릎 위에 턱 하니 올려놓아, 무심결에 주머니에 넣었던 게 생각나서 꺼낸 것이었어요. 꼬깃꼬깃한 10만 원권 수표 석 장이었다오. '무심결에 넣었다' 나는 여전히 그런 내 행동이 낯설다오. 그걸 주머니에 넣다니. 도깨비에게 홀렸던 것일까. 아마 그랬던 거라오. 그것밖엔 달리 설명할 수가 없다오.

하긴 나는 어엿한 술꾼의 대리기사로서, 이놈이 술 깨서 딴소리할까, 그게 무언지는 모르지만 일단 감추고 보는 무의식적 행동이 더 나은 설명일런가.

나는 그 수표를 '서리'라도 한 탐스런 먹잇감인 양 한참이나 내려다 보았다오. 나로선 사나흘 치의 수입이었다오. 좀체 버스는 나타나지 않았고, 마침 모범택시가 지나는 걸 잡아타서, 그 길로 귀가했어요. 형광등 불빛 아래 꼬깃꼬깃한 수표들을 꺼내 놓고는, 나는 이틀을 견딘, 금주를 다시 어겼다오.

소주 한 병 반을 비웠을 즈음… 아마 자정도 훌쩍 지난 시간이었을 거라오. 누군가에게서 문자가 온 것이었어요. 그게 그녀의 첫 문자였다오! '아찌, 저예요! 잊진 않았죠? 우리 만날래요? 전화하면 갈게요♥♥' 나는 취한 눈으로 그녀인 걸 확인했고, 갑자기 쿵 하니 심장이 멎는 것 같았다오.

연달아 문자가 날아왔지만, 나는 여전히 그 '심정지' 상태였달까. 아예 휴대폰을 밀쳐놓았고, 안절부절못한 거라오. 하지만 그녀가 찾아올 것을 확신한 듯, 나는 취한 눈으로 방 안을 둘러봤던 걸… 너저분한 방을 치우려 했어요. 다음 순간, 누군가 원룸 문을 가볍게 노크했고, 나는 놀라서 벌떡 일어났다오.

"누, 누구세요?"

"아찌, 저예요! 저라구요!"

그때 나는 올 게 오고야 말았다는 듯, 어쩌면 그리도 순순히 문을 열어주었던지. 그녀 또한 당연하다는 듯 들어왔어요. 내 품에 안길 듯이 들어왔어요. 우리가 마치 사귀는 사이인 양, 꼭 그런 분위기였다오. 그녀의 뺨과 눈이 같이 반짝였던 걸, 착 달라붙은 베이지색 원피스며, 육감적이고도 그 뿜는 싱싱한 체취. 나는 비틀거렸다오. 거의 숨을 쉴 수가 없었다오.

나는 감당할 수 없는 걸, 이미 체념하며 탐스런 들꽃을 바라봤다오. 남들은 언제나 살 수 있는 꽃이지만, 내겐 꺾을 수 없는 짙은 향기의 들꽃을 보는 심정이었다오. 아니, 그 차가운 밤공기와 함께 침입해 들어온, 야생화의 향기. 그때 난 '슬픔'도 함께 들어왔던 걸 또렷이 기억한다오.

그녀의 눈엔, 그 커다란 눈망울엔 산호초 같은 섬이 보였어요. 검붉게 반짝이는 산호초였어요. 나는 줄곧 그 산호초, 섬을 바라보았어요.

산호초는 푸른 물속에 잠겨 있는 듯 보였어요. 깊이를 알 수도 없는, 그 속에 잠긴 산호초. 저 아인… 어쩌다 여기까지 나란 놈을 찾아온 걸까.

그녀는 방 안을 둘러보며 천연스레 뇌까렸어요.

"방이 깨끗해요. 커피 마시고 가도 돼요?"

나는 그녀의 목소리에 정신이 든 것이었어요. 퍽 차분하고 명랑한 목소리였어요. 그녀는 '방이 깨끗하다'고 말했어요.

아무렇게나 벗어놓은 옷가지며 소주병, 담뱃재까지. 오히려 나는 그녀의 '깨끗하다'는 말에 그만 더욱 창피해진 것이었어요.

"나 싫으세요? 싫으면… 갈게요."

숫제 도도한 손님 행세랄까, 그녀는 금방이라도 날아가 버릴 것처럼 튕겼어요. 거기에 장단을 맞춰 준 격이었달까. 아무튼, 나는 그녀에게 앉기를 권했고, 평소엔 쓰지도 않는 컵까지 꺼내서 믹스커피를 타 준 것이었어요.

그녀는 여유 있게 커피를 마셨고,

"나 이 커피 좋아해요. 향이 좋아요."

나는 자리에 앉지도 않고, 여전히 어정쩡하게 서 있었어요.

"아찌는 안 마셔요?"

결국 나도 커피를 타 와서 그녀와 마주 앉게 되었다오. 저 아인 누구일까? 나는 그 상황이 좀체 현실 같지 않았고, 어느 순간 체념 어린 눈길로 이젠 방 안 가득 차오른 '슬픔'을 바라보았어요. 그래, 저 아인 슬픔이로구나! 그땐 나는 운명에 순복한 듯, 형용할 수 없는 감정에 사로잡힌 것이었어요.

"아찌는요, 목소리가 좋아요."

"…"

"목소리가 선생님 같아요."

"선생님?"

"네."

"우린 어쩌다, 여기에 이렇게 있는 걸까?"

"저도 잘 몰라요."

"모르겠지."

"…"

"토끼 눈이 찾아온 거지."

"토끼 눈요?"

"그래, 토끼 눈."

"에이… 담배를 두고 왔어요."

"담배?"

나는 담뱃갑에서 한 개비를 꺼내 그녀에게 주었어요. 그러고는 괜스레 하지 않아도 될 쓸데없는 말을 했다오.

"이런 일 힘들 텐데."

그녀는 대답 대신 엉뚱한 얘길 했어요.

"죽은 고양이를 봤어요."

"…."

"내가 잘 아는 고양이거든요. 저를 따르기도 했는데."

"고양이가 왜 죽었지?"

"몰라요."

"…."

"사람을 알아보거든요. 가끔 따라오곤 했던 고양이에요. 울었어요."

"…."

"많이 울었어요."

담배 연기를 후후 불며, 그녀는 엉뚱한 얘길 했었고, 다행히도 나는 몸에서 일어나는 통증과 신음을, 방 안 가득 차오른 슬픔을 잊은 듯 그 아일 바라봤다오. 어딘지 색기 흐르는, 그 요염한 얼굴도 그땐 해맑아 보였어요.

그런 그녀가 속내를 드러내듯 직업 정신을 발휘한 거였어요.

"내가 잘해 줄 수 있는데…"

그녀는 생긋 웃었고, 드디어 나는 몸의 통증과 신음이 입에서 새어 나왔고, 거의 절망적인 얼굴로 가볍게 떨며 말했어요.

"미안하군. 난 할 수가 없어."

"아찌도 하고 싶은 걸 알아요."

"난 서질 않아. 오래됐고."

"…"

"오래전 저주를 받았지."

그녀는 마녀처럼 까르르 웃었어요.

"안 서는 남자들 많아요."

"…"

"입으로 해줄 수 있는데."

"오늘은 안 될 것 같군."

나는 자리에서 벌떡 일어서며 사뭇 단호한 어조로 말했어요. 내 몸은 갑자기 축 늘어진 듯 힘이 없었고, 비틀거렸어요.

그녀는 퍽 어른스럽게 나를 위로해 주었어요.

"신부님도 안 섰어요. 담엔 내가 준비해 올게요."

일어서며 그녀가 웃으며 말했어요.

"나를 용서해 줘."

"내가 마음에 안 들어요?"

"그런 뜻은 아니고…"

"준비해서 올게요."

"이건 받아줘. 부탁이에요."

나는 그 영감에게서 받은 수표 두 장을 그녀에게 건넸어요. 그게 일종의 선불이 된 셈이었어요. 그녀는 약간 망설이는 듯하더니 받았어요.

"선불은 처음이에요."

"그래, 선불."

나는 문을 열어 그녀를 배웅했다오.

나는 그날 뜬눈으로 밤을 새웠고, 다음날인가 일찍 그녀의 문자를 받았을 때, 일절 저항하지 않았어요. 죽은 놈 불알 만지기 식의 체념은

둘째 치고, 나를 몰아가는 건 어떤 충동뿐이었어요. 그 하늘이 나를 내려다보는 한, 멈출 수 없는 충동이었어요. 나는 그녀를 안아야만 해소될 수 있는 욕정에 사로잡혔다오.

그녀는 도대체 무얼 준비해 온다는 걸까. 난 몹시 힘겨운 상태였지만, 문자를 받은 이후 일어나 오랜만에 아침밥을 조금 먹었던 걸 기억한다오. 그러고는 방을 쓸고 닦았어요. 또 편의점에서 향이 좋은 탈취제를 사와 방 안에 뿌린 것이었어요.

그러고는 방 안에 앉아, 그 슬픔이 문을 열고 내게로 오는 걸 기다렸어요. 밤이 깊었고, 그녀에게서 연달아 문자가 날아왔어요.

'아찌도 나 보고 싶죠?♥'

'열두 시 반에 갈게요~ 이따 봬요♥♥'

문을 두드리는 소리에, 나는 그때도 숨을 쉴 수가 없었어요. 비틀거리며 일어났어요. 문을 열자 두려움보다는, 단발머리에 언뜻 청순한 소녀가 서 있는 것 같았어요. 난 그만 놀란 것이었어요. 눈 화장을 했지만, 그녀는 소녀 같았어요.

껑충한 키의 그녀가 원룸으로 성큼 들어왔어요. 그땐 청량한 밤공기며 향긋한 체취를 방 안에 한가득 선사했었고, 하이힐을 벗고, 그날은 걸친 반코트를 벗자, 진주색 슬립을 입은 그녀의 날씬한 몸매가 드러나며 방 안을 숨 막히게 채운듯했어요.

그녀의 손에는 케이크 상자가 들려 있었어요.

"오늘이 내 생일이거든요."

평소 밥을 차려 먹는 탁자 위엔 케이크 상자며, 곧 꺼내진 케이크가 차려진 것이었어요. 그녀는 양초를 꽂고는 긴 성냥개비로 불을 붙이고는, 생긋 웃으며 말했어요.

"스무 번째 생일이거든요."

"스무 살?"

우린 마주 앉았고, 그녀가 양초의 불을 훅 불어 껐어요. 내가 가져온 접시에 그녀가 케이크를 잘라 놓았어요.

"드세요, 아저씨."

나는 어색하게 케이크 한 조각을 먹었어요. 그녀도 작은 조각을 깨작거렸어요.

"열네 살 이후로. 생일 케이크는 처음이거든요."

"열네 살 이후로."

"네."

나는 자리에서 일어나 소주병을 들고 와 두어 잔을 비웠어요.

"용서해 줘."

"무얼요?"

"어차피 잘 안될 거야."

달아오른 몸이 고통스럽고 불편해서 나는 거친 숨을 몰아쉬었어요. 달아오른댔자, 그 충동질뿐 오히려 몸은 얼음장처럼 싸늘했어요.

"나도 주세요."

잔을 가져와 나는 그녀에게 소주를 부어 준 것이었어요.

"헤어진 전처가 있어."

"전처요?"

"난 여태껏 그녀 외엔…"

"알아요."

"어떻게 알지?"

"그냥요."

"우린 첫사랑이었지."

"지금은 버려졌죠."

"버려졌다?"

"아녜요?"

"…."

"아찌도… 살아야 하니까요."

"살아야 한다?"

나는 신기한 듯 그녀를 바라보았어요. 별난 애다 싶었다오.

"이 약부터 먹어요."

그녀는 핸드백에서 작은 플라스틱 용기를 꺼내 거기에서 하늘색 알약 두 개를 내게 주었다오.

그녀는 그 까만 눈망울로 나를 빤히 쳐다보는 것이었어요.

"이게 무어지?"

"비아그라요. 걱정할 거 없어요."

"…."

"아찌도 외롭잖아요."

나는 그녀가 시키는 대로 하늘색 알약을 입에 넣고 삼켰어요. 목구멍에 걸려 넘어가지 않으려는 걸 눈을 감고 꿀꺽 삼켰어요. 그 슬픈 잔을 기꺼이 마신 기분이었어요. 나는 어느 순간부터 순한 양처럼, 침착하게 임한 것이었어요.

"시간이 좀 걸려요. 나 씻고 나올게요."

그녀는 어른스러웠고, 더없이 차분하게 움직였어요. 그녀가 욕실로 들어가고, 나는 긴가민가하면서도 방 안에 요와 이불을 폈어요. 자신의 땀에 전 요와 이불이, 형광등 불빛에 희게 보이길 바랐고, 사람 냄새를 지우려 나는 다시 탈취제를 뿌렸어요. 그때 나는 간절히 기도하는 심정이었어요.

이불 위에 앉아 그녀가 샤워하는 소릴 들었어요. 숨이 차올라서, 나는 가쁜 숨을 몰아쉬었어요. 점차 후끈 달아오르는 몸이지만, 사타구니에 젤리마냥 착 달라붙은 성기는 까딱도 하지 않았어요. 하지만 몸이 꿈틀대며 변화가 있는 건 확실해 보였고, 시야가 흐려지며 아지랑이가 일었을 때도, 젤리는 미동도 없었어요.

심장이 방망이질하고 가쁜 숨이 턱까지 차올랐을 때, 내 입에선 기성에 가까운 신음이 터졌어요. 움칠, 젤리가 꿈틀댔어요! 순간 머릿속이 몽롱해지며 나는 거친 숨을 토해냈고, 젤리가 움칠움칠 일어서려 했을 땐, 의식은 하얗게 증발해버린 것 같았어요.

그때 나는… 고통스럽게 일그러진 얼굴로 내뱉었어요. 이 슬픈 잔은 내 잔이 맞아요! 어머니, 안 그런가요? 그 기도의 열매예요!

그녀가 하얀 알몸으로 욕실에서 나왔을 때, 나는 그만 눈이 부셔 어쩔 줄 몰랐어요. 그토록 희고 아름다운, 조각 같은 여체라니! 청순한 눈망울, 봉긋한 젖무덤, 보송보송한 음모며 조가비가 살포시 입을 다문 것 같은 자궁. 나는 부르르 떨었어요. 눈부신 선녀가 내 앞에 서 있는 것 같았어요.

"아찌… 여기로 누워봐요."

그녀는 미성년을 가르치는 여선생님 같았어요. 나는 얼굴을 붉히면서도, 순순히 따랐어요. 누리끼리한, 볼품없는 몸뚱이를 이불 위에 누인 나는 움츠렸고, 헐떡였어요. 하지만 젤리는 아직 움칠거리기만 할 뿐, 사타구니의 통증과 고통스러움을 배가할 뿐이었어요. 어느새 그녀는 내 위로 올라가, 탄력 있는 엉덩이와 보송보송한 자궁을 밀착시키면서 혀로 내 귓불을 핥고 이로 자근거렸어요. 나는 심장이 터질 지경이었고, 그 와중에도 온 신경은 마치 두꺼운 두피를 입은 듯한, 움칠거리는, 여전히 매가리 없는 젤리에 쏠렸다오. 불안감과 초조함은 극에 이르렀고, 아뿔싸! 어느 순간 젤리가 일어선 것이었어요!

부푼 화사의 대가리마냥, 흔들대듯 일어선 놈을 그녀가 냉큼 입안에 넣었고, 잘근잘근 깨물며 혀와 동그란 입술로 빨았고… 그녀의 놀라운 혀는 어느새 내 입안으로 쑥 들어왔고, 그 손 또한 주무르는 기교며 솜씨가 놀라웠고, 나는 탄성과 비명을, 기성으로 토해냈다오. 폭죽처럼 터지는 하얀 아지랑이 속에서, 내 입술은 그녀의 봉긋한 젖무덤을 더듬었고, 그녀의 흠씬 젖은 음모며 자궁을 손으로 더듬었을 땐, 숨이 멎는 듯 부르르 떤 것이었어요. 하지만 그녀는 서둘지 않았고, 혀는 내 입에서 다시 몸으로 옮겨갔어요. 그 와중에 그녀는 이런 희한한 얘기를 했어요. 나는 그녀의 그 가쁜 숨결에 섞여 나왔던 말을 잊지 못한다오.

"아젠… 형사 닮았어요."

"형사?"

"눈이요."

"내 눈이?"

"그냥요."

나는 달아오른 수말처럼 안달했고, 하지만 그녀의 애무는 정성스럽고도 집요할만치 차근차근 진행됐다오. 내가 성급하게 초조한 눈과 몸으로 애원해 보지만, 그녀는 의식이라도 치르는 듯 내 구석구석을 핥았고, 얼굴에 땀이 맺힐 정도로 힘을 쏟는 것이었어요. 그녀의 부드러운 혀는 내 사타구니며 발가락까지 내려갔다가, 다시 분비물을 흘리며 낭창이듯 춤을 추는 성기로 거슬러 올라왔고, 그리고 그녀의 입안으로 쏙 들어갔을 때 나는 거의 발작적으로 몸을 뒤틀듯 기성을 토해냈어요. 그녀는 동그란 입술과 혀로 아이스크림을 핥듯 소리 나게 빨았고, 여신은 어느 순간 긍휼이라도 베풀듯 몸을 반쯤 일으켜 세우듯이 순식간에 자신의 자궁을 열어 내 발기한 몸을 깊숙이 받아들였다오. 오, 나는 걷잡을 수 없는 황홀경 속으로 빨려든 것이었어요. 부드럽고도 능란한 기교로 그녀는 자신의 엉덩이를 돌려가며, 섹스에 몰입했고, 나는 마치 하얀 폭죽이 터져 내리는 듯했을 때도, 그녀의 놀라운 기교에 탄복한 것이었어요! 대관절 그 격렬한 흥분과 황홀경 속에서 얼얼하게 의식을 물들였던, 하얀 폭죽이라니! 폭죽과 황홀경의 섹스, 그때 나는 진실로 '구원'을 받은 기분이었다오. 그녀의 자궁은 흥건했고, 그녀는 한참이나 눈을 감은 채, 입을 반쯤 벌린 채로 천장을 향해 있었어요. 나는, 자궁 안에서 빠르게 수축했고, 순식간에 젤리로 돌아갔고, 기진한 내 눈에 비친 그녀는 신비스럽고도 경이로운 여신이었어요!… 그런 뜨거운 사랑을 나눈 게 정녕 현실인가 싶었어요. 그녀는 엉덩이를 떼고 일어나 욕실로 들어가 샤워를 하고 나왔고, 팬티며 속옷을 차례로 입었고, 누워있는 나를 보며 생긋 웃었어요.

"아찌, 나 갈께요."

그러고는 총총한 발걸음으로 문밖으로 나가 사라져 갔어요.

하얀 정원

나는 그날 '구원'을 받은 거라오. 그만 여신에 홀린, 애처로운 사내였다오. 도대체 직전의 피폐한 영혼과는 거리가 먼, 은총 입은 사지나 멀쩡해진 몸뚱이인 양, 그녀를 향한 충동과 집착, 그 기이한 열정을 여기에 적는들 웃음거리일 뿐이란 걸 안다오. 하지만 세상에나! 그녀에게 서툰 문자를 보내고, 그건 구애나 같았다오. 그때 난, 욕정에 불붙은 눈먼 사내였다오. '보고 싶구려. 언제라도 찾아와 준다면… 문을 열어놓고 기다리리다.' '오늘도 온종일 그대 생각뿐이라오. 그 황홀했던 밤을 잊을 수가 없다오.' 나는 매일 방을 깨끗이 쓸고 닦았고, 어디 그뿐이었던가. 어느 날은 중심상가로 나가 길쭉한 호리병 모양의 자기 꽃병을 사 왔고, 사나흘 꼴로 꽃을 사 오기도 했고, 그녀가 올까, 밤이면 촛불을 밝히는 것도 잊지 않았어요. 예전 신혼 때, 나와 아내는 방에 촛불을 켜놓고 사랑을 나누곤 했어요.

나는 이제 하염없이 여신을 기다리는 것이었어요. 그 기다림과 꽃병의 꽃들과 촛불… 어느 날 밤, 그녀는 사전에 연락도 없이 찾아왔다오. 다행히 그날도 나는 붉은 장미를 사 와 꽃병에 꽂았고, 촛불을 켠 것이었어요. 그런데 그날 그녀는 어딘지 안색이 창백해 보였고, 꽃병의 꽃과 촛불을 바라보며 말했어요.

"아찌도 참… 시간이 없어요."

쫓기는 듯, 그녀는 서둘렀고, 코트를 벗고는 내게 하늘색 알약 두 개를 건넸다오. 그러고는 속옷을 홀홀 벗더니 욕실로 들어가 샤워부터 했어요. 나는 불안해졌고, 아마 그 어이없는 황당하고도 엉뚱한 상상도 그 밤이었을 거라오. 그녀와 살림이라도 차리면 어떨까. 내가 몸이 부서져라 일을 한다면… 일을 마치고 귀가하면, 그녀가 기다리고… 함께 밥을 먹고, 사랑을 나누고.

욕실에서 나온 그녀가 알몸인 채로 말했어요.

"아찌 꿈을 꾸었어요."

"내 꿈?"

"네. 같은 꿈을요."

"같은 꿈을?"

"네."

나는 무슨 꿈인지 묻지 않았어요. 그녀는 서둘렀고, 나는 이미 거칠어진 숨결 속에서도 불안했어요. 하지만 나는 그날의 섹스를, 첫 번째보다 한결 편해진 눈빛이며 몸짓, 우린 마치 여러 번 사랑이라도 나눈 연인 같았다오. 나는 그녀의 까만 눈망울 안의 그 붉은 산호초를 바라봤어요. 마치 그 산호초가 내 안의 불안을 설명해 주는 듯했다오. 아니 나는, 어쩌면 그때 머잖아 다가올 그 밤을 예감했는지도 모른다오. 곧 그녀가 내 몸 위로 올라갔고, 그 까만 눈망울이며 향긋한 혀가 정성스레, 내 온몸을 핥았어요. 등에 땀이 방울방울 맺히도록, 나는 그녀가 혀만이 아니라 그 눈동자로 내 피폐한 영혼조차 핥았던 걸 떠올릴 수 있다오. 꽃병의 장미와 촛불이 방 안을 은은하게 밝혔었고, 그녀의 정성스런 '의식'은 내 흥분을 고양시킬 뿐 아니라, 거의 안달할 지경으로 매달리며 연거푸 기성을 토해내고, 하얀 폭죽과 저릿한 사타구니에 통증이 일만치 부푼 화사 대가리가, 아찔아찔 현기증을 일으켰어요. 그 아늑한 분위기에서 우린 첫날과는 달리 익숙하게 연인처럼 섹스를 했다오. 우린 하나 되어 서로의 혀를 빨고 괴성을 섞으며 격렬한 섹스를 했어요. 오, 그 황홀한 섹스를 어떻게 잊을 수 있단 말인가! 장미꽃과 촛불과 그 꿈결 같은 황홀한 섹스라니!

그녀가 씻고 나왔을 때, 나는 그 싱싱한 여체, 여신을 바라보았어요. 나는 그녀를 그대로 그냥 보낼 수 없었어요. 일어나 믹스커피를 탄 것이었어요.

찬찬히 기억을 되살리면, 그날 잠깐뿐이지만 우린 이런 대화를 나눴어요. 그 순간까지도 나는 그녀를 다시 보지 못하게 될 거라고는 상상도 못 했어요. 아니, 그 얼마 후 걸려왔던 휴대폰 너머의, 그녀의 그 낯선 목소리 외에는.

"아영이, 커피 마시고 가지."

"아찌 오늘은…"

그녀의 눈엔 수심이 가득했어요. 감추려 했지만, 내 눈엔 보였어요.

"마셔요. 나의 선녀."

그건 내 진심 어린 고백이었어요.

"저는요."

그녀는 갑자기 푹 얼굴을 떨궜어요.

"아영이."

"아찌, 나 담배 한 개비만."

그때 그녀의 눈망울은 몹시 창백해 보였고, 자꾸 눈길을 피하듯 허공을 응시했어요. 그게 나를 더 초조하게 만들었어요. 나는 담배를 꺼내 건넸고, 불을 켜준 것이었어요.

"꿈을 꿨어요."

"…"

"같은 꿈을."

"…"

"엄마 꿈을. 아찌 꿈도 꿨어요."

"내 꿈을?"

"네."

문득 그녀의 눈망울엔, 그 붉은 산호초가 떠는 듯 보였어요.

"무슨 꿈을?"

"…."

"아영이 엄마는?"

"행방불명이요."

"행방불명?"

"아찌 우린…"

두서없이 그 핏기 없이 마른 얼굴로 꿈 애길 하던 그녀는 일어 났어요.

"아영이."

"가야 해요."

"잠시만."

나는 일어나 봉투를 가져와 건넸어요. 남은 수표에 십만 원을 더 넣 은 봉투였어요.

"이거 받아요."

"…."

"받아 줘요."

그녀는 얼굴을 떨군 채 말이 없었어요. 그리고 얼굴을 들었어요.

"받을 수 없어요."

"아영이."

그녀는 문을 열고 밖으로 총총히 사라져갔어요.

그리고 내 기억은, 그녀가 사라져 간 원룸 문 너머… 제2막이 펼쳐지는 듯 언제나, 성큼 다가오는 그 충만한 밤을 향하는 것이었어요. 그 아인 보이지 않고, 별빛 어우러진 시골길이며 십자가 불빛, 어디선가 두엄 내에 섞인 짙은 들꽃 향기가 실려 오고, 아우성치듯 물밀듯이 밀려오고 밀려가는 밤벌레들 소리라니! 일순 찬물이라도 끼얹은 듯 대지가 숨을 죽이고, 씩 웃으며 등장하는 사내… 나는 하얀 분장이라도 한 것 같은, 사내의 얼굴을 여전히 신기한 듯 바라보는 것이었어요. 그 사내는, 찬찬히 기억을 더듬을수록 내겐 시간 속에서 어떤 경건함을 선사한달까… 마치 그 충만한 밤을 위해 준비된 자, 나는 사내가 그 배역에 무척 어울릴 뿐만 아니라, 아니 결과적으로 내게 그 밤을 영원히 선물한 기분이라오.

그 봄, 이른 저녁. 이 순간 나는 숨죽인 채 저 하얀 밤을 바라본다오. 꿈같은 밤이라오. 여전히 난 그 하얀 꿈속을 헤맨다오. 다만 어떤 벌레의 울음소리, 그 환청 같은 울음소리만이 통증을 쪼아대듯 들린다오. 그 거증된 살의와 살인이 엄연한 사실이라면, 난 여전히 환상 속의 인간이라오. 그 밤의 진실을… 충만한 밤을 내게 보여 다오! 난 몸서리치는 흥분 속에서 찬찬히 그 밤을 맞이한다오. 아니, 부디 나를 인도하여 그 밤이 맞아 주길 기도한다오. 그녀는 연락을 끊었고, 더는 나를 찾아오지 않았어요. 내 상실감은 극에 이르렀고, 여신을 잃은 신도마냥, 그 집착은 여러분이 비웃는대도 상관없다오. 그 도시를 이 잡듯 뒤져서라도 찾으려 했던 기이한 열정은, 여기에 필설로 적은들, 웃음거리일 뿐이란 걸 알기에, 더 늘어놓고 싶진 않다오. 다만 그 푸른 자궁 속을 헤맨 기억, '아영이, 아영이!'를 부르짖다 자신이 그 거리에서 죽게 될 거라는 예감을 순순히 받아들였던… 난 목숨을 부지하는 건 더는 무의미했어요. 그 무렵에 어디선가 불쑥 튀어나온 것 같은 사내였어요. 하긴 그 직전, 어느 날 밤 꿈결인 듯 그녀로부터 전화가 먼저 걸려왔던 걸 나는 잊지 못한다오. 내 기억이 맞는다면, 순서는 그녀의 전화가 먼저였어요.

여전히 혼란스럽긴 해도, 어쨌든 동시에 그런 일이 벌어진 게 아니라면 그 사내에 앞서 그녀의 전화는 뒤이어 닥칠 예고편이나 같았다오.

더욱이 나는 그 일의 전개가 하나의 각본처럼, 어느 땐 그녀의 등장부터… 그 상황을 퍼즐 조각을 맞추듯 상상해 보는 것이었어요. 설마 그들, 또는 그녀가 그처럼 주도면밀했을까. 다만 그 애의 눈썰미가 타고났다는 건 인정해야 했다오. 그녀는 나의 어떤 면을 꿰뚫었고, 한 사내의 마음을 후린 거였어요. 빼앗아 가버린 것이었어요. 그때 난, 삶에 이별을 고하는 사내처럼, 사뭇 감상적인 '참회'의 감정을 담아, 그녀에게 마지막 문자를 보낸 걸 뚜렷이 기억한다오. '나를 용서해 줘요. 이 벌레만도 못한 인간을. 고마웠어. 이 말만은 꼭 해 주고 싶었어.' 어느 날 밤이었어요. 그때도 나는 술에 취했었고, 잠결인지 꿈결인지, 울리는 휴대폰 소리에 눈을 떴어요. 그녀였어요.

"아영이! 아영이!"

나는 감정을 주체할 수 없었고, 두서없는 말과 눈물을 쏟았어요. 하지만 그녀의 목소리는, 아득히 먼 곳에서 낯설게 들려오는 듯했어요.

"아찌… 킥킥… 저라구요…"

그녀도 술에 취한 듯 혀 꼬부라진 어딘지 수다스러운 목소리였고, 하지만 그 억양이나 숨소리만큼은 투명하게 들려오는 듯했어요.

"맞아요. 저 아영이라구요. 킥킥… 우리 아찌, 많이 놀랐나 봐요? 나 진짜 취했거든요."

나도 무슨 얘기를 늘어놓기도 했었지만, 그녀는 어느 순간부터 자신의 가족 얘기를 아주 길게 털어놓는 것이었어요. 나는 점차 빠져들었고, 얼어붙듯 긴장한 것이었어요. 그날 그녀가 털어놓은 자신의 가족에 대한 그 미스터리한 이야기는, 내가 기억하는 범위에서지만, 대략 이런 내용이었어요.

"아찌한테… 내가 이런 얘기를 왜 하고 있는지. 킥킥… 제가요. 아찌… 진짜 나는요. 아− 씨바. 죄송해요. 저는요. 울 엄마랑 울 아빠랑 예전에요. 아주 예전에… 있잖아요. 우리 아빠가요. 새들은 진짜 다 좋아했거든요. 내가 아주 쪼그마할 때요… 킥킥… 진짜, 이런 얘기를 왜 하는지 모르겠어요. 아찌, 나도 모르겠다구요. 나요… 울 아빠가요. 공주야, 공주야. 그랬거든요. 아빠가 새도 잘 잡았거든요. 진짜로 그랬거든요. 아찌도 놀랄걸요. 다 놀랐거든요. 올무를 만들어서… 우리 가족이 다 새들을 좋아했거든요.

새 잡아서 키우는… 선생님… 울 아빠가 유명했다니까요. 비둘기랑, 참새랑, 까치랑… 아빠가, 꼭 이렇게 얘기했거든요. 새들이 승질이 드럽대요. 지랄 맞대요. 킥킥… 잡아서 키웠거든요. 우리 집 마당에요. 닭장을 만들어서. 키웠거든요. 남들도 보러 오고. 어떤 새는요. 날려 보내면 제집처럼 다시 찾아오거든요. 다쳐서 못 나는 걸, 누가 들고 오거든요. 많았거든요. 모이 주고, 다 나으면 울 아빠가 하늘로요. 날려 보낸 새가요. 다시 찾아오는 거예요. 진짜로요. 찾아온다니까요. 비둘기도 찾아오고. 까치도 찾아오고. 아침이면, 우리 집 창가에요.

넌 자유야! 킥킥. 우리 아빤, 넌 자유래요… 새들이 죽으면요. 진짜 불쌍하거든요. 우린 집 정원에 묻어주었어요. 꽃을 뿌려서요. 흙 속에 고이 뉘어서요. 저는요… 하늘나라로 잘 가. 슬퍼서 울었거든요. 그래도요 재밌었거든요. 새 잡는 거랑, 모이 주고 키우는 거랑. 울 아빠가 다 가르쳐 줬거든요. 우리 아빠가요. 초등학교 선생님이었거든요… 아침이면 손잡고 학교에 가는 거예요. 아찐 모르겠지만… 그 기분, 째지거든요. 진짜 애들이 다 부러워했거든요. 저는요, 꿈을 꾸면 초등학교 때 쪼그마할 때요. 꿈을 꾸면 정원에 잠든 그 새들이요. 꽃이 되어서, 봄만 되면 피어나는 거예요. 다시 태어나는 것처럼. 꽃이 많이 피었거든요. 저는 그 꽃들에게 새들 이름을 지어서 부르는 거예요. 다 잊어먹었지만… 꽃들을 보면서 내가 그랬었거든요. 지금 생각났는데… 울 아빠가 새들한테 이쁜 이름을 지어주려면 꽃이 많아야 한다면서, 봄엔 들에 나가 꽃나무들을 가져와서 많이 심었거든요. …학교 화단에 꽃모종을 했던 날이었어요. 아빠가 집에도… 진짜 잊히지 않거든요. 그날이요. 우리 집 화단에도 심는다고 했거든요. 그날 쓰러지셨거든요. 집으로 오다가요. 병원에서 한 달 만에… 돌아가셨거든요. 암이었대요. 내가 6학년 때였거든요. 울 엄마하고… 진짜 많이 울었거든요. 매일 울었거든요.

아찌… 달이 떴어요. 거기서도 보여요? 여기가요. 역전 하늘 위로… 아찌… 내 말 듣고 있어요? 킥킥… 듣고 있는 거죠? 우리 아찌, 들어 주셔야 해요. 아찌는… 아찐 나를 좋아하잖아요. 킥킥… 듣고 있다는 거 알아요. 모르겠어요… 진짜 아무것도요. 저는요. 누구도, 세상 모두 믿지 않거든요. 진짜 아무것도요. 내가 제일 궁금한 게 내가 누굴까… 진짜진짜, 제일 그게 궁금하거든요. 내가 어느 땐 지렁이요. 지렁이 같은 거예요. 너어무 징그러운 거예요… 킥킥… 이런 기분 알아요? 진짜 기분 더럽거든요. 아 씨바- 오늘은요… 나 술 못 마시거든요… 변태 새끼가 약을 탄 거라구요. 흥분되는… 속이 안 좋았거든요. 내내요. 변태 새끼들 진짜 많아요. 담배가… 아찌, 나 불 좀 붙이구요. 후- 누군가요. 아찌한테 전화할지도 몰라요. 저는요. 머릿속이, 터질 것 같거든요. 솔직히 무섭기도 하구요. 설명할 수가… 진짜 뭐라 설명할 수가 없거든요. 아찌를 만나서 지금 여기에 있는 것두요. 진짜 어떻게 잘 설명할 수가 없거든요.

남자예요. 남자라구요. 킥킥… 아찌, 질투하지 마요. 내가 태어나 처음으로 좋아한 남자예요. 친오빠는 아니구요. 그 오빠가 실은 울 엄마… 남자친구였거든요. 우습죠? 중학교 다닐 때, 우리 집이 진짜 힘들었거든요. 울 아빠 돌아가시고 엄마가 병림에 있는 술집 주방에서 일을 했었거든요. 저녁에 나가면… 왜 이런 얘기를 아찌한테 다 하는지… 후- 새벽에 돌아왔거든요. 저는 혼자서 집에 있는 거예요. 무서웠거든요. 거기서 엄마가 오빠를 만난 거예요. 알바하던⋯ 진짜 잘 생겼거든요. 아찌도 보면⋯ 놀랄걸요. 진짜로 영화배우 저리 가라니까요. 내 눈엔 그렇게 보였거든요. 엄만 집에 오면 그 오빠 얘기만 하는 거예요. 첨엔⋯ 내 걱정은 안 하니까 진짜 속상했거든요. 근데요, 집에 데리고 온 거예요. 오빠를요. 저도 그날 그 오빠한테 빠진 거예요. 친절하고, 잘 생겼고, 대학교도 나왔거든요. 나한테 인형 선물을 사줬었거든요. 우리 셋이서 서울로 여행도 갔었어요. 경복궁, 남산⋯ 우리 엄마가 오빠를 진짜 많이 챙겼거든요. 끔찍하게요. 애인이지만 아들 그 이상으로요. 행복해 보였거든요. 전 질투가 났거든요. 아찌, 나 진짜 겁먹은 거예요⋯ 킥킥⋯ 진짜 떨고 있거든요. 내 얘기 듣고 있어요? 아찌, 숨소리도 안 들리니까. 자는 건 아니죠? 저요, 무서워요⋯ 킥킥⋯ 오줌이라도 쌀 것 같다구요. 아찌한테 꿈⋯ 꿈 얘길 했었죠? 어제도 엄마 꿈을 꾸었어요. 우리 집 정원에 엄마는 언제나 정원에 서 있는 거예요. 꽃처럼 하얀 모습으로요. 엄마가요. 이 정원 어딘가에 자기가 있다는 거예요. 이 정원 어딘가에. 모르겠어요. 무슨 뜻인지요. 계속해서 그런 꿈을 꾸게 되는지.

중학교 3학년 때, 가을 수학여행을 갔다 왔어요. 집에요 엄마가 없었어요. 울 엄만 항상 언제나요. 집에서 나를 기다렸거든요. 그날 쫄쫄 굶었거든요. 안 오는 거예요. 엄만 돌아오지 않았어요. 그날 이후로요. 사라진 거예요. 어느 날 그 사람이 혼자 있는 저를 찾아왔어요. 엄마 일은 자기도 모른댔어요. 같이 파출소에도 가고⋯ 혼자니까 진짜 무서웠거든요. 오빠가 저를 그때 지켜준 거예요. 우린 좋아하게 됐구요. 엄만⋯ 실종 신고를 했어요. 오빠랑 그때부터 같이 살았구요. ⋯첫사랑이거든요. 오빠가 자기가 취직할 때까지만 내가 일을 하기로 했거든요. 일을 다 알아봐 줬거든요. 오빠가요⋯ 저는요. 진짜 오빠를 위해서라면 어떤 일이든 열심히 다 했거든요. 오빠만 있으면⋯ 저를 지켜주고

사랑하고 …믿고 의지하는 사람이니까. 오빠가 지금은 돈을 잘 벌거든
요. 우리 집도… 새로 지었구요. 후- 아 씨바, 저는요… 이러는 내가 진
짜 싫거든요. 머리가 돌아버릴 것 같거든요. 모르겠어요. 아무것도요…
아찌한테 이런 얘기하는 것두요. 후- 모르겠어요. 추워요. 아찌 이제
들어가려구요. 머리가… 진짜 터질 것 같아요. 차라리요. 꽉 터지거나
미쳐버렸으면… 아찌, 지금 생각한 거지만요. 나를요. 잊으면 안 돼요?
그게 맞는 것 같아서요. 이제 그만… 진짜 그만 얘기할래요. 아찌, 나
를… 잊어 주세요.”

　그리고 나는 한 사내로부터 전화를 받았어요. 그날 밤이었는지, 다음
날 새벽녘인지는 불분명하지만, 그녀의 아득한 목소리처럼 아득한 저
너머에서 들려오는 듯했던, 그 미스터리한 사내의 목소리.

　“아저씨, 혼자 있죠?”

　“누, 누구신데?”

　“맞네.”

　“….”

　“아영이가 거기 갔었죠?”

　“….”

　“공짜로 즐겼으면서.”

　“그, 오빠란 분?”

　“잘 맞히셨네.”

　“그 일은…”

　“공금횡령, 이런 말 들어봤죠?”

　“공금횡령?”

　“우린… 그것과 비슷하니까.”

　“돈은 보내죠.”

　“역시… 아저씬 흥미로운 데가 있어.”

"…"

"앞으로가 기대되는군요."

"앞으로?"

"아영이를 보고 싶지 않아요?"

"만나고 싶소."

"조건만 맞으면, 허락해 드리죠."

"…"

"우선 공금 횡령한 것부터."

"오늘 보내죠."

"순서가 그래서. 계좌번호는 문자로 보내죠. 이만!"

공금횡령이라… 날카로운 목소리였어요. 쇳조각이 내 폐부를 찌르는 것 같았어요. 목소리만으로도 많아야 삼십 대 정도나 될까. 새파란 놈이었어요. 난 어둠이 걷히기만을 기다렸어요. 어둠이 걷혔을 때, 몸 상태가 말이 아니었지만, 나는 일어나 외출 준비를 했어요. 너무 일찍 중심상가의 은행에 도착했고, 거기에서 한 시간가량을 기다렸어요. 은행 문이 열리자 첫 손님으로, 봉투의 20만 원을 보냈어요. 그때 난 극심한 불안과 혼란 상태였어요. 그녀를 찾아다녔던, 그 자포자기, 드디어 나란 존재의 끝자락, 그 순간에도 난 겸허했어요. 그만하면 충분했어요. 난 칩거했고, 밖으로 더는 나올 일이 없었어요. 그런 나를, 햇살을 보도록 순전히 그들이 다시 불러낸 것이었어요.

난 박 선생의 그런 수고로운 방법을 그때는 이해했다오. 아니, 꽤나 시간을 두고 고민한 방법인 걸 알았어요. 하긴, 난 결과적으로 실행하진 못했지만. 어쨌든 그날 밖에서 돌아왔을 때의 내 몰골은 거의 시체나 같았어요. 헌데 나간 김에 김밥을 산 것이나, 그걸 꾸역꾸역 입에 밀어 넣었지만, 속이 받아 주질 않았어요. 나는 편의점으로 가 죽을 사 와서 조금 먹었어요. 난 휴대폰을 옆에 놓고, 이제 사내로부터 연락이 오기를 기다렸어요.

그땐 매일 복용하다 중단했던 알약들을 한 움큼 삼키고는, 난 몸이 으슬으슬 떨려와 이불로 둘둘 말았어요. 그 상태로 벽에 기대앉은 채, 나는 기다리는 거였어요. 내 머릿속엔 어떤 '정원'이 떠올라서 지워지지 않았어요. 하얀 정원이었어요. 그날 오후 늦게 사내에게서 문자가 날아왔어요.

'공금 회수!'

나도 문자를 보냈어요.

'우리 만나죠. 만나서 얘기하고 싶군요.'

사내에게선 답신이 없었어요. 난 그 사내가 자신의 어떤 절대적 권리를 행사 중이란 걸 깨달았어요. 답신을 줄 때까지 입 닫고 가만히 기다려라.

나는 죽을 넘기면서 용케 버티며 기다리는 거였어요. 잠이 들었다 깨기도 했지만, 휴대폰을 품은 채였고, 어머니 꿈을 꾸기도 했어요. 내 원룸의 첫 손님으로 왔을 때완 사뭇 다른 모습이었어요. 하지만 흐릿한 꿈이었어요.

다른 여인이 꿈에 나타나기도 했어요. 여인은 하얀 정원에 서 있었어요. 그녀가 나를 향해 슬픈 목소리로 말했어요.

'내가 여기에 있어요!'

나는 아이처럼 벌벌 떨다 눈을 떴어요. 휴대폰 소리가 방 안 가득 울리고 있었어요. 나는 정신이 번쩍 들었고, 몸에 두른 이불을 벗어젖히고는 일어나 앉은 것이었어요. 사내의 목소리는 한결 유들유들 여유가 넘쳤어요.

"댁 소원을 들어 드리죠. 역시 기대를 저버리지 않더군요."

"…"

"그런데 어쩌죠? 원룸에… 대리기사에… 우린 이 동네야 손바닥 안처럼 빠삭하니까."

"…"

"제안을 하기 전에 벌써 선택이 재밌어지는 거예요."

"선택?"

"이것이냐, 저것이냐… 그런 말 있죠?"

"…"

"흠. 내 모든 걸 주고 싶다… 그런 문자 아영이한테 보낸 적 있죠?"

"…"

"아주 멋진 말이에요."

"…"

"말에는 책임이 따르는 법이죠. 안 그래요?"

"…"

"곧 제안을 드리죠. 오늘은 이만!"

그리고 다음 날 새벽에 사내에게서 문자가 날아왔어요. 내 나이, 혈액형, 가진 병력 따위며, 소유한 재산 목록을 빠짐없이 적어 보내라는 내용이었어요. 그건, 거래 전의 필수적인 정보라고 못박고 있었어요. 나는 사실에 입각해서 '진실한 답신'을 보냈어요. 나는 사내를 만나야 했고, 어떤 것도 숨기거나 드러내지 못할 이유가 없었어요. 나는 그 외에도 이런 문자를 따로 보냈어요.

'형씨와 만나 진지한 대화를 나눠보고 싶소만.'

그 직후 사내로부터 곧 만나게 될 거라는 친절한 답신이 왔다오. 그리고 어느 날 나는 드디어 사내로부터 만나자는 문자를 받았다오!

'오늘 만나 드리죠. 이 주소로 오늘 밤 9시까지 도착. 시간을 지켜야 함. 단 일 초라도 늦으면 기회는 사라집니다. 명심하시고요! 그 기회는 다신 오지 않을 겁니다!'

난 지금도 그 주소를 기억한다오. 경기도 화랑시 상안동 상안3리

486번지. 나는 사내의 제안에 대비해 나름 심사숙고 끝에, 하긴 고민 같은 건 없었어요. 사내를 만나면 나는 먼저 제안을 할 생각이었어요. 원룸 보증금을 비롯해 통장에 있는 약간의 비상금, 박 선생이 남긴 승용차, 그리고 돈이 될 만한 것들을 탈탈 털어서… 그날 밤 약간 여유 있게 승용차에 올랐을 땐 늘 머릿속으로만 상상한 '마지막 여행'이라도 떠나는 기분이었어요. 밤공기도 차가울 만치 상쾌했고, 승용차 안에서 한 움큼의 알약을 삼키며 몸서리쳤지만, 근래 들어 그런 기분은 처음이었어요. 나는 잊지 않고 편의점 앞에 차를 세우고는, 거의 빈속이라 간단하게 먹을 빵, 카스테라를 사서 조금 먹었어요.

거기에서 내비게이션을 켜고 주소를 입력했는데, 2킬로 남짓한 거리였어요! 사내가 그처럼 가까운 곳에 있다는 게 좀 놀라웠다오. 헌데 내비게이션은 나를 두 번 놀라게 했다오. 원룸 뒤편의 그 컴컴한 농경지로 나 있는 길로 인도했고, 나로선 처음 가보는 길이었다오. 승용차 불빛에 의지해 운전해야 했어요. 좁은 길 양편으로 논과 밭들이 펼쳐졌고, 하천 위를 지나 뒤편으론 저 멀리 비행장 도로의 드문드문 정렬하듯 비추는 불빛들, 그리고 얼마쯤 더 들어가자 길이 갈라지면서 우측으로 인도했어요.

그때 나는 문득 그 길이 낯설지 않았고, 앞을 보니 저 건너의 붉은 십자가며 마을을 보며, 나는 부르르 몸을 떨었어요. 몸은 갑자기 굳어서 액셀러레이터를 밟는 감각을 잃은 것처럼 주춤주춤 승용차를 몰았어요. 종이 줍는 노인이 거주하는 곳으로 추정되는, 나로선 두어 번 들어갔던 마을이었어요. 비포장 같은 느낌을 주는 길은 밤에도 뿌연 빛깔이었고, 모내기를 한 논들엔 물이 고여 반짝였고, 나는 운전석 창문을 반쯤 내렸다오. 어디에선가 나는 두엄 내며 개구리 울음소리, 밤벌레들 소리에 난 그만 포박된 기분이었다오.

나는 곧 그 십자가 불빛 아래, 마을에 이른 것이었어요. 적막 속의 마을 위로 하늘의 총총한 별들, 온갖 벌레들의 화음, 문득 내 머릿속엔 에덴동산이 떠올랐다오! 채색된 것 같은 희끗한 공장 건물들, 논과 밭들, 충만하기 그지없는 밤이었다오!

나는 혼자 중얼거린 거였어요.

"이 충만한 밤을! 신이여 기억하시길!"

나는 사뭇 흥분한 얼굴로 "이 충만한 밤!"을 한 번 더 읊조린 것이었어요. 그렇지만 곧 나는 평정을 되찾았고, 자신을 기다리는 사내를 떠올렸다오. 나는 그 밤엔 사내란 존재를 일절 판단하지 않았다오. 어느 순간 악당이란 생각은 내 의식 속엔 지워지고 없었다오. 나는 이미 그를 형제 이상으로 잘 알고 있는 느낌이었어요. 그리고 어쨌든 이 충만한 밤이 우릴 인도하게 될 거라는 건 분명했어요.

내비게이션은 목적지 2백여 미터를 남겨 놓고 있었어요. 난 그 종이 박스를 가득 실은 노인의 리어카가 곧 나타날 것만 같아서 주변을 바라보기도 했지만, 헌데 빈속에 빵과 우유를 마신 게 탈이 난 거였어요. 나는 길가에 승용차를 세웠고, 시간을 확인하며 울렁이는 속을 달랠 겸 담배 한 개비를 피웠어요. 갑자기 창자가 요동치는 바람에 나는 밖으로 나가 풀밭에 바지를 내리고 그만 죽죽 쏟은 것이었어요. 미처 휴지를 챙기지 못해, 승용차까지 엉금엉금 기다시피 올라와 휴지를 꺼내 뒤를 닦았어요.

등줄기엔 식은땀이 배었고, 쏟아버렸는데도 속은 여전히 진정되질 않는 거였어요. 그런데 이 순간 엉덩이를 간지럽혔던 풀 이파리의 감촉이 되살아나고, 난 그 풀들이 바랭이가 아니었을까… 나는 그 뾰족한 이파리의 생생한 감촉을 떠올린다오. 또 나는, 승용차에 올라앉아서도, 좀체 속이 진정되지 않아 초조했던 기억.

나는 어쨌든 시간에 맞춰 도착해야 했어요. 내비게이션은 마을에서 약간 떨어진, 길가 이 층 주택 앞에서 종료를 알렸어요. 나는 그 집 담장 밑을 지나 한적한 곳에 승용차를 세웠어요. 뒤편은 야산이었고, 앞에는 갈대가 자라는 하천이 구불구불 길게 뻗어 있었어요. 하천 건너엔 〈화훼농장〉이라는 간판이며 비닐하우스 서너 동이 보였어요. 차에서 내린 나는 담배를 꺼내 불을 붙였고, 반쯤 피우고는 하천으로 튕겨버렸고, 오줌을 눈 다음에야 주택으로 걸어갔어요.

길가엔 커다란 미루나무가 있었어요. 어디에선가 비쳐드는 불빛이 없다면 뒤덮은 이파리로 길이 깜깜할 정도였어요. 주택 옆의 어떤 시설에서 백열등 불빛이 비쳐들었고, 나는 잠시 걸음을 멈춘 채 곧 엉성한 울타리 너머의 산처럼 쌓아 올려진 잡동사니들을 바라봤어요. 고물상이었고, 나는 동시에 그 노인을 떠올린 것이었어요.

나는 바짝 긴장한 상태였고, 시간을 확인하며 조심스레 발걸음을 옮겼어요. 일 초라도 늦는다면, 사내에겐 아주 좋은 트집거리가 될 것 같았다오. 의외로 주택의 대문은 반쯤 열려 있었고, 집 안의 정원이 눈에 들어왔어요. 수목들, 화초들, 둥근 수은등 불빛… 마당 한편엔 검은색 밴 한 대가 보였어요. 운전석에 사람이 있었고, 남자의 옆얼굴과 굵은 팔이 드러나 보였어요.

나는 눈앞이 아뜩해지며 '하얀 정원'을 떠올렸어요. 머리털이 쭈뼛 섰고, 그 꿈속 여인의 목소리가 되살아났어요. 불현듯, 어떤 벌레의 울음소리가 날카롭게 머리통을 쪼는 듯했던 것도 그때였어요. 여느 밤벌레들 소리와는 뚜렷이 구별되는, 마치 영혼을 욱신욱신 찌르는 것 같은 내 주변을 떠돌며 울부짖는 소리였다오.

끼으르르, 끼으르르!

난 그 소리를 뿌리치려 했어요! 그 날카로운 소리는 비수 같아서 나는 몇 번이나 귀를 막았어요. 하지만 그 울음소린 더욱 집요하고도 세차게 영혼을 찌르듯 쪼아댔어요. 그런데 그 울음소리는 어쩐지 내 귀에만 들리는 것 같았다오. 내 안에서 터지거나 울려나는 소리인가 헷갈릴 지경이었다오.

하지만 나는 더는 머뭇거릴 수가 없었어요. 집 안으로 들어갈 수도 있었지만, 마침 초인종이 보여 누른 것이었어요.

"누구셔요?"

촌스런 여자 목소리였고… 거기까진 내 기억은 비교적 또렷하다오. 집안으로 어떻게 들어갔는지… 거기서부터 기억은 혼란스럽고 뒤죽박죽이라오. 마치 지리멸렬한 파편들, 아니 회반죽의 응고된 암울한 벽, 그 굳게 닫힌 문 앞에서… 나는 여전히 기도한다오. 제발, 저 문이 열리고 나를 그 밤으로 인도해 주길… 눈엔 눈물이 고이고, 끼으르르! 끼으르르! 날카로운 울부짖음이 영혼을 쪼아댈 때, 나는 문득 그 하얀 정원의 꽃들을 보며 새들의 이름을 지어서 불러 주는 소녀를 바라본다오!

소녀가 이름을 부르면, 하얀 정원의 꽃들은 새가 되어 하늘로 날아올랐어요. 끼으르르! 끼으르르! 아아, 문득 내 영혼은 고통스러움 속에서… 기억은 드디어 눈을 뜬듯 문을 열고 그 집안으로 들어선 거라오! 하얀 집, 모든 게 하얀 집이었어요!

그 검은색 밴과 푸른 눈의 금발 여성들, 하얀 집에서 나온 그녀들이 밴에 올랐던 것 하며, 뒤를 따라 나온 찬모인 듯 나이 든 여자의 안내를 받았다오. 집안으로 들어선 나는 온통 하얀색으로 덧칠한 실내에 눈이 부실 지경이어요. 하얀 전등들, 하얀 옷장들, 하얀 냉장고, 하얀 세탁기, 하얀 길다란 소파들, 커튼들, 방들, 모두가 하얀색이었어요. 안쪽의 하얀 주방… 그때 깨끗한 용모의 하얀 와이셔츠를 입은 사내, 그 사내가 나를 맞았다오. 우린 하얀 응접실에 마주 앉았어요.

그녀의 말대로 사낸, 어떤 영화배우를 빼닮았고, 난 신기한 듯 바라보았다오. 우린 2층에 있었고, 통유리창 너머로 시골의 밤 풍경이 환히 내다보이는 응접실이었어요. 책들이 꽂혀 있는 하얀 책장, 하얀 골프백, 하얀 옷장, 양주와 와인이 진열된 하얀 가구들.

사내와 난 하얀 원목 탁자를 사이에 두고 마주 앉아 술을 마셨어요. 사내는 거기에서 유일하게 붉은 빛깔인 양주를 가져와 내 잔에 가득 부어 주었고⋯ 나는 사양하지 않았다오. 양주를 털어 넣는 나를 사내를 줄곧 날카로운 눈으로 바라봤어요.

사내는 씩 웃곤 했고, 이런 대화들이 오갔어요.

"역시, 아저씬 재밌다니까."

내가 금방 취했던 건, 독한 양주 때문이기도 했지만 순전히 몸 상태가 좋지 않아서였어요.

"여기까지 올 거라고는⋯ 선물은 드려야죠."

사내는 두 손을 들어 포겠다 펴곤 했어요.

"선물을?"

"드려야죠! 57세라 했었죠?"

"그렇소만."

"우리 신사적으로. 신사적으로 해야죠."

"신사적으로. 좋습니다!"

"콩팥을 사겠다는 사람이 있어요."

"콩팥?"

"3천5백."

"⋯."

"아저씬 선택의 폭이 그만큼 커진 거죠."

"⋯."

"콩팥이 어렵다면, 눈도 가능해요. 왼쪽 눈을 사겠다는 사람이 있어요."

"⋯."

"민주주의 국가에서 선택은 자유죠. 안 그런가요?"

"⋯."

"아영이를 보고 싶어요?"

"만나고 싶소. 한 번은… 꼭."

"이 정도 각오는 되셨으니까."

사내는 대화를 더 해 보자며 이미 비틀거리는 나를 붙들고, 술병과 잔, 안주를 들고 베란다로 나갔어요. 그가 넘어질 뻔한 나를 부축했어요. 이젠 우린 2층 베란다의 하얀 탁자를 사이에 두고 앉았어요. 눈앞에 펼쳐진 시골 밤 풍경은 아름다웠어요. 하늘의 달과 별들이 마주 앉은 우릴 내려다봤어요.

시원스런 밤공기며, 문득 끼으르르, 끼으르르! 주변을 떠돌며 울부짖는 벌레 소리에 나는 아뜩한 현기증을 느낀 거라오. 내 영혼을 쪼아대는 소리였어요.

또, 그 들녘의 오케스트라 악단이, 사방에서 광상곡을 들려주는 듯, 물밀듯이 밀려와서 우릴 덮쳤어요. 난 그만 바동대듯 허우적댔어요.

탁자 위엔 과일과 과도도 놓여있었어요. 과도가 달빛에 반짝였어요. 그런데 바로 아래, 울타리 너머로 고물상이 보였어요. 나는 그 고물상의 백열전구 불빛, 쌓인 잡동사니들 속에서 무언가 꾸물대는 걸 볼 수 있었어요. 바로 그 노인이었어요! 노인은 어떤 작업에 몰두해 있었고, 그 주변엔 나무로 조각한 불상들이, 여러 개, 아니 수십 개는 되어 보였어요.

"미친 영감이야. 자, 이것이냐, 저것이냐 선택의 순간이로군!"

사내는 자랑스레 이런 말도 뇌까렸어요.

"내가 다 가르쳤어요."

"…."

"하나부터 열까지. 일 년 같이 살게 해줄 수도 있고."

"…."

"이왕 선물을 드리려면 듬뿍!"

"내 모든 걸 바치리다!"

"흐흐, 마음에 든다니까!"

"다 다… 드리지요! 남김없이… 다!"

나는 흥분해서 소리쳤어요.

"어서, 처분을 바랍니다!"

"계획이 있으니까…"

그러던 사내가 갑자기 고물상을 향해 노인을 불렀어요.

"영감, 이리 와요! 양주 있어요!"

사내는 술병을 들어 보이며 흔들었고, 노인이 작업을 멈추고는 망설이는 듯하더니 일어나 담장 아래로 걸어왔어요. 둘은 평소에도 친숙한 듯 보였어요.

"내가 저 영감탱이를… 관리해요. 다 사업이죠."

"…"

"저 미친 영감이… 쓸만하거든."

사내는 양주를 가득 부은 유리컵을 들고 내려가 울타리 너머의 노인에게 건넸어요. 노인은 나를 한 번 올려다보고는, 단숨에 비워버렸어요.

그러고는 다시 돌아가 작업에 몰두하는 거였어요. 사내는 올라와서 의기양양하게 웃는 얼굴로 말했어요.

"내가 사랑을 드리죠! 아저씨의 사랑을!"

끼으르르, 끼으르르!

어느 순간, 벌레가 뾰족한 부리로 내 영혼을 터뜨렸어요. 하얀 불꽃이 튀었어요. 하얀 불꽃이. 그리고 난, 몽롱한 깊은 잠 속으로 빠져들었어요.

하얀 정원

이영산 지음

발행처   도서출판 청어
발행인   이영철
영업   이동호
홍보   천성래
기획   육재섭
편집   이설빈
디자인   이수빈 | 김영은
제작이사   공병한
인쇄   두리터

등록   1999년 5월 3일
         (제321-3210000251001999000063호)

1판 1쇄 발행   2024년 11월 20일

주소   서울특별시 서초구 남부순환로 364길 8-15 동일빌딩 2층
대표전화   02-586-0477
팩시밀리   0303-0942-0478
홈페이지   www.chungeobook.com
E-mail   ppi20@hanmail.net

ISBN   979-11-6855-296-8(03810)

이 책의 저작권은 저자와 도서출판 청어에 있습니다.
무단 전재 및 복제를 금합니다.